수호지

6

수호지

6

이문열 편역 — 시내암 지음

다 모인 백여덟 영웅

水滸誌

RHK
알에이치코리아

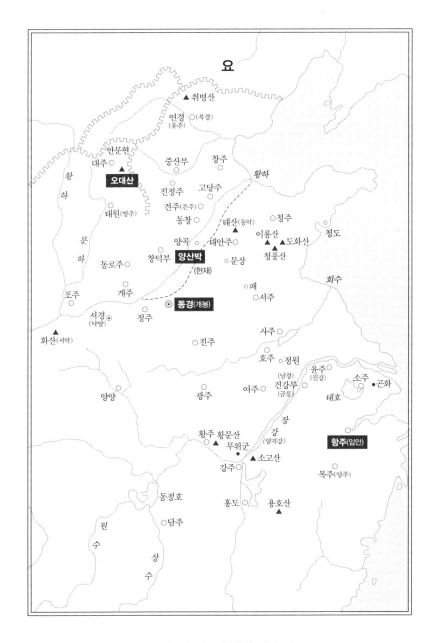

『수호지』의 배경이 된 송나라 지도

水滸誌

양산박, 구겸창을 얻다

아무리 머리를 쥐어짜도 좋은 계책이 떠오르지 않아 두령들이 모두 한숨만 내쉬고 있을 때 금전표자 탕륭이 문득 몸을 일으켜 말했다.

"제가 비록 재주 없지만 한 가지 계책을 올리겠습니다. 어떤 무기와 한 분 형님만 모셔 오면 연환갑마(連環甲馬)도 깨뜨릴 수 있습니다."

"이보게, 어떤 무기라니 그게 무언가? 그리고 자네 형님이라니 그게 누군가?"

오학구가 반가운 얼굴로 그렇게 물었다. 탕륭이 차근차근 손짓까지 해 보이며 이야기를 시작했다.

"저는 윗대부터 쇠로 병기를 만들어 살아온 집안의 후손입니다. 돌아가신 아버님께서는 특히 그 솜씨가 뛰어나 노충 경략 상공 밑에서 연안의 지채(知寨) 노릇까지 하셨습니다. 노충 경략 상공은 전에 연환갑마와 싸워 그 진을 처부순 적이 있는데 그때 사용된 게 구겸창(鉤鎌鎗)이라고 합니다. 저의 조상님들이 물려주신 것들 중에는 호미 모습도 있고 낫 같기도 한 구겸창의 모양이 그려진 그림이 있고 만약 필요하다면 저도 그걸 만들 수는 있지요. 그러나 구겸창을 만들 수는 있어도 그걸 어떻게 쓰는지는 잘 모릅니다. 구겸창을 잘 쓰는 사람이 필요하다면 저의 고종형을 찾는 수밖에 없습니다. 그 형님은 구겸창 쓰는 법을 잘 아는데 지금 교두로 있습니다. 윗대부터 배워 내려온 창법으로 바깥 사람에게는 가르쳐 주지 않았다고 합니다. 더러는 말 위에서도 쓰고 더러는 보군(步軍)이 쓰기도 하는데 모두 법칙이 있어 한번 그 법을 일으키면 그야말로 귀신도 놀랄 지경이라더군요."

그 같은 탕륭의 말이 미처 끝나기도 전에 임충이 불쑥 물었다.

"그렇다면 그 사람은 금창반(金鎗班)의 교사로 있는 서령(徐寧)이 아닌가?"

"예, 바로 그렇습니다."

탕륭이 그러면서 고개를 끄덕이자 임충이 덧붙였다.

"자네가 말하지 않았더라면 깜박 잊을 뻔했네. 그 서령의 금창법과 구겸창법은 지금 세상에서 그야말로 독보적이지. 전에 내가 동경에 있을 때 여러 번 만나 무예를 겨뤄 보기도 하면서 아주 친하게 지냈다네. 그렇지만 어떻게 그를 우리 양산박으로 데려오겠는가?"

"서령에게는 윗대로부터 전해져 내려오는 보물이 있는데 세상에서 짝할 물건이 없다는 것입니다. 저는 일찍이 아버님과 함께 동경으로 가서 고모님 댁에 들렀다가 여러 번 본 적이 있습니다. 그것은 한 벌의 갑옷으로 안령체취권금갑(鴈翎砌就圈金甲, 기러기 꽁지깃으로 만들고 금테를 두른 갑옷)이라고 불립니다. 그 갑옷을 입으면 가볍고 부드러우면서도 창칼이나 화살이 뚫지 못해 사람들은 달리 새당예(賽唐猊, 당예보다 낫다는 뜻으로, 당예는 옛날의 이름난 갑옷)란 별명으로 부르기도 하지요. 수많은 귀공자들이 한번 보여 주기를 원했지만 고종형은 누구에게도 보여 준 적이 없습니다. 생명보다도 그 갑옷을 더욱 아껴 한 개의 가죽 상자에 넣고 자신이 자는 방 대들보에 걸어 둘 정도입니다. 만약에 그 갑옷을 먼저 빼낸 뒤에 그를 부른다면 그는 이리로 오지 않고는 못 배길 것입니다."

탕륭이 임충의 말을 그렇게 받자 곁에 있던 오용이 말했다.

"정말로 그렇다면 어려울 게 무엇 있겠는가? 우리 형제들 중에는 솜씨 좋은 사람이 많으니 그들을 풀면 되지 않겠나? 이번에는 고상조(鼓上蚤) 시천이 한번 갔다 오지 그래."

"그 물건이 거기 없을까 걱정이지, 있다면 못 가지고 올 게 무에 있겠습니까?"

시천이 자신 있다는 듯 받았다. 그러자 탕륭도 자신 있게 말했다.

"만약 그 갑옷만 빼돌릴 수 있다면 나는 우리 고종형을 금방 이리로 모셔 오겠소."

"어떻게 그를 이리로 꾀어 온단 말인가?"

듣고 있던 송강이 못 미덥다는 듯 탕륭에게 물었다. 탕륭은 송강에게로 가 귓가에 대고 몇 마디 낮게 수군거렸다. 그제야 송강도 빙긋이 웃으며 마음을 놓는 듯했다.

"그것참 묘한 계책이오."

그때 오학구가 다시 말했다.

"탕륭과 시천 외에도 세 사람을 더 동경으로 보내야겠습니다. 한 사람은 그곳에서 화약을 만들 원료와 포에 쓸 여러 물자를 사 오게 하고 두 사람은 능진의 가솔들을 데려오게 해야겠습니다."

그러자 팽기가 일어나 두 손을 모으며 당부했다.

"한 분을 영주로 보내시어 제 식구들도 이곳으로 불러 주시면 그보다 더 고마운 일이 없겠습니다."

"단련께서는 마음 놓으시오. 두 분께서 글 한 통씩만 써 주신다면 내가 사람을 보내 가솔들을 모셔 오게 하겠소."

송강이 선뜻 그렇게 대답하며 팽기의 청을 들어주었다.

송강은 곧 양림에게 팽기의 편지와 금은을 주며 졸개 몇을 데리고 먼저 영주로 가게 했다. 팽기의 가족들을 데려오기 위함이었다. 이어 설영도 약장수로 꾸미고 동경으로 가서 능진의 가족들을 데려오기로 했다. 그리고 이운은 장사치로 꾸며 동경에서 화약 원료와 대포를 쏘는 데 필요한 이런저런 물자들을 사들이기로 했다. 악화도 함께 떠나 탕륭과 설영 사이를 오가면서 돕게 되었다.

먼저 갑옷 훔치는 일을 맡게 된 시천이 산을 내려갔다. 그리고 탕륭은 구겸창 하나를 만들어 본보기로 산채에 남기게 한 뒤 떠나게 했다. 뇌횡을 시켜 그 모양대로 여러 벌의 구겸창을 뽑아내게 할 생각에서였다. 뇌횡의 윗대에도 대장간 일을 잘한 이가 있었기 때문이다.

탕륭은 송강이 명한 대로 산채의 대장간에서 구겸창 한 자루를 만들었다. 윗대로부터 물려받은 도면과 꼼꼼히 견주어 가며 만들어 뇌횡이 본뜰 수 있게 했다.

이윽고 모든 게 갖춰지자 산채에서는 이별의 잔치가 벌어졌다. 양림, 설영, 이운, 악화, 탕륭 등은 여러 두령들로부터 작별의 잔을 얻어 마신 뒤 산을 내려갔다. 그리고 다음 날은 다시 대종이 그들을 뒤따랐다. 빠른 걸음으로 여기저기를 돌아보고 사정을 탐지해 먼저 떠난 이들을 돕기 위함이었다.

한편 가장 먼저 산을 내려간 시천은 쉬지 않고 걸어 동경에 이르렀다. 객점에서 하룻밤을 묵은 뒤 성안으로 들어간 시천은 먼저 금창반 교사 서령의 집부터 알아보았다. 서령의 집을 아는 사람이 손가락질까지 해 가며 일러 주었다.

"저 반문(班門)으로 들어가면 동쪽으로 다섯 번째 집이 바로 그 집이오."

이에 문으로 들어간 시천은 먼저 서령의 집 앞문을 살펴본 뒤 다시 뒤로 돌아가 뒷문도 살펴보았다. 모두 높은 담장으로 누각이 보이고 그 곁에 우뚝 솟은 기둥 하나가 있었다.

서령의 집을 한 바퀴 둘러본 시천은 다시 거리로 나가 알아보왔다.

"서(徐) 교사가 지금 집에 있는지 모르겠소."

시천이 근처 사람을 잡고 그렇게 묻자 그 사람이 대답했다.

"저물어서야 집에 돌아오지요. 그리고 새벽같이 나간답니다."

시천은 그 말을 듣고 일단 객점으로 다시 돌아갔다. 짐을 뒤져 자신에게 필요한 연장들을 챙긴 시천이 객점 일꾼을 불러 말했다.

"오늘 밤에는 돌아오기 어려울 것 같으니 내 방을 좀 잘 봐 줬으면 좋겠네."

"걱정하지 말고 다녀오십시오. 여기는 궁궐이 있는 도성 안이라 좀도둑 따위는 없습니다."

일꾼 녀석이 그렇게 시천을 안심시켰다.

다시 성안으로 들어간 시천은 거리에서 저녁을 사 먹고 저물기를 기다려 서령의 집으로 갔다. 그러나 좌우를 둘러보아도 몸을 숨기고 있을 만한 곳이 없었다. 할 수 없이 시천은 날이 깜깜한 뒤에야 반문 안으로 들어가 서령의 집 근처에 이르렀다.

그날 밤은 차가운 겨울밤인 데다 달빛조차 없어 사람의 눈에 뜨일 걱정은 없었다. 그래도 마음이 놓이지 않은 시천은 몸을 숨길 만한 곳을 찾아보았다. 토지신을 모신 사당 뒤에 한 그루 큰 잣나무가 눈에 들어왔다. 시천은 얼른 그 잣나무 위로 기어올라가 굵은 가지에 말 탄 듯 올라타고 망을 보았다. 오래잖아 서령이 자기 집으로 돌아오는 게 보였다. 집 안에서 등을 든 두 사람이 나와 문을 열어 주었다. 그리고 서령이 들어가자 다시 빗장을 걸고 각기 자기 방으로 돌아가는 것이었다.

한참 지나자 사람의 왕래를 금하는 북소리가 들려왔다. 구름은 차고 별빛은 희미한데 땅 위에 맺히는 서리만 점점 희게 비칠 뿐이었다.

동네가 조용해지기를 기다려 잣나무에서 내려온 시천은 살금살금 서령의 집 뒷문께로 갔다. 힘 한 점 안 들이고 담 위로 기어오른 시천은 가만히 집 안을 살펴보았다. 담 안에는 작은 집채가 몇 있었다. 그중에 부엌으로 보이는 집채 가까이 다가간 시천은 거기 걸린 등불에 의지해 안을 들여다보았다. 아직 저녁 설거지가 끝나지 않았는지 계집종 둘이 안에서 일하고 있었다.

부엌 쪽을 버려 두고 안채 쪽으로 간 시천은 기둥을 타고 처마 끝으로 기어올랐다. 맞춤한 곳에 몸을 숨기고 집 안을 들여다보니 금창수 서령이 아내와 함께 화롯가에 앉았는데 그 품 안에는 예닐곱 살쯤 되어 보이는 아이가 안겨 있었다.

시천은 다시 안방 쪽을 살폈다. 정말로 방 안 대들보에는 커다란 가죽 상자가 하나 매달려 있는 게 보였다. 문 쪽 벽에는 한 벌의 활과 화살이 걸려 있고 허리에 차는 칼 한 자루도 보였다. 이런저런 옷들이 단정히 걸린 옷걸이도 한 켠에 세워져 있었다.

시천이 이것저것 살피고 있는데 갑자기 서령의 목소리가 들렸다.

"매향아, 이리 와서 내일 차림 채비를 좀 해 다오."

그러자 계집종 하나가 들어와 서령이 다음 날 입을 것인 듯한 화려한 비단 관복과 머릿수건, 허리띠 따위를 정성스레 챙기더니 누런 보자기에 싸서 장롱 위에 얹어 두었다. 시천은 하릴없이 계집종이 옷을 개는 모양을 보면서 때가 오기를 기다렸다.

그럭저럭 밤이 깊어 이경이 지났다. 서령은 잠이 오는지 잠자리를 손보았다.

"내일 수직(隨直, 부관이 천자 가까이서 호위하는 것)이 있으십니까?"

서령의 아내가 물었다. 서령이 대답했다.

"내일 천자께서 용부궁(龍符宮)으로 납시오. 오경까지는 가서 모셔야 하오."

그 말을 들은 서령의 아내가 계집종 매향을 불러 말했다.

"나리께서는 내일 오경까지 입궐하셔야 된다. 너희들은 사경에 일어나 세숫물을 데우고 아침상을 차리는 데 늦지 않도록 해라."

그 말을 들은 시천은 속으로 가만히 생각해 보았다.

'눈앞에 보이는 저 가죽 상자에 그 갑옷이 있는 것임에 틀림없으렷다. 밤에 손을 쓰면 일이야 쉽지만 그리하면 내일 성을 나가기가 어려울 것이다. 서령이 새벽 일찍 일어나 갑옷이 없어진 걸 알면 가만있지 않을 테니까. 자칫 일을 그르치게 될지도 모르지. 차라리 내일 오경이 지나 서령이 집을 나간 뒤에 손을 쓰는 게 좋겠다.'

이윽고 그렇게 마음을 굳힌 시천은 숨은 곳에 그대로 엎드린 채 밤이 지나기를 기다렸다. 서령 부부와 아이는 곧 잠이 들었다. 두 계집종도 잠자리에 들 채비를 했다. 일을 마치기 바쁘게 문을 닫아걸고 탁상 위에 등불을 켜 놓은 채 자리에 들었다. 하루 종일 시중을 드느라 피곤한지 금세 코 고는 소리가 들렸다. 처마에서 내려온 시천은 가지고 있던 긴 갈대 대롱을 꺼내 창틈으로 끼워 넣고 세게 불었다. 갈대 대롱을 통한 시천의 입김에 방 안의 등잔불이 꺼졌다.

가만히 숨어 기다리는 사이에 어느덧 사경이 되었다. 잠에서 깬 서령은 계집종을 불러 더운물을 가져오라 일렀다. 깊은 잠에서 깨어난 두 계집종은 방 안의 등불이 꺼진 걸 보고 놀란 듯 말했다.

"이런, 간밤에 등불이 꺼졌군그래."

그 소리를 들은 서령이 계집종들을 나무라듯 재촉했다.

"불이 꺼졌다면 빨리 불씨를 구해 켜지 않고 무얼 꾸물대느냐?"

그러자 계집종 중에 하나가 누각 아래로 내려가는 소리가 들렸다. 그 소리를 들은 시천은 올라가 숨어 있던 기둥에서 기어 내려와 뒷문 어둠 속에 몸을 숨기고 기다렸다. 조금 있으려니 계집종 하나가 뒷문을 열고 나오더니 밖에 나가 담장에 난 샛문까지 열어젖혔다. 그사이 시천은 가만히 뒷문으로 들어가 부엌 안에 몸을 숨겼다. 조리대로 쓰는 큰 탁자 밑이었다. 계집종이 곧 등불을 붙여 가지고 들어왔다.

부엌에 들어온 계집종은 숯불을 피워 누각 위로 가져갔다. 서령이 세수할 물을 데우려는 듯했다.

계집종이 더운물을 떠다 바치자 얼굴과 손발을 씻은 서령은 곧 아침상을 올리게 했다. 더운 술과 고기 안주, 그리고 구운 떡이 차려진 상이 나왔다.

아침상을 물린 서령은 곁에 두고 부리는 일꾼에게도 아침밥을 먹게 했다. 일꾼이 아침밥을 먹고 나자 서령은 일꾼에게 관복

일습이 든 보따리와 금창(金鎗)을 들게 해 앞세우고 집을 나섰다. 두 계집종이 등불을 밝혀 들고 문밖까지 배웅했다.

시천은 그 틈을 타서 부엌의 조리대 밑에서 기어 나왔다. 그리고 가만히 누각으로 올라가 문틀을 타고 대들보 위로 올라가 몸을 숨겼다. 배웅을 끝내고 문을 걸어잠근 두 계집종이 등불을 끄고 누각 위로 올라갔다. 둘 다 아직 잠이 모자라는지 곧 겉옷을 벗고 잠자리에 들어 다시 코를 골기 시작했다.

두 계집종이 잠든 걸 보고 시천은 다시 갈대 대롱을 꺼내 등불을 향해 불었다. 방 안에 있던 등불이 다시 소리 없이 꺼졌다. 대들보 위에 앉은 시천은 가만히 가죽 상자를 끌어올렸다. 원하던 물건을 손에 넣은 시천이 대들보를 내려오려는데 서령의 아내가 잠에서 깼다. 무슨 소리를 들었는지 계집종을 보고 소리쳐 물었다.

"대들보 위에서 나는 소리가 무슨 소리냐?"

급해진 시천은 얼른 늙은 쥐 소리를 냈다. 계집종이 듣고 말했다.

"마님, 쥐 새끼가 있는 모양입니다. 쥐가 기어 다녀 나는 소리겠지요."

이에 시천은 다시 쥐가 기어가는 소리를 흉내 내며 대들보에서 내려왔다.

살금살금 문께로 가서 가만히 문을 연 시천은 가죽 상자를 등에 짊어진 채 층계를 내려왔다. 그리고 다시 밖으로 나가는 문을 연 뒤 거리로 나왔다. 사경이 지난 터라 반문도 열려 있었다. 시천은 사람들에 섞여 반문을 나온 뒤 단숨에 성 밖으로 빠져나왔다. 묵고 있던 객점에 이르렀을 때도 아직 날이 밝지 않았다.

객점 문을 두드려 제 방으로 돌아온 시천은 원래의 짐과 가죽 상자를 한데 묶어 등짐을 만들었다. 그 짐을 지고 나와 방값을 치른 시천은 그길로 동쪽을 향해 도망치듯 내달았다.

한 사십 리를 단숨에 내달은 시천은 그제야 밥을 지어 먹기 위해 주막을 찾았다. 그때 누군가가 맞은편에서 달려오는 것이었다. 시천이 보니 그는 다름 아닌 신행태보 대종이었다. 시천이 이미 갑옷을 훔친 걸 보고 다가온 대종은 나지막하게 말했다.

"내가 먼저 그 갑옷을 가지고 산채로 돌아가겠네. 자네는 탕륭과 함께 천천히 오게."

이에 시천은 가죽 상자를 열어 안령쇄자갑(雁翎鎖子甲, 기러기 꽁지깃으로 된 사슬 갑옷)을 꺼내어 보자기에 쌌다. 대종은 그 보자기를 받아 몸에 매고 주막을 나섰다. 문을 나서기 바쁘게 신행법을 일으켜 바람같이 양산박으로 달려갔다. 시천은 빈 가죽 상자를 남이 다 알아보게 묶어 두고 밥을 시켜 먹었다. 밥값을 치른 뒤 그 가죽 상자를 지고 주막을 나선 시천은 다시 동쪽으로 걷기 시작했다. 이십 리도 채 못 가 이번에는 탕륭을 길 위에서 만났다. 두 사람은 가까운 술집으로 들어가 마주 앉았다.

"형은 내가 말하는 길로만 가시오. 그러다가 술집이건 음식점이건 객점이건 문 위에 백분으로 동그라미가 그려진 집이 있으면 그 집으로 들어가 술과 밥을 드시도록 하시오. 그 객점 안에서는 되도록이면 편히 쉬시되 특히 저 가죽 상자가 여러 사람의 눈에 뜨이도록 해 주셨으면 좋겠소이다. 그래서 정해 둔 길이 다 끝나거든 거기서 나를 기다려 주시오."

탕륭이 시천에게 그렇게 말했다. 시천은 두말없이 그 계책에 따랐다.

시천과 함께 여유 있게 술 한잔을 마신 탕륭은 시천이 온 길을 되짚어 동경으로 갔다.

그 무렵 서령의 집은 발칵 뒤집혀 있었다. 날이 밝자 잠에서 깬 두 계집종은 누각의 문이 열려 있는 것을 보고 놀라 살펴보니 중문 대문이 모두 열려 있었다. 황망해진 두 계집종은 집 안에 없어진 물건이 있나 없나부터 챙겨 보았다. 얼른 보기에는 아무것도 도둑맞은 게 없는 듯했다. 이에 조금 마음이 놓인 두 계집종은 누각으로 올라 서령의 아내에게 말했다.

"왜 그런지 모르지만 집 안의 문이 죄다 열려 있습니다. 하지만 잃어버린 물건은 없는 것 같아요."

그러나 서령의 아내는 달랐다. 대뜸 낯색이 변하며 말했다.

"아까 오경 무렵에 대들보에서 이상한 소리가 들리지 않았느냐? 너희들은 그게 쥐 소리라 했지만 아무래도 이상하다. 거기 매달려 있던 가죽 상자는 살펴보았느냐?"

그 말을 들은 두 계집종은 얼른 누각 위로 올라가 대들보를 쳐다보았다.

"에그머니나, 가죽 상자가 어디 갔는지 없어졌어요!"

대들보를 살펴본 계집종이 그렇게 놀란 소리를 질렀다. 그걸 들은 서령의 아내가 황망히 달려와 말했다.

"어서 사람을 용부궁으로 보내 나리께 이 일을 알려 드려라. 어서 오시어 그 상자를 찾게 해야 한다."

계집종은 그 말대로 사람을 얼른 용부궁으로 보내 서령에게 알렸다. 서넛이나 사람을 바꾸어 가며 알렸으나 모두 돌아와 하는 말은 이랬다.

"오늘 금창반은 어가를 따라 내원(內苑)으로 갔다고 합니다. 궁 바깥에는 모두 친군(親軍)이 둘러싸고 호위하고 있어 아무도 안으로 들어갈 수가 없었습니다. 나리께서 절로 돌아오실 때를 기다리는 수밖에 없습니다."

서령의 아내는 애가 탔으나 어쩔 수가 없었다. 두 계집종과 함께 달군 쇠판 위의 개미처럼 안절부절못하며 서령이 돌아오기만을 기다렸다. 집안사람들이 차 한 모금, 밥 한 숟갈 들지도 못하고 마음 졸이고 있는 것도 모르고 서령은 날이 저물 무렵 해서야 돌아왔다. 나갈 때와 같은 당당한 모습으로 돌아오다가 반문께에 이르러 이웃으로부터 놀라운 소리를 들었다.

"나리 집에 도둑이 들었다는군요. 아무리 찾아보아도 잃은 물건은 보이지 않는다고 합니다."

서령은 퍼뜩 머리를 스치는 불길한 예감에 뛰듯이 집으로 들어갔다. 두 계집종이 문을 열어 주며 말했다.

"오경 무렵 나리께서 입궐하신 뒤에 도적이 숨어들어 대들보에 묶어 둔 가죽 상자를 훔쳐 갔습니다."

그 말을 들은 서령은 연신 괴로운 신음 소리를 내며 머리를 싸쥐었다. 서령의 아내가 나와 죄지은 사람처럼 기어드는 목소리로 중얼거렸다.

"그 도둑놈이 언제 집 안에 숨어들었는지……."

서령이 괴로운 표정으로 그 말을 받았다.

"다른 걸 잃어버렸다면 대단할 것도 없지만 그 안령갑(鴈翎甲)은 벌써 사대째 물려 내려오는 보물이라 잃어서는 아니 되오, 화아왕(花兒王) 태위께서 일찍이 나에게 돈 삼만 관을 준다 해도 내가 팔지 않았던 물건이라오. 뒷날 싸움터에서 반드시 쓸 때가 있을 것 같았기 때문이오. 그래도 혹시나 무슨 일이 있을까 하여 대들보에 매달아 놓고 다른 사람이 한번 보여 달라는 것조차 들어주지 않았소. 이제 이 소문이 새어 나가면 사람들이 얼마나 나를 비웃겠소. 정말로 이 일을 어찌하면 좋단 말이오!"

그렇게 되고 나니 집안은 초상집이나 다름없었다. 서령은 그밤 내내 눈 한번 붙이지 못하고 생각에 잠겨 보냈다.

'누가 그걸 훔쳐 갔을까? 누군지는 모르지만 그놈은 틀림없이 내게 그 갑옷이 있다는 걸 아는 놈일 게다.'

한편 그의 아내는 아내대로 곰곰이 생각에 잠겼다가 말했다.

"어젯밤 등불이 꺼졌다고 할 때 이미 그 도둑놈은 집 안에 숨어들어 있었음에 틀림없어요. 제 생각에는 반드시 당신이 잘 아는 사람이 돈을 주고 사려 해도 그 갑옷을 살 수 없자 저지른 짓일 겁니다. 아마도 아주 솜씨 좋은 도둑을 구해 훔쳐 오게 했겠지요. 당신은 가만히 사람을 시켜 찾아보면서 따로 방도를 내봐야 해요. 풀숲을 두드려 뱀을 놀라게 하는 식이 되어서는 아니 됩니다."

듣고 보니 옳은 말이라 서령도 너는 드러내 놓고 그 일을 떠들지 않았다.

다음 날이 밝았을 때였다. 근심과 괴로움에 잠긴 서령이 생각도 없는 아침상을 받고 앉았는데 누가 와서 문을 두드렸다. 데리고 있던 부하 하나가 나가 보고 돌아와 알렸다.

"연안부 탕 지채(知寨)의 아드님 되는 탕륭이라는 분이 찾아와 뵙고자 합니다."

그 소리를 들은 서령은 손님을 안으로 모셔 들이게 했다. 방 안으로 들어온 탕륭이 서령에게 공손히 절을 올리며 말했다.

"형님, 그동안 평안하셨습니까?"

"외삼촌께서 돌아가셨단 말을 들었지만 관직에 매인 몸인 데다 길이 멀어 문상조차 못했네. 게다가 자네의 소식까지 몰라 궁금했는데 이렇게 찾아오다니, 그동안 어디 있었나? 그리고 오늘은 무슨 일로 왔는가?"

탕륭을 알아본 서령이 그렇게 받았다. 탕륭이 시치미를 떼고 말했다.

"그걸 다 말하자면 끝이 없지요. 아버님께서 세상을 떠나신 뒤 집안은 기울고 운은 막혀 저는 강호를 떠다니는 신세가 되었습니다. 지금은 산동에서 지내다가 형을 찾아뵈려고 도성으로 왔지요."

"그런가? 우선 여기에 앉게."

서령은 그렇게 탕륭에게 자리를 권한 뒤 술상을 차려 오게 했다. 아무리 경황이 없다 해도 오랜만에 찾아온 사촌 형제라 대접

이 소홀할 수 없었다. 탕륭은 탕륭대로 보따리에서 한 스무 냥쯤
되는 금덩이 둘을 꺼내어 서령에게 바치며 말했다.

"아버님이 돌아가시면서 이 물건을 남기셨습니다. 형님에게 전
해 주라는 것이었는데 믿고 부릴 만한 사람이 없어 이제껏 전해
드리지 못했습니다. 이번에 아우가 도성으로 온 김에 형님에게
전해 드렸으면 합니다."

"외삼촌께서 그렇게 나를 생각해 주셨다니 그저 송구스러울
뿐이네. 나는 한 번도 효도한 적이 없는데 어찌 이런 보답을 받
겠나?"

서령이 감동한 표정으로 그렇게 말했다. 탕륭이 천연스레 거짓
말을 이어 나갔다.

"형님, 그런 말씀 마십시오. 아버님께서 살아 계실 적에 늘상
형님을 보고 싶어 하셨습니다. 그러나 서로 멀리 떨어져 살아 만
나지 못함을 한스러워하셨지요. 이것을 형님에게 남긴 것도 그런
아버님의 정이실 겝니다."

그러자 서령은 더욱 감동했다. 탕륭이 가져온 금덩이를 거두어
들이고 술상을 크게 차려 대접했다.

하지만 서령은 아무래도 마음속에 근심을 감출 수 없었다. 함
께 술을 마셔도 이맛살이 펴지질 않고 어두운 표정이 지워지질
않았다. 탕륭은 시치미를 떼고 놀란 듯 몸을 일으키며 물었다.

"형님, 무슨 일로 그렇게 얼굴이 어두우십니까? 무언가 속으로
괴로운 일이 있는 듯합니다만……."

서령이 더 숨기지 못하고 탄식과 함께 털어놓았다.

"아우는 잘 모르지만 한마디로 말하기 어려운 일이 생겼네. 어젯밤 집에 도둑이 들었어."

"잃어버린 게 많으십니까?"

탕륭이 여전히 아무것도 모르는 척 물었다. 서령이 어두운 목소리로 일러 주었다.

"도둑이 훔쳐 간 것은 한 가지뿐이라도 그게 예사 물건이 아닐세. 윗대부터 전해져 내려온 안령쇄자갑이야. 한편으로는 새당예(賽唐猊)라고도 불리는 귀한 물건인데 어젯밤 바로 그것을 도둑맞아 이렇게 마음이 편치 못하다네."

"형님의 그 갑옷은 저도 일찍이 본 적이 있습니다. 정말 세상에 짝이 없는 보물이지요. 돌아가신 아버님께서도 늘상 상찬해 마지않았습니다. 그런데 그걸 어디 두셨기에 도적을 맞았습니까?"

탕륭이 놀란 척 그렇게 물었다.

"가죽 상자에 단단히 넣어 자는 방 대들보에 걸어 두었다네. 어떻게 그 도둑이 들어와 훔쳐 갔는지 정말 귀신이 곡할 노릇이네."

"그 가죽 상자는 어떻게 생겼습니까?"

탕륭이 갑자기 생각난 게 있다는 듯 서령에게 그렇게 물었다.

"붉은 양가죽 상자로 안에는 향기 나는 솜을 가득 채웠다네."

서령이 그같이 대답하자 탕륭이 깜짝 놀란 표정으로 말했다.

"양피로 된 붉은 상자라구요? 그럼 혹시 윗면에 구름 모양과 사자가 공을 굴리는 모습을 흰 실로 수놓아 둔 것 아닙니까?"

"아니, 자네 어디서 그걸 보았나?"

서령도 놀라 마지않으며 그렇게 반문했다. 탕륭이 들뜬 목소리로 그 물음을 받았다.

"어제저녁 아우가 성 밖 사십 리쯤 되는 마을의 주막에서 술을 마시고 있는데 눈빛이 사납고 거무튀튀하면서도 여윈 사내가 상자 하나를 짊어지고 들어오더군요. 저는 속으로 그 가죽 상자 안에 무엇이 들어 있는지가 몹시 궁금했습니다. 그래서 주막을 나설 때 슬쩍 물어보았습니다. 그 가죽 상자를 어디에 쓰느냐고 물어본 셈인데 그 사내는 원래 갑옷을 넣어 두던 것이라고 하더군요. 지금은 헌 옷가지가 들어 있다고 말했지만 이제 보니 바로 그놈이 도둑놈 같습니다. 그놈은 절름발이인지 걸음걸이가 시원치 못했습니다. 뒤쫓아가면 못 붙들 것도 없을 듯한데요."

"만약 뒤쫓아가 잡을 수 있다면 이거야말로 하늘이 돕는 게 아니겠는가!"

서령이 확 펴지는 얼굴로 그렇게 소리쳤다. 탕륭이 그런 서령을 한 번 더 부추겼다.

"그렇다면 더 머뭇거리지 말고 빨리 뒤쫓아가십시다."

그러자 서령은 급히 신발을 꿰신고 칼을 찬 채 탕륭과 함께 집을 나섰다. 동문을 나와 뛰듯이 뒤쫓는 그들 앞에 얼마 가지 않아 벽에 흰 동그라미가 그려진 주막이 하나 나타났다. 그 표시를 알아본 탕륭이 서령에게 권했다.

"우선 저 집으로 들어가 술 한잔 마시면서 그놈에 대해 아는 게 있는지 한번 물어보지요."

그러고는 서령을 이끌듯 그 주막 안으로 들어가 자리에 앉기 바쁘게 물었다.

26

"주인장, 한 가지만 묻겠소. 여기 눈이 작고 거무튀튀하면서도 파리한 사내가 붉은 양피 상자를 지고 지나간 적 없소?"

주인이 본 대로 대답했다.

"어젯밤 그 비슷한 사내가 지나갔습니다. 다리를 저는지 몹시 절뚝거리더군요."

"형님, 들으셨습니까?"

탕륭이 주인을 제쳐 놓고 서령을 돌아보며 물었다. 마음이 급해진 서령은 대답을 하고 자시고 할 틈도 없었다. 서둘러 술값을 치르고 주막을 나가 내닫기 시작했다. 한참을 가다 보니 다시 두 사람 앞에 한 주막이 나타났다. 역시 벽에는 흰 분필로 동그라미가 그려진 주막이 있었다. 탕륭이 발걸음을 멈추고 서령을 돌아보며 미안한 듯 말했다.

"형님, 저는 더 걷기가 힘들군요. 오늘은 이만 저 주막에서 쉬고 내일 아침 일찍 일어나 뒤쫓으면 어떻겠습니까?"

"나는 관직에 매인 몸이라 그사이라도 혹시 점고가 있을까 봐 걱정이네. 관청에서 찾는데 내가 없으면 반드시 꾸짖을 텐데 이를 어찌하면 좋겠는가?"

서령이 난감한 듯 탕륭의 말을 받았다. 탕륭이 그런 서령을 안심시켰다.

"그건 형님께서 너무 걱정하지 마십시오. 형수님이 반드시 알맞은 평계를 대어 놓으실 것입니다."

이에 서령도 더는 우기지 못하고 탕륭과 함께 그 객점에 들었다.

그들은 객점에 들기 바쁘게 다시 가죽 상자를 진 사내에 대해

물어보았다. 일꾼 녀석이 아는 성싶게 나섰다.

"어젯밤 그런 사람이 바로 저희 집에서 하룻밤을 묵고 갔습죠. 오늘 아침 해가 중천에 뜬 뒤에야 떠나갔습니다. 산동으로 가는 길을 묻는 게 그리로 가는 모양입디다."

그 말을 들은 탕릉이 혼잣말처럼 소리 나게 중얼거렸다.

"그렇다면 뒤쫓아 잡을 수 있겠군."

그 말에 서령도 조금 마음이 놓였다. 그날 밤은 그 객점에서 묵고 다음 날 새벽같이 탕릉을 재촉해 길을 나섰다.

그날도 탕릉은 벽에 흰 동그라미가 그려진 주막만 골라 서령을 이끌었다. 전날처럼 술 한잔 마시고 가죽 상자를 진 사내에 대해 수소문하는 식인데, 어디서나 대답은 비슷했다. 서령은 오직 잃어버린 갑옷을 찾는 일에만 마음이 빼앗겨 조금도 의심 없이 탕릉을 뒤따랐다.

다시 하루가 지나고 날이 저물어 왔다. 두 사람이 가는 길 앞에 한 채 오래된 사당이 보이고 그 앞에 한 그루 나무가 서 있는데 그 아래 시천이 짐을 풀어 놓고 앉아 있는 게 보였다. 탕릉이 서령을 돌아보며 소리쳤다.

"저 보십쇼. 저게 형님의 양피 상자 아닙니까?"

서령이 보니 정말로 그랬다. 탕릉에게 대꾸하고 자시고 할 것도 없이 냅다 달려가 시천의 멱살을 감아쥐었다.

"이 도둑놈이 정말로 간도 크구나. 어찌하여 감히 나의 갑옷을 훔쳐 갔느냐?"

서령이 시천을 잡아먹을 듯 노려보며 꾸짖었다. 시천이 별로 겁먹은 기색도 없이 맞받았다.

"이것 봐, 이것 놓으라니까. 그래, 내가 네 갑옷을 훔쳤다. 이제 어쩔 테냐?"

"이 짐승 같은 놈이 뻔뻔스럽기는. 네놈이 도리어 내게 대들어?"

서령이 더욱 성이 나서 목청을 높였다. 시천이 이죽거리듯 말했다.

"어쨌건 이 상자 안에 네놈의 갑옷이 있는가 없는가부터 살펴야 할 거 아니냐?"

탕륭이 그 말을 받아 얼른 가죽 상자를 열어 보았다. 놀랍게도 상자 안은 텅 비어 있었다. 서령은 눈이 뒤집혀 소리쳤다.

"이놈! 내 갑옷을 어디로 빼돌렸느냐?"

그러자 시천이 갑자기 사람이 바뀐 듯 공손하게 털어놓았다.

"제 말 좀 들어 보십쇼. 저는 장일(張一)이라는 놈으로 태안주(泰安州)에 삽니다. 그런데 그곳에는 노충 경략 상공과 가까이 지내고 싶어 하는 어떤 돈 많은 이가 있어 좋은 예물을 구하다가 나리의 안령쇄자갑 이야기를 들은 듯합니다. 하지만 돈으로는 살 수 없음을 알자 저와 이삼이란 놈에게 시켜 나리 댁에서 그걸 훔쳐 내게 했습죠. 그걸 가져오면 돈 일만 관을 우리에게 내놓겠다는 겁니다. 나리께서 아시다시피 우리는 멋지게 그 일을 해치웠지요. 그러나 제가 나리 댁 기둥을 타다가 뜻밖에도 다리를 삐어 내달을 수가 없게 되는 바람에 이삼이란 놈이 그 갑옷을 가지고 먼저 떠나고 저는 빈 상자와 함께 뒤처지게 되었습니다. 만약 나리가 절 어떻게 하시려고 관가로 끌고 간다면 저는 매 아래 죽는 한이 있어도 더는 아무것도 밝히지 않겠습니다. 그렇지만 한번 용서를 해 주신다면 함께 가서 그 갑옷을 되찾도록 해 드리지요."

도둑놈의 수작치고는 좀 엉뚱했지만 그렇다고 함부로 대할 수도 없었다. 워낙 잃은 물건이 귀한 것이라 정말로 그가 죽기로 입을 다물어 버린다면 그보다 더한 낭패가 어디 있겠는가. 그렇다고 도둑놈의 말을 그대로 믿고 꺼들꺼들 따라나서기도 마땅찮았다. 서령이 영 마음을 정하지 못해 망설이는 걸 보고 탕륭이 슬쩍 거들었다.

"형님, 이놈이 달아날 걱정은 안 해도 될 듯하니 한번 따라가 보지요. 가 봐서 갑옷이 없으면 그때 이놈을 관가로 넘기지요."

그제야 서령도 마음을 정한 듯 고개를 끄덕였다.

"자네 말이 옳네. 그렇게 하세."

이에 한 덩이가 된 세 사람은 곧 가까운 객점에 들어 하룻밤을 묵었다. 사실 시천은 다리를 다친 게 아니었다. 일부러 헝겊을 찢어 다리를 싸매고 있을 뿐이었으나 서령은 정말 다친 걸로 알고 그리 엄하게 감시하지 않았다.

이튿날 일찍 일어난 세 사람은 시천이 이끄는 방향으로 길을 떠났다. 도중에 시천은 술과 고기를 사 가며 서령의 속을 누그러뜨리려고 애썼다.

걷는 사이에 또 하루가 저물었다. 할 수 없이 주막을 찾아든 그들은 하룻밤을 쉬고 다시 길을 떠났다. 탕륭과 시천이야 짜고 하는 일이니 그럴 리 없지만 서령은 그때부터 조금씩 의심이 일기 시작했다. 아무래도 갑옷은 못 찾고 뭔가 좋지 않은 꼴만 당할 것 같은 예감이었다.

서령이 내키지 않는 걸음을 내딛고 있을 때 갑자기 길가에서 네 마리 말이 끄는 수레 한 대가 나타났다. 아무것도 실린 게 없는 수레로 한 사람이 말 뒤에서 수레를 몰고 있고, 곁에는 손님 하나가 타고 있었다.

마부 곁 손님이 탕륭을 보자 고개를 숙이며 알은체를 했다. 탕륭이 그에게 물었다.

"자네가 여기 웬일인가?"

"정주에서 장사를 하고 태안주로 돌아가는 길입니다."

마부 곁 사내가 그렇게 대답했다. 탕륭이 반갑게 말했다.

"그것참 잘됐군. 마침 우리 셋도 수레가 있었으면 했는데, 우릴 태안주까지 좀 태워 주게."

"어디 세 사람뿐이겠습니까. 자리는 얼마든지 있습니다."

탕륭이 몹시 기뻐하며 서령을 불러 그 장사꾼을 인사시켰다. 서령이 탕륭에게 물었다.

"저 사람은 누군가?"

"작년 태안주에 향을 사르러 갔다가 얻은 아우입니다. 이영(李榮)이라고 하는데 의기의 사내지요."

탕륭이 그렇게 대답하자 서령도 더는 이상하게 여기지 않았다.

"그렇다면 장일이도 잘 걷지를 못하니 함께 수레를 타고 가도록 하세."

그러면서 장사꾼 이영까지 수레 뒤로 옮겨 앉도록 권했다. 네 사람이 수레 위에 자리 잡고 앉기 바쁘게 서령이 시천에게 따져 묻기 시작했다.

"장일이, 이제는 자네들에게 뒷돈을 댄 부자가 누군지 말해 주게."

시천은 요런조런 핑계를 대고 빠져나가다가 마지못해 엉터리 이름 하나를 댔다.

"그는 곽(郭) 대관인이란 분입니다."

서령이 아무래도 의심스러운 듯 이영에게 확인하려 들었다.

"정말로 당신이 사는 태안주에 곽 대관인이란 이가 있소?"

"우리 고을의 곽 대관인이라면 아주 대단한 부자지요. 벼슬아치들과도 왕래가 잦고 먹여 살리는 사람도 많습니다."

이영이 널름 그렇게 받아 서령을 안심시켰다. 서령도 이영까지 그렇게 나오니 아니 믿을 수가 없었다.

'그렇다면 구태여 의심할 거 없군.'

속으로 홀로 중얼거리고는 따져 묻기를 그만두었다.

장사꾼 이영은 여러 가지로 재간이 많은 사내였다. 가는 도중 창봉 쓰는 이야기를 재미있게 늘어놓기도 하고 시원스레 노래도 불러 주어 아무도 하룻길이 지루한 줄 몰랐다.

양산박까지 남은 길이 그리 많지 않을 무렵, 이영이 문득 마부를 불러 술병과 돈을 내주며 술과 고기를 사 오게 했다. 마부가 시킨 대로 하자 이영은 수레에 앉은 채로 모두에게 술을 한 잔씩 돌리기 시작했다. 먼저 서령에게 술 한 바가지를 떠 주고 서령이 그걸 받아 마실 때까지만 해도 별일이 없었다. 그런데 이상한 것은 그다음이었다. 두 번째 바가지를 이영이 받아 마시려는데 마부가 잘못해 그런 것처럼 꾸며 바가지의 술은 물론 술병의 술까지 죄다 쏟아 버렸다.

이영은 마부를 꾸짖는 척하며 다시 술 한 병을 사 오게 했다. 그러나 새 술이 왔을 때 서령은 이미 입가에 침을 질질 흘리며 수레 바닥에 널브러져 있었다. 약을 탄 술을 마신 까닭이었다.

그렇다면 이영은 누구였을까. 그는 다름 아닌 철규자 악화였다. 장일이란 좀도둑으로 꾸민 시천과 더불어 서령을 양산박의 그물로 깨끗이 옭아 버린 것이었다.

오래잖아 탕륭, 시천, 악화 세 사람은 한지홀률 주귀의 주막에 이르렀다. 세 사람은 서령을 부축해 배에 태우고 금사탄을 건넜다.

산채 아래 언덕에 배를 대자 이미 전갈을 받은 송강이 여러 두령들을 데리고 내려와 기다리고 있었다.

그 무렵 서령도 약을 탄 술에서 깨어나 있었다. 데리고 왔던 세 사람이 그사이에 해독약을 먹인 덕분이었다. 눈을 뜬 서령은 수많은 사람들이 기다리다 반갑게 맞는 걸 보고 깜짝 놀랐다. 놀랍고도 알 수 없다는 눈길로 탕륭을 보며 물었다.

"아우, 이게 웬일인가? 어째서 나를 속여 이곳까지 데려왔나?"

그제야 탕륭이 죄지은 표정으로 털어놓았다.

"형님, 제 이야기를 좀 들어 주십시오. 저는 진작부터 송공명이 사방의 호걸들을 받아들이고 있다는 이야기를 들어 왔습니다. 그러다가 얼마 전 무강진(武岡鎭)에서 흑선풍 이규를 만나 형님으로 모시고 양산박에 몸을 담게 됐습니다. 그런데 이번에 호연작이 연환갑마로 진을 쳐서 양산박을 치니 저희로서는 물리칠 계책이 없어 제가 구겸창법을 여러 두령들께 말씀드렸습니다. 하지만 구겸창을 만든다 해도 형님이 아니면 그걸 쓰는 법을 아는 사람이 없으니 어쩌겠습니까? 저희는 생각 끝에 계책을 써서 형님을 모셔 오기로 한 것입니다. 먼저 시천을 시켜 형님이 아끼시는 갑옷을 훔치게 하고 다시 제가 찾아가 형님을 속여 길을 떠나게 부추겼지요. 그다음 악화를 이영으로 꾸며 형님에게 몽한약을 타 먹이게 한 것입니다. 형님, 너무 놀라지 마시고 산채로 오르셔서 두령의 자리에 앉아 주십시오."

"네가 나를 망치려 드는구나."

서령이 어이없다는 눈길로 탕륭을 쏘아보며 그렇게 소리쳤다. 송강이 잔을 들어 그런 서령에게 권하며 간곡하게 말했다.

"지금 이 송강은 잠시 물가에 산채를 얽고 지내나 기다리는 것은 오직 조정에서 저희를 불러들여 주는 것입니다. 그때는 힘을 다해 나라의 은혜에 보답할 것이오, 결코 재물을 탐하고 사람 죽이기를 좋아해 이러고 있는 것이 아닙니다. 어질고 의로운 일을 하고자 하니 바라건대 이 뜻을 어여삐 보아주십시오. 우리와 함께 하늘을 대신해 이 땅 위에 도가 행해지도록 하는 것도 남아로서 해 볼 만한 일일 것입니다."

곁에 있던 임충도 잔을 올리며 권했다.

"이 아우 역시 여기에 와 있지 않습니까? 형님 부디 마다하지 마십시오."

전부터 알고 지낸 임충까지 나서서 그렇게 말하자 서령은 조금 마음이 흔들린 듯했다. 하지만 선뜻 송강의 뜻을 받아들이기는 어려운 모양이었다. 탕륭을 돌아보며 원망 비슷이 말했다.

"이보게, 탕륭 아우. 자네는 나를 속여서 이곳까지 데려왔지만 집안 식구들은 모두 관가에 잡혀갈 것이니 그 일은 어찌할 텐가?"

"그건 걱정 마시고 가만히 보고만 계십시오. 제 목을 걸고 말씀드립니다만, 곧 가족들을 이곳으로 모셔 와 함께 지낼 수 있게 해 드리겠습니다."

송강이 탕륭을 대신해 그렇게 서령을 안심시켰다. 조개와 오용, 공손승 등도 모두 와서 서령을 좋은 말로 달래고 크게 술자리를 벌여 그가 온 것을 환영해 주었다.

그렇게 되니 서령도 어쩔 수 없이 양산박의 사람이 되었다. 송강은 한편으로는 날랜 졸개들을 뽑아 구겸창 쓰는 법을 배우게 하고 다른 한편으로는 대종과 탕륭을 동경으로 보내 서령의 가족들을 데려오게 했다.

열흘도 안 되어 영주로 간 양림이 팽기의 가족들을 데려오고 동경으로 간 설영은 능진의 가족들을 데려왔다. 이운도 다섯 수레의 화약 재료와 여러 가지 화포를 쏘는 데 필요한 물건들을 사서 돌아왔다. 며칠 지나자 대종과 탕륭 또한 별일 없이 서령의 가족들을 산채로 데리고 돌아왔다.

서령은 생각지도 않은 때에 처자가 온 걸 보고 깜짝 놀라 어떻게 그토록 빨리 오게 되었는지를 물었다. 그 아내가 대답했다.

"당신이 떠나고 얼마 안 되어 대궐에서 점고가 있었습니다. 저는 금붙이를 팔아 뇌물을 쓰고 당신이 앓아누웠다는 핑계를 대었더니 다시 부르러 오지 않더군요. 그런데 문득 탕 아주버님이 와서 안령갑을 보이며 말씀하십디다. '물건은 되빼앗았으나 형님은 돌아오는 중에 병이 나 객점에 누웠는데 지금 명이 오락가락합니다. 형수님과 아이들을 마지막으로 한 번 보고 싶다 하시니 어서 가시지요.' 그러니 제가 더 망설일 게 무엇 있겠습니까? 시키는 대로 수레에 탔더니 이곳으로 데려왔더군요. 저는 길을 몰라 어디로 가는 줄도 모르고 있었습니다."

그 말을 들은 서령은 한편 기뻐하면서도 다른 한편으로는 안타까운 표정을 지었다.

"아우, 잘했네만 한 가지가 애석하네. 그 안령갑을 집에 두고 온 것 말이네!"

쫓겨 가는 호연작

"형님, 걱정이 기껏 그거라면 이제 기뻐하셔도 좋습니다. 형수님을 속여서 수레에 태워 보낸 뒤 나는 곧바로 형님 댁에 돌아가 그 갑옷도 챙기고 두 계집종 아이와 집 안의 재물까지 모두 거두어 몽땅 이리로 옮겨 오게 했습니다."

탕륭이 껄껄 웃으며 서령의 말을 받았다. 그 말을 들은 서령이 탄식처럼 말했다.

"그렇다면 우리는 이제 동경으로 돌아가기는 글렀구나!"

"한 가지 더 일러 드리지요. 제가 돌아오는 길에 한 무리 장사치들과 길에서 마주친 적이 있습니다. 그때 저는 형님의 안령갑을 입고 얼굴을 형님 비슷하게 꾸민 뒤 형님의 이름을 대며 그 장사치들을 습격해 재물을 모조리 털어 버렸지요. 아마 지금쯤은 동경에서 내린, 형님을 잡아들이라는 공문이 고을고을 쫙 돌았을 겁니다."

탕륭이 짓궂은 미소로 그렇게 덧붙였다. 서령은 그런 탕륭을 흘겨보며 푸념처럼 말했다.

"네가 나를 해친 게 실로 적지 않구나!"

그때 조개와 송강이 탕륭을 편들어 서령을 달랬다.

"만약 그렇게 하지 않았다면 관찰께서 어떻게 이곳까지 와 주셨겠소."

그러고는 산채 안의 좋은 집을 골라 서령의 가족들이 편히 살 수 있게 해 주었다.

서령을 얻은 양산박 두령들은 다시 호연작의 연환갑마를 쳐부술 의논에 들어갔다. 그 무렵 뇌횡은 이미 산채에서 쓸 구겸창을 넉넉히 만들어 놓은 뒤였다. 송강과 오용은 서령을 불러 졸개들에게 구겸창 쓰는 법을 가르쳐 달라고 청했다. 서령도 더는 마다하지 않았다.

"그럼 이제부터 제가 정성을 다해 군사들을 조련시키겠습니다. 우선 힘이 세고 튼튼한 이들을 골라 주십시오."

서령이 그렇게 말하자 송강은 여러 두령들을 모두 취의청으로 불러들였다. 두령들이 보니 서령은 과연 인물이 뛰어난 데가 있었다. 일곱 자 가까운 키에 희고 잘생긴 얼굴에는 세 갈래 검은 수염이 드리워져 있었다. 자신이 원한 대로 군사들을 가려 뽑는 일이 끝나자 서령은 취의청을 내려갔다. 서령이 구겸창을 들어 몸소 한번 그 쓰는 법을 보이자 보고 있던 사람들은 갈채를 아끼지 않았다.

"말 위에서 이 구겸창을 쓸 때는 허리와 사타구니로 걷듯 하며 쓰는데 위와 가운데로 일곱 가지 길이 있다. 걸어 잡아당기는 것이 세 가지요, 쳐내는 게 네 가지다. 또 찌르는 법 하나와 쪼개는 법 하나가 더 있어 모두를 합치면 아홉 가지의 변화가 있는 셈이다. 하지만 땅 위를 걸으면서 이 구겸창을 쓰는 게 가장 쓰임새가 크다. 먼저 여덟 걸음을 걸으며 네 번 휘저어 길을 열고 열두 걸음을 나아가면 그게 한 가지 변화다. 열여섯 걸음에서 몸을 크게 돌리고 스물네 걸음에서 구겸창을 나누어 찌르는데 동쪽을 걸어 당길 때는 서쪽을 치고 위로 찌르며 아래로 휘젓는다. 서른 여섯 걸음에 온몸을 감싸면서 힘을 다해 적의 굳셈을 허물어뜨리고 그 강함을 무찌른다. 이것이 '구겸창정법(鉤鎌鎗正法)'이다."

서령이 소리 높여 군사들에게 그렇게 가르쳤다. 서령이 바른 법대로 차례차례 구겸창 쓰는 법을 보여 주니 두령들뿐만 아니라 졸개들까지도 잘 알아들었다. 그대로 따른다면 머지않아 적의 연환갑마를 쳐부술 수 있다는 믿음으로 모두 기뻐해 마지않았다.

그날을 시작으로 양산박의 졸개들 중에서 가리고 가려서 뽑은 군사들은 새벽부터 어두울 때까지 구겸창 쓰는 법을 익혔다. 또 보군들은 보군들대로 나무와 풀숲 속에 숨어 말발굽과 말 다리를 구겸창으로 걸어 쓰러뜨리는 수법을 익혔다. 보름도 안 되어 오륙백 명의 졸개들이 모두 구겸창을 익숙하게 다룰 줄 알게 되었다. 그걸 본 송강과 여러 두령들은 매우 기뻐하며 관군과 다시 싸울 준비를 하게 했다.

한편 호연작은 팽기와 능진이 사로잡혀 간 뒤에도 기세가 꺾이지 않았다. 매일 말 탄 군사를 이끌고 양산박 물가로 와서 싸움을 걸었다. 양산박에서는 수군 두령들에게 명해 나루터와 여울목을 굳게 지킬 뿐 나가 싸우지 못하게 했다. 얕은 물 밑바닥에는 걸어서 건널 수 없게 날카로운 못을 박아 두고 물이 깊은 곳에는 배가 지나가지 못하게 말뚝을 박아 놓으니 호연작으로는 어찌해 볼 수가 없었다.

호연작은 산 서쪽과 산 북쪽 두 길로 척후병을 보내 보았으나 길이 험해 도무지 산채 근처로는 다가갈 수 없었다. 그사이 양산박에서는 능진의 화포까지 모두 갖춰졌다. 이운이 사 온 재료들로 만들어진 화포와 탄환들은 관군들에 비해 결코 위력이 뒤떨어지지 않았다. 거기다가 군사들이 구겸창 쓰는 법도 볼만해져 송강은 드디어 싸움을 결정했다.

"내 비록 재주 없고 안목이 얕으나 이제는 싸울 때가 되었다고 보는데 여러 두령들의 의견은 어떠시오?"

송강이 그렇게 묻자 오용이 여럿에 앞서 가만히 물었다.

"어떤 계책이 있는지 듣고 싶습니다."

"내일 싸움에는 한 필의 말도 쓰지 않을 작정이오. 모든 두령들은 보군으로 싸워 주셨으면 좋겠소. 또 손오(孫吳)의 병법에는 숲이나 늪 같은 곳에서 싸우는 게 이롭다 했소. 내일 우리 군사가 산을 내려가면 적이 군마를 내어 마주쳐 올 것인즉, 그때는 모두 갈대가 무성하고 가시덤불이 우거진 숲속으로 달아나도록 하시오. 그곳에는 구겸창을 잘 쓰는 군사 열 명 사이마다 갈고리

창을 든 군사 열 명씩을 끼워 넣은 우리 부대가 미리 매복해 있을 것이오. 적의 군마가 이르면 먼저 구겸창으로 말을 쓰러뜨리고 뒤따라 갈고리창을 든 군사들이 적병을 사로잡게 됩니다. 들판의 좁은 길목에서도 그리하면 될 듯한데, 여러분에게는 이 계책이 어떻소?"

송강은 오용의 말에 그렇게 마음속의 계책을 밝혔다. 오용이 만족한 듯 대답했다.

"그렇게 군사를 감춰 둔다면 반드시 적장을 사로잡을 수 있을 것입니다."

"구겸창은 원래 갈고리창과 함께 쓰는 게 바로 쓰는 법이지요."

서령도 고개를 끄덕이며 송강의 계책에 찬동했다.

이에 송강은 그날로 먼저 열 갈래의 부대부터 꾸몄다. 유당과 두천이 한 부대를 이끌고 목홍, 목춘 형제가 한 부대를 이끌었으며, 양웅과 도종왕도 한 부대를 이끌었다. 주동과 등비, 해진과 해보, 추연과 추윤, 일장청과 왕왜호 부부도 한 부대씩을 맡았다. 설영과 마린, 연순과 정천수, 양림과 이운도 각기 짝이 되어 한 부대씩을 맡았다. 모두 보군으로 산을 내려가 적군을 유인할 부대였다.

송강은 다시 이준, 장횡, 장순, 완씨 삼 형제, 동위, 동맹, 맹강 아홉 명을 불러 수군 두령으로서 배를 타고 싸움을 돕게 했고, 화영, 진명, 이응, 시진, 손립, 구붕 여섯에게는 마군을 이끌고 산비탈에서 싸움을 걸게 했다. 송강은 오용, 공손승, 대종, 여방, 곽성을 데리고 중군이 되어 모든 군마를 지휘하기로 했으며 나머지 두령들은 모두 산채를 지키게 했다.

인마의 배치가 끝나자 송강은 그날 밤으로 군사를 내었다. 삼경 무렵 해서 먼저 구겸창 부대가 물을 건넜다. 그들은 네 길로 나누어 미리 지정된 곳에 소리 없이 매복을 끝냈다. 다음으로 사경쯤 해서 십 대의 보군이 물을 건넜다. 이때 능진과 두흥도 풍화포(風火砲)를 싣고 함께 건너가 높은 언덕에다 설치했다. 서령과 탕륭도 신호에 쓸 깃발을 가지고 보군에 끼었다.

이윽고 날이 밝았다. 송강은 중군으로 남겨진 인마를 이끌고 물가로 나왔다. 그리고 앞서의 다른 부대들과는 달리 물을 건너지 않은 채 북을 울리고 함성을 올리게 했다.

장막 안에 있다가 군사들로부터 양산박 쪽의 움직임을 전해들은 호연작은 얼른 선봉 한도를 불러 먼저 군사를 이끌고 나가 살펴보게 했다. 한도가 명을 받고 나간 뒤 호연작도 연환갑마를 짜고 싸움 채비에 들어갔다.

온몸을 갑옷으로 감싸고 척설오추마에 오른 호연작은 쌍편을 휘두르며 양산박으로 인마를 몰아갔다. 호연작이 군사를 펼쳐 세우고 있을 때 살펴보러 나갔던 한도가 돌아와 말했다.

"바로 남쪽에 적의 한 부대가 있는데 그 수는 얼마나 되는지 잘 모르겠습니다."

"얼마가 되는지 애써 알아볼 것도 없다. 연환갑마를 내어 밀어붙여라!"

지난번 싸움에서 재미를 본 호연작이 대뜸 그렇게 영을 내렸다.

한도는 그 영에 따라 군사 오백을 이끌고 남쪽으로 달려갔다.

그런데 가다 보니 동남쪽에서 다시 한 떼의 양산박 군사들이 나타났다. 한도는 얼른 군사를 나누어 알아보고 오게 했다. 그때 다시 서남쪽에서 양산박 깃발이 나부끼며 함성이 들려왔다.

놀란 한도는 얼른 군사를 이끌고 호연작에게 돌아가 알렸다.

"남쪽에 세 갈래 군마가 있는데 모두가 양산박의 깃발을 앞세우고 있습니다."

"적병이 그렇게 많다면 나가지 말라. 놈들이 무슨 수작을 꾸미고 있음이 분명하다."

호연작이 그렇게 대꾸했을 때였다. 이번에는 북쪽에서 한 소리 포향이 터졌다. 포 소리를 들은 호연작이 성나 소리쳤다.

"저 대포는 틀림없이 능진이란 놈이 쏘는 것일 게다. 제멋대로 쏘라지!"

그리고 군사를 남쪽으로 몰아가려 했다. 그때 다시 북쪽에서 세 갈래 각기 다른 부대의 깃발이 올랐다. 호연작이 문득 한도를 보고 말했다.

"아무래도 저 도적놈들이 간사한 꾀를 부릴 모양이니 너와 나는 인마를 나누어 맞서는 게 좋겠다. 나는 북쪽의 적을 칠 테니 너는 남쪽의 적을 쳐라."

그리고 군사를 나누려고 하는데 다시 서쪽에서 네 부대가 나타났다. 일이 그렇게 되자 호연작도 적잖이 당황했다. 그런데 괴로운 일은 그걸로 그치지 않았다. 정북쪽에서 다시 한 소리 연주포 터지는 소리가 나며 적병이 흙 언덕 위로 잇대어 나타났다.

방금 쏜 연주포는 하나의 어미 포탄에 마흔아홉 개의 새끼 포탄이 둘러싸고 있어 자모포(子母砲)라고도 불렸다. 그 포탄이 가까이 떨어지자 귀청이 떨어질 듯한 소리와 함께 흙먼지가 자욱이 치솟았다. 거기에 놀란 호연작의 군사들은 싸워 보지도 않고 어지러워졌다. 놀라기는 한도가 이끌기로 된 군사들도 마찬가지였다.

그 바람에 호연작과 한도는 군사를 나누고 자시고 할 것도 없이 한 덩이가 되어 사방으로 쳐 나갔다. 그런데 알 수 없는 것은 양산박의 군사들이었다. 나타날 때의 기세는 다 어디로 갔는지 관군이 동쪽으로 치고 들면 동쪽으로 달아나고 서쪽으로 치고 들면 서쪽으로 달아났다.

호연작은 다시 힘이 났다. 군사를 모아 이번에는 북쪽으로 치고 들었다. 그러자 양산박의 군사들은 갈대가 무성한 숲속으로 달아났다. 호연작은 연환갑마를 모조리 휘몰아 그런 적병을 뒤쫓았다. 마치 땅을 말아 올릴 듯한 기세였다.

그런데 걷잡을 수 없이 내닫던 연환갑마가 꺾이고 짓밟힌 갈대숲을 지나 마른 풀숲 속으로 뛰어들었을 때였다. 갑자기 어디선가 괴이쩍은 휘파람 소리가 들리더니 갈대숲 속에서 구겸창을 든 군사들이 벌 떼처럼 일어났다.

구겸창을 든 군사들은 서로 얽어 둔 연환갑마 양편 가장자리 말들의 다리를 구겸창으로 걸어 쓰러뜨렸다. 그러자 가운데 묶여 있던 말들이 울부짖으며 날뛰기 시작했다. 그때 갈고리창을 든 군사들이 나타나더니 날뛰는 말 위에서 정신을 못 차리고 있는 관군들을 갈대숲으로 끌어내려 꽁꽁 묶어 버렸다.

자신의 연환갑마가 구겸창법에 걸려든 걸 안 호연작은 놀라 한도가 있는 남쪽으로 말 머리를 돌렸다. 쫓겨 가는 호연작의 등 뒤로 적군의 풍화포가 우박처럼 쏟아졌다. 이리저리 내디디며 살펴보니 들판을 가득 덮고 있는 것은 모두가 적의 보군뿐이었다.

　그러는 사이 관군의 연환갑마는 모조리 양산박 군사들에게 사로잡히고 말았다.

　호연작과 한도는 자기들이 적의 계책에 떨어진 걸 알고 사방으로 달아날 길을 찾았다. 그러나 숲이며 덤불 사이로 솟은 것은 모두 양산박의 깃발이라 길을 앗기가 쉽지가 않았다. 그냥 무턱대고 서북쪽으로 길을 잡아 달아났다.

　두 사람이 한 오 리나 달렸을까, 갑자기 한 떼의 군사가 앞을 막았다. 칼을 빼들고 앞장서서 졸개들을 이끌고 있는 것은 몰차란 목홍과 소차란 목춘이었다.

　"싸움에 진 놈들이 어디로 달아나려느냐!"

　목홍의 그 같은 외침에 화가 난 호연작은 대답도 없이 두 가닥 쇠 채찍을 휘둘러 그들과 싸웠다. 서너 합 어울리기도 전에 목춘이 못 견뎌 달아나기 시작했다. 호연작은 혹시라도 다시 계책에 빠질까 겁이 나 뒤쫓지 못하고 오히려 북쪽 큰길을 골라 달아났다.

　호연작이 어떤 산기슭을 도는데 다시 한 떼의 군사를 이끈 두 호걸이 길을 막았다. 이번에는 양두사 해진과 쌍미갈 해보였다.

　호연작은 다시 쇠 채찍을 휘둘러 해진 형제와 싸웠다. 해진과 해보 역시 대여섯 합을 못 채우고 뒤돌아서 달아났다. 제 성을 못 이긴 호연작은 전과 달리 그런 해진 형제를 뒤쫓았다. 얼마 뒤쫓기도 전에 풀숲에서 여러 갈래의 구겸창이 튀어나왔다. 그걸 보자 호연작은 더 싸울 마음이 없어졌다. 말 머리를 돌려 이번에는 동북쪽 큰길로 달아났다.

얼마 안 가 다시 왕왜호와 일장청 부부가 길을 막았다. 호연작은 딴 길이 좋지 않은 데다 사방이 가시덤불이라 앞길을 여는 수밖에 없었다. 무서운 기세로 채찍을 휘두르며 왕왜호 부부에게 덤볐다. 왕왜호와 일장청도 굳이 호연작을 뒤쫓으려 들지는 않았다. 이에 호연작은 동북쪽의 길을 앗아 달아날 수 있었다.

징을 울려 군사를 거둔 송강은 산채로 돌아가 각기 세운 공을 알려 오게 했다. 관군의 삼천 연환갑마는 구겸창에 찔려 쓰러지면서 태반이 말굽이 상하거나 가죽이 찢어지고 다쳐 못쓰게 되어 있었다. 송강은 못쓰게 된 말을 골라 산채에서 잡아먹게 하고 나머지 좋은 말은 마구간으로 끌어가 기마로 쓰게 했다.

호연작을 따라나섰던 관군의 운명도 그 말들과 크게 다르지 않았다. 연환갑마를 타고 있던 군사들은 모조리 사로잡혀 산채로 끌려가고 오천의 보군은 삼면으로 에워싸여 위급해지자 모두 물가로 달아났으나 역시 양산박 수군들에게 사로잡혔다. 배에 끌어올린 관군의 보군들이 산채로 끌려오자 양산박은 갑자기 포로들로 가득 찬 듯했다.

그 밖에 양산박은 먼저 사로잡혀 간 말과 군사들을 모조리 되찾고 빼앗긴 진채도 모두 회복했다. 호연작의 진채와 목책은 모두 부서지고 양산박 물가에는 여러 개의 작은 진채가 새로이 세

위졌다. 또 바깥세상을 정탐하기 위한 주막 두 개가 다시 세워져 예전처럼 손신과 고대수, 석용과 시천이 각기 맡게 되었다.

그럴 즈음 유당과 두천이 관군의 대장 한도를 사로잡아 산채로 끌고 왔다. 밧줄에 묶인 채 끌려온 한도를 본 송강은 손수 그 밧줄을 풀어 주며 대청 위로 올라오게 했다. 큰 잔치와 함께 송강이 한도를 좋은 말로 구슬리고 팽기와 능진도 옆에서 거들자 한도는 곧 마음을 바꾸었다. 그 역시 칠십이지살(七十二地煞)에 속해서 그런지 절로 양산박 호걸들과 의기가 통해 그곳의 두령 가운데 하나로 눌러앉게 된 것이었다. 송강은 다시 진주로 사람을 보내 한도의 가족들까지 산채로 데려오게 했다.

그 무렵 양산박의 기세는 실로 대단했다. 송강은 연환갑마를 쳐부수었을 뿐만 아니라 수많은 말과 갑옷, 투구, 창칼까지 관군으로부터 빼앗게 되어 여간 기쁘지 않았다. 매일같이 잔치를 열어 장졸들의 공을 치하했다. 그러나 한편으로는 지키는 데도 빈 틈이 없어 길목마다 군사를 배치해 다시 몰려올지 모르는 관군을 막게 했다.

한편 수많은 인마를 잃고 쫓겨 간 호연작의 신세는 처량했다. 워낙 지은 죄가 커서 감히 도성으로 돌아가지 못하고 말 한 필에 의지해 달아나는데, 그 꼴이 말이 아니었다. 갑옷은 찢어지고 말은 지쳐 비틀거렸다. 따로이 준비한 노자가 있을 리 없어 허리에 매고 있던 금띠를 팔아서 먹을 것을 살 지경이었다. 그러나 더욱 기막힌 것은 마땅히 갈 곳이 없는 점이었다.

'눈 깜짝할 사이에 이 지경이 될 줄 누가 알았겠는가. 도대체

어디로 가야 하나?'

홀로 그렇게 괴로워하던 호연작은 문득 한 곳을 떠올리고는 중얼거렸다.

'청주의 모용(慕容) 지부는 나와 전부터 잘 아는 사이니 그에게 한번 가 봐야겠다. 그로 하여금 모용 귀비(貴妃)에게 청을 넣어 보도록 해야지. 다시 군사를 얻어 원수를 갚아도 늦지 않다!'

마음을 그렇게 정한 호연작은 청주로 말 머리를 돌렸다. 다시 길을 간 지 이틀 만이었다. 날이 저무는 데다 목이 마르고 배가 고파진 호연작은 길가에서 주막 하나를 보고 그리로 찾아들었다. 말을 주막 앞 나무에 묶고 안으로 들어가 자리에 앉기 바쁘게 주인을 불렀다. 호연작이 술과 고기를 내오라 하자 술집 주인이 말했다.

"저희 집에서 술은 팝니다만 고기는 없습니다. 고기를 잡수시겠다면 마침 마을에서 양을 잡은 게 있으니 제가 가서 사 오지요."

이에 호연작은 허리춤에서 금띠를 팔아 생긴 은자 몇 냥을 꺼내 주며 말했다.

"가서 양 다리 하나를 사다가 구워 주게. 그리고 말먹이 풀도 좀 부탁하겠네. 내 말을 위해 마구간도 빌려주고……. 오늘 밤은 여기서 묵고 내일 청주부로 갈 작정이네."

"나리, 이곳에서 묵는 것은 괜찮습니다만 침상이 좋지 않은데요."

술집 주인이 미안한 듯 호연작에게 말했다. 호연작은 그 말에 별로 개의치 않았다.

"나는 군에 오래 있은 사람이야. 그런 건 관계 없네. 하룻밤 쉴 수만 있으면 돼."

그러자 술집 주인은 은자를 거두어 양고기를 사러 갔다. 호연작은 말 등에 실려 있던 갑옷과 이런저런 짐을 방 안으로 들이고 음식이 나오기를 기다렸다.

한참 있으려니 술집 주인이 양 다리 하나를 사 가지고 돌아왔다. 호연작은 그 양고기를 굽게 하는 한편 밀가루를 내어 만두를 빚게 하고 술 두 각을 내오게 했다. 술집 주인은 고기를 구우면서 아울러 물을 데워 호연작의 손발을 씻게 하고 말은 끌어다 집 뒤의 마구간에 매었다. 호연작이 먼저 데운 술을 한 잔 마시는 사이에 고기가 익었다. 호연작은 술집 주인에게도 술과 고기를 나누어 주며 말했다.

"나는 조정에서 내려온 군관인데, 이번에 양산박 도둑들을 잡으려 하다 이롭지 못해 청주의 모용 지부를 찾아가는 길일세. 자네는 특히 마구간에 있는 내 말을 잘 돌봐 주게. 그 말은 천자께서 내린 것으로 척설오추마라 하네. 잘 돌봐 주면 내일 자네에게 후한 상을 내리지."

"나리, 고맙습니다. 그렇지만 한 가지 알려 드릴 게 있는뎁쇼. 여기서 멀지 않은 곳에 도화산(桃花山)이란 산이 하나 있는데 그 산 위에는 한 떼의 도둑이 들었습니다요. 우두머리는 타호장(打虎將, 호랑이를 때려눕힌 장수) 이충(李忠)이고 둘째는 소패왕(小覇王) 주통(周通)이라는데, 졸개가 무려 오륙백이나 된다더군요. 마을로 내려와 인가를 터는 바람에 인근 마을들이 온통 벌벌 떨고 있습니다. 관가에서도 여러 차례 관군을 풀어 잡으려 했지만 아직 잡지를 못했습지요. 나리께서도 조심하셔야 합니다."

술집 주인이 그렇게 묻지도 않은 말을 알려 주었다. 그러나 한 잔 걸친 술로 호기가 되살아난 호연작은 태연스레 말했다.

"나는 혼자 만 명을 당해 낼 만한 용맹이 있는 사람이야. 그것들이 모두 떼거리로 몰려든다 해도 겁날 것 없네. 저 마구간에 있는 내 말이나 잘 봐 주게."

그러고는 술과 음식을 배불리 먹은 뒤 잠자리에 들었다. 첫째로는 여러 날 마음고생을 한 뒤이고, 둘째로는 여러 잔 독한 술을 마신 터라 자리에 든 호연작은 곧 깊은 잠에 빠졌다.

단숨에 삼경까지 내처 잔 호연작은 갑자기 주막 뒤에서 나는 외침 소리에 놀라 깨었다. 무언가 다급한 일이 있는 것 같아 재빨리 몸을 일으킨 호연작은 우선 자신의 무기인 쌍채찍부터 찾아 들고 집 뒤로 달려갔다.

"무슨 일인가?"

호연작이 소리쳐 묻자 술집 주인이 어둠 속에서 나타나 대답했다.

"제가 짚 더미 위에서 자고 있는데 마구간 문이 열리는 소리가 들리더군요. 가 보니 벌써 나리의 말을 도둑맞은 뒤였습니다. 저기 멀리 불빛이 보이는 게 저놈들이 끌고 간 듯합니다."

"끌고 가다니 어디로 끌고 간단 말인가?"

호연작이 치솟는 화를 누르며 물었다. 술집 주인이 연신 손가락질하면서 대답했다.

"저기 보이는 저 길이 도화산으로 가는 길입니다요. 틀림없이 도화산 졸개들이 말을 훔쳐 간 것 같습니다."

이에 호연작은 술집 주인을 앞세우고 서너 마장이나 뒤쫓아가 보았지만 그사이 불빛은 없어지고 말 도둑들은 어디로 갔는지 알 수가 없었다. 호연작이 탄식했다.

"천자께서 내리신 말을 잃어버렸으니 이 일을 어찌하면 좋겠는가."

"내일 청주로 가시거든 지부한테 아뢰어 관군을 내도록 하시지요. 그래야만 그 말을 되찾을 수 있을 겁니다."

술집 주인이 그렇게 권했다. 호연작도 괴롭지만 그 말을 따르는 수밖에 없었다. 다시 잠자리에 들지도 못하고 있는 채로 날이 밝기를 기다린 뒤 술집 주인에게 갑옷과 병장기를 지우고 청주로 달려갔다.

호연작이 청주 성안에 들어갈 때는 벌써 날이 저물 무렵이었다. 할 수 없이 객점에서 하룻밤을 쉰 호연작은 다음 날이 새기 바쁘게 청주 관아로 찾아갔다.

새벽같이 찾아온 호연작을 보고 놀란 모용 지부가 물었다.

"듣기로 장군은 양산박 도둑 떼를 잡으러 갔다 했는데 여기는 어인 일이시오?"

호연작은 머리를 수그린 채 그동안에 있은 일을 모두 털어놓았다. 듣고 난 모용 지부가 위로하듯 말했다.

"장군이 비록 많은 인마를 잃기는 했지만 그게 모두 장군의 허물은 아닌 듯싶소. 간사한 도적들의 꾀에 빠져 그리된 것이니 어쩔 수 없는 일이오. 마침 내가 다스리는 고을도 도적 떼의 피해가 적지 않소이다. 이왕 장군께서 이곳에 오셨으니 먼저 도화산을 들이쳐 천자께서 내려 주신 말부터 되찾도록 합시다. 그다음 이룡산과 백호산의 도적들도 모조리 때려잡는다면 그때는 내가 나서 돕겠소. 조정에 아뢰어 장군으로 하여금 다시 군사를 이끌고 원수를 갚을 수 있게 해 드리면 어떻겠소?"

청주 고을에 자리 잡고 날뛰는 산적들 때문에 골치를 썩이던 모용 지부는 호연작의 무예와 지략을 이용해 제 일부터 해결하려 들었다. 그러나 호연작은 더운밥 찬밥 가릴 처지가 아니었다. 그렇게라도 기회를 만들어 주는 게 고마워 절까지 하며 감사했다.

"상공께 뭐라 감사의 말을 드려야 할지 모르겠소. 그렇게만 해 주신다면 죽더라도 그 은덕에 반드시 보답할 것이오!"

그러자 지부는 호연작을 객정으로 안내해 쉬게 하고, 갑옷을 지고 온 술집 주인은 적당한 사례와 함께 돌려보냈다.

사흘이 지났다. 어사마(御賜馬)를 찾기에 조급해진 호연작은 지부를 찾아보고 어서 군사를 점고해 달라고 졸랐다. 모용 지부는 마보군 이천을 점고해 호연작에게 빌려주고 청종마(青騣馬) 한 필을 타라고 주었다. 호연작은 그런 지부에게 감사한 뒤 갑옷을 걸치고 말에 올랐다. 빌린 군사를 휘몰아 도화산으로 달려갔다.

그때 도화산에서는 이충과 주통이 척설오추마를 얻게 된 걸 기뻐하며 연일 술판을 벌이고 있었다.

그날도 두 사람이 마주 앉아 술잔을 기울이고 있는데 졸개 하나가 달려와 급한 소리로 알렸다.

"청주의 군마가 밀려들고 있습니다!"

소패왕 주통이 얼른 몸을 일으키며 이충을 보고 말했다.

"형님이 산채를 지키고 계십시오. 제가 나가 관군을 물리치겠습니다."

그리고 졸개 백여 명을 끌어모아 뒤딸린 채 창을 들고 말에 올라 산을 내려갔다.

호연작은 이미 산 아래에 이르러 데려온 병마 이천으로 진세를 벌여 놓고 있었다. 주통이 졸개들을 이끌고 산에서 내려오는 걸 보자 호연작이 소리 높여 꾸짖었다.

"도둑들은 어서 기어 나와 밧줄을 받아라!"

주통은 아무 대꾸 없이 졸개들을 한 줄로 죽 늘여 세우고 마주 쳐왔다. 호연작이 말을 박차 그런 주통을 덮쳐 갔다. 주통도 지지 않고 그런 호연작에게 맞섰다.

두 말이 서로 엇갈리기를 예닐곱 번이나 했을까, 힘이 달린 주통이 돌연 말 머리를 돌려 산 위로 달아나기 시작했다. 호연작은 그런 주통을 뒤따르다가 혹시라도 계략에 빠질까 겁이 나 자기편 진채로 되돌아갔다. 양산박에서 한번 혼이 나 본 터라 턱없이 뒤쫓는 대신 싸움을 다시 걸어오기를 기다리기로 한 것이었다.

한편 산채로 쫓겨 올라간 주통은 이충에게로 달려가 말했다.

"호연작이 무예가 높고 강해 당해 낼 길이 없습니다. 할 수 없이 산 위로 쫓겨 왔는데 뒤쫓아올까 걱정입니다. 이 일을 어찌하면 좋습니까?"

"아무래도 이룡산 보주사의 화화상(花和尙) 노지심에게 도움을 빌려야 될 것 같다. 그는 데리고 있는 사람도 많지. 청면수 양지 란 이가 있고, 또 새로이 행자 무송이란 이를 얻었다는데 그 둘 다 혼자서 만 명을 당해 낼 만한 용맹이 있다는 거야. 졸개 하나 를 시켜 편지를 보내고 구원을 청해 보자. 이번의 어려움에서 벗 어나면 그쪽 큰 산채에 의지해 보는 것도 괜찮지. 다달이 얼마간 씩 공물을 바치더라도 말이야."

이충이 미리 생각하고나 있었던 것처럼 단숨에 그렇게 받았다. 그러자 주통이 걱정스러운 듯 말했다.

"저도 그 호걸들은 잘 압니다만 걱정은 그 화상입니다. 애초 그가 이룡산으로 갈 때의 일을 생각할 때 어째 와서 구해 줄 것 같지 않군요."

이충이 껄껄 웃으며 그 같은 주통의 걱정을 덜어 주었다.

"그렇지 않다. 그 사람은 성격이 곧고 억세어서 그렇지, 우리가 사람을 보내면 다를 거야. 반드시 몸소 군사를 끌고 와서 구해 줄 거다."

"형님 말씀을 들으니 그럴 것도 같군요."

주통도 이윽고 그렇게 찬성했다. 이에 이충은 편지 한 통을 써 서 날랜 졸개 두 명에게 주며 산 뒤쪽으로 내려가 이룡산으로 가 게 했다.

호연작이 거느린 군사들의 눈을 피해 도화산을 빠져나온 두 졸개는 이룡산으로 달려갔다. 이틀도 안 되어 산 아래에 이르자 그쪽 졸개에게 도화산의 사정을 말하고 이충의 편지를 가져온 사실을 산채에 알리게 했다.

그 무렵 이룡산 보주사에는 세 명의 두령이 대전에 자리 잡고 있었다. 첫째 두령은 화화상 노지심이요, 둘째 두령은 청면수 양지였고, 셋째 두령은 행자 무송이었다. 따로이 산문 아래도 네 명의 소두령이 있었는데, 하나는 금안표(金眼彪) 시은(施恩)이요, 또 하나는 조도귀(操刀鬼) 조정(曹正)이며, 세 번째는 채원자(菜園子) 장청(張靑)이고, 네 번째는 모야차(母夜叉) 손이랑(孫二娘)이었다.

금안표 시은은 원래 맹주의 노성(牢城) 시 관영(管營)의 아들이었다. 무송이 장 도감(都監) 일가족을 몰살시킨 일에 연루되어 관가에서 그를 뒤쫓자 밤중에 집을 버리고 달아나 강호를 헤매게 되었다. 그러다가 부모가 죽은 뒤 무송이 이룡산에 있다는 말을 듣자 그리로 가서 한패가 된 터였다.

두 번째로 조도귀 조정은 노지심이 양지와 함께 보주사를 빼앗고 원래 그곳에서 두령 노릇을 하던 등룡(鄧龍)을 죽일 때 그들을 도와준 사람이었다. 그러나 그 역시 뒷날에 한패가 되어 이룡산의 작은 두령 노릇을 하게 되었다.

나머지 두 사람 채원자 장청과 모야차 손이랑은 부부간이었다. 원래는 맹주도(孟州道) 십자파에서 사람 고기로 만든 만두를 해 팔며 살던 사람들이었는데 노지심과 무송이 글을 보내 부르자 부부가 함께 와서 한패가 된 것이었다.

그들 두령들 중에서 도화산 졸개들을 처음 만나게 된 것은 조정이었다. 조정은 도화산 산채에서 편지가 왔다는 말을 듣자 거기서 온 졸개들에게 자세한 걸 물은 뒤 바로 보주사로 가 세 명의 큰 두령을 찾았다. 조정에게서 대강의 이야기를 전해 들은 노지심이 말했다.

"내가 옛날 오대산을 떠난 뒤에 도화촌이라는 곳에 묵은 적이 있었지. 거기서 무슨 일로 한 놈을 때려눕혔는데 그놈이 나를 알아보고 자기들 산채로 모셔 가더군. 거기서 하루 종일 술을 마시고 그놈과 나는 형제의 의를 맺어 내가 형이 되었다네. 놈은 나에게 산채 주인 노릇을 하라고 권하며 붙들었지만 내가 보니 그놈들 하는 짓이 하도 쩨쩨해 그만두고 떠난 일이 있어. 그때 산채에 있는 약간의 금은 술잔을 싸 가지고 나와 버렸는데 지금 우리에게 구원을 요청하는 놈들이 바로 그놈들이야. 먼저 그 졸개 놈들부터 불러올려 이야기나 들어 보도록 하자구."

그 말에 산을 내려간 조정은 오래잖아 도화산에서 온 졸개를 데리고 올라왔다. 노지심이 온 까닭을 묻자 그 졸개가 공손하게 대답했다.

"청주의 모용 지부가 최근 호연작을 얻게 되었습니다. 원래 호연작은 양산박을 치러 왔다가 싸움에 져서 쫓겨 온 것이라고 합니다. 그런데 모용 지부는 바로 그 호연작을 시켜 먼저 도화산과 이룡산, 백호산의 산채를 쓸어버리게 했지 뭡니까? 그러면 다시 호연작에게 군사를 빌려주어 양산박을 치고 원수를 갚을 수 있게 해 준다고 약속했다는 겁니다. 이에 저희 두령께서는 이곳 큰 두령께 구원을 청하게 되었습니다. 다행히 이곳의 도움을 입어 별일 없이 지낼 수 있다면, 매달 공물을 바치겠다는 게 저희 두령님의 말씀이었습니다."

그 말을 들은 양지가 나서 노지심을 보고 권했다.

"우리들은 각기 지켜야 할 산채가 있어 원래는 거기까지 가 구해 줄 수가 없습니다. 그러나 한편으로는 강호의 호걸이 죽는 걸 볼 수가 없고 다른 한편으로는 호연작 그놈이 도화산을 쓸면 이곳까지도 깔보게 될 것이라 그냥 있을 수 없습니다. 장청, 손이랑, 시은, 조정 네 사람에게 산채를 지키게 하고 우리 셋이 직접 한번 가 보는 게 좋겠습니다."

노지심과 무송도 양지의 뜻과 크게 다르지 않았다. 그날로 오백 명의 졸개와 육십여 필의 군마를 끌어모은 뒤 각기 갑옷을 차려입고 도화산으로 달려갔다.

이충은 이룡산에서 도우러 왔다는 말을 듣자 스스로 삼백 명의 졸개를 거느리고 산을 내려와 맞았다. 그걸 안 호연작은 급히 거느린 군마로 진을 펼치고 채찍을 휘두르며 달려 나와 이충과 맞붙었다.

원래 이충은 조상 때부터 호주 정원(定遠) 사람이었다. 집안에는 윗대부터 내려오는 창봉법이 있어 그걸 팔아 살아왔는데, 사람들은 이충의 생김이 씩씩한 걸 보고 타호장이란 별명으로 불렀다. 그날도 이충은 자기 무예만 믿고 호연작과 맞붙어 싸웠다. 그러나 아무래도 이충은 호연작의 상대가 되지 못했다. 열 합이 넘어서자 차츰 몰리게 돼 무기를 거두고 달아나기 시작했다. 호연작은 이충의 무예가 대단찮은 걸 보고 말 배를 차며 뒤쫓았다. 소패왕 주통이 산허리에 있다가 그걸 보고 돌을 던지고 바위를 굴렸다. 놀란 호연작이 얼른 말 머리를 돌려 산을 내려갔다. 그런데 관군 쪽에 이르러 보니 난데없는 함성이 일고 있었다. 호연작이 얼른 물었다.

"무슨 일로 소리를 지르는가?"

그러자 뒤편에 있던 군사가 대답했다.

"멀리서 한 떼의 인마가 달려오고 있습니다."

그 말을 들은 호연작은 얼른 관군 뒤편으로 가 살펴보았다. 정말로 먼지가 자욱이 일며 적잖은 인마가 달려오고 있는데 맨 앞에는 한 뚱뚱한 중이 백마에 높이 앉아 있었다. 바로 화화상 노지심이었다. 노지심이 말 위에서 벽력같이 소리를 내질렀다.

"이놈, 양산박에서 그 지경이 나고서도 아직 정신을 차리지 못했느냐! 여기가 어디라고 감히 와서 사람을 겁주려 드느냐!"

호연작도 지지 않고 맞고함을 쳤다.

"내 먼저 너 머리 까진 당나귀 놈부터 죽여 이 분을 좀 풀어야겠다!"

그러자 노지심은 더 대꾸할 필요도 없다는 듯 쇠로 만든 선장(禪杖)을 바람개비 돌리듯 하며 덮쳐 왔다. 호연작도 춤추듯 쌍채찍을 휘둘러 그런 노지심을 맞았다. 두 말이 서로 엉클어지자 양쪽에서 높이 함성이 일었다.

싸움이 오십여 합을 넘겨도 좀처럼 승부는 가려지지 않았다. 호연작은 마음속으로 노지심의 무예에 은근히 감탄했다.

'이 중놈이 정말로 대단하구나.'

그때 양쪽에서 모두 징이 울려 노지심과 호연작은 싸움을 거두고 잠시 물러났다.

징을 치는 바람에 싸움을 거두기는 했으나 호연작은 영 속이 풀리질 않았다. 한참을 쉰 뒤 다시 말을 박차고 진채에서 나와 소리쳤다.

"야, 이 중놈아, 다시 한번 나와서 겨루어 보자! 누가 이기고 누가 지는지 꼭 결판을 내야겠다!"

노지심도 겁날 게 없었다. 다시 말 배를 차고 싸우러 나가려는데 양지가 그를 붙잡았다.

"형님은 잠시 쉬십시오. 제가 가서 저놈을 잡아 오지요."

양지가 그 말과 함께 칼춤을 추며 말을 달려 나갔다. 곧 호연작과 양지 사이에 볼만한 싸움이 일어났다. 역시 사오십 합이 지나도 승패는 가려지지 않았다. 호연작은 양지의 무예에도 속으로 감탄했다.

'두 놈 다 대단한 놈들이다. 이게 어떻게 된 거냐? 아무래도 숲 속에서 도둑질이나 하던 솜씨 같지는 않구나.'

그때 양지는 양지대로 딴생각을 하고 있었다. 호연작의 솜씨가 보통이 아님을 보고 꾀를 쓰려 한 것이었다. 짐짓 허점을 드러내 보이고 힘이 모자란 척 자기편으로 달아나며 호연작을 속이려 들었다. 그러나 호연작은 얼른 고삐를 당겨 말을 세우고 그런 양지를 함부로 뒤쫓지 않아 다시 싸움이 그쳤다.

노지심이 되돌아온 양지를 보고 의논조로 말했다.

불은 청주로 옮아 붙고

"우리들은 방금 이리로 와서 이곳 지리를 잘 모르니 적과 너무 가까운 곳에 진을 쳐서는 안 되겠네. 한 이십 리 물러났다가 내일 다시 와서 싸우도록 하지."

양지도 그 말을 옳게 여겨 고개를 끄덕였다. 이에 노지심은 졸개들을 근처의 언덕까지 물려 진채를 내렸다.

한편 어쩔 수 없이 군사를 물리게 된 호연작은 장막 안에서 홀로 걱정에 잠겨 있었다.

'여기까지는 대쪽을 가르는 듯한 기세로 밀고 들어 이제 막 도둑들을 다 때려잡는가 싶었는데 이게 웬일이냐? 난데없이 강한 상대를 다시 만나게 됐으니 나도 어지간히 운이 없는 놈이로구나.'

호연작이 그같이 중얼거리며 울적해하고 있는데 문득 모용 지부가 보낸 사람이 와서 알렸다.

"지부께서 장군을 부르십니다. 성안으로 돌아와 성을 지켜 달라 분부셨습니다. 지금 백호산의 도적 떼인 공량(孔亮)과 공명(孔明)의 패거리가 청주의 감옥을 들이치고 있는데 그 기세가 여간 아닙니다. 자칫하면 성이 통째 털릴까 봐 걱정이라 급히 달려온 것이니 장군께서는 어서 돌아가 위태로운 성을 지켜 주십시오."

호연작으로서는 차라리 잘된 일이었다. 호연작은 못 이기는 척 자신 없는 싸움에서 몸을 빼내 청주로 돌아갔다.

다음 날이었다. 호연작이 밤새 청주로 돌아간 걸 알 리 없는 노지심과 양지, 무송은 다시 졸개들을 이끌고 싸우러 나왔다. 그러나 기세 좋게 함성까지 지르며 밀고 들었지만 관군들의 진채에는 어리친 개 새끼 한 마리 눈에 띄지 않았다. 세 사람이 까닭을 알지 못해 그저 놀라고만 있는데 산 위에서 이충과 주통이 내려와 절을 올리며 산채로 이끌었다.

노지심이 양지와 무송을 데리고 산 위로 올라가니 이충과 주통은 소와 양을 잡아 잔치를 열고 정성껏 대접했다. 그리고 한편으로는 사람을 산 아래로 내려보내 호연작이 왜 그렇게 갑자기 군사를 물리게 됐는지를 알아보게 했다.

그 무렵 호연작의 군마는 벌써 청주성 가까이 이르고 있었다. 저만치 성벽이 보이는가 싶을 때 문득 한 떼의 군마가 밀려들었다. 앞장선 사람은 바로 공 태공의 아들 모두성(毛頭星) 공명과 독화성(獨火星) 공량이었다.

그들 형제는 어떤 부자와 다투던 끝에 그 일족과 하인들을 모조리 죽여 버렸는데 그 바람에 제 고향에 살지 못하고 오륙백 명 졸개들을 모아 백호산에 자리 잡았다. 그들이 인근 마을을 털고 고을을 어지럽히자 모용 지부는 성안에 살고 있던 그들의 숙부 공빈(孔賓)을 잡아 옥에 가두었다. 하지만 그 소식이 들어가자 그들 형제는 가만히 있지 않았다. 청주성을 치고 아재비를 구해 내기 위해 졸개들을 모조리 이끌고 내려왔다.

공명과 공량은 군사를 이끌고 되돌아오는 호연작을 조금도 두려워하지 않고 그대로 졸개들을 휘몰아 마주쳐 왔다. 호연작이 말을 박차 앞줄로 나서며 그런 공씨 형제를 맡았다.

모용 지부가 성루 위에서 내려다보니 공명이 창을 끼고 달려 나와 호연작을 덮치는 광경이 눈에 들어왔다. 곧 두 말이 엇갈리며 한바탕 싸움이 벌어졌다.

싸움이 한 스무 합쯤 어우러졌을 때였다. 호연작은 지부가 자신의 무예를 구경하고 있음을 안 데다 공명의 솜씨가 대단찮음을 보자 슬몃 뽐내고 싶은 마음이 생겼다. 떨어져서 싸우다가 갑자기 바짝 다가들더니 말 위에 앉은 채 손을 뻗어 공명을 사로잡아 버렸다.

형이 사로잡히는 걸 보고 기가 꺾인 공량은 졸개들을 이끌고 달아나려 했다. 지부가 성루 위에서 소리쳐 그 일을 호연작에게 일러주었다. 그러자 호연작이 관군을 풀어 뒤쫓는 바람에 다시 백호산의 졸개 백여 명이 더 사로잡히고 말았다.

한번 싸움에 참담한 꼴이 난 공량은 사방으로 흩어져 달아나는 졸개들을 모을 겨를도 없이 달아났다. 날이 저물어서야 겨우 정신을 차려 보니 어떤 오래된 사당 안이었다.

지부가 보는 앞에서 멋지게 공명을 사로잡은 호연작은 기세도 좋게 공명을 끌고 성안으로 들어갔다. 지부는 몹시 기뻐하며 호연작을 맞아들이고 공명에게는 큰칼을 씌워 공빈과 같은 감옥에 가두게 했다.

지부는 또 호연작을 따라 싸운 군사들에게도 후하게 상을 내리고 크게 잔치를 열어 호연작의 공을 치하했다. 그 술자리에서 지부가 호연작에게 도화산 싸움을 자세히 물었다. 호연작이 문득 어두운 얼굴로 대답했다.

"원래 도화산의 패거리를 잡는 일은 독 속의 자라를 꺼내는 것이나 다름없이 쉬운 일이었습니다. 그러나 갑자기 또 한 떼의 도둑들이 구원을 와서 일이 좀 꼬였지요. 새로 온 도둑 떼의 우두머리 중에서 한 중놈과 또 하나 낯빛이 푸르스름한 놈이 있었는데, 두 놈하고 다 싸워 봤지만 승부를 가리지 못했습니다. 두 놈 다 무예가 여간 아니라 풀숲에 숨어 사는 시시한 좀도둑 같지는 않았습니다. 그 바람에 그놈들은 아직 잡지 못했지요."

그러자 모용 지부도 알 만하다는 듯 고개를 끄덕이며 일러 주었다.

"그 중놈은 바로 연안부 노충 경략 상공 밑에서 군관 노릇을 하던 노달이란 놈이외다. 이번에 머리를 깎고 중노릇을 하게 되면서 화화상 노지심이라고 불리지요. 또 얼굴이 푸르스름한 놈은 동경의 전수부에서 제사관(制使官) 노릇을 하던 놈인데 청면수 양지라고 합니다. 그 밖에 행자 차림을 하고 있는 놈이 하나 더 있는데 그놈은 무송이란 놈입니다. 바로 경양강에서 주먹으로 호랑이를 때려죽였다는 그 무 도두지요. 그 세 놈이 이룡산을 차지하고 앉아 인근 마을을 노략질한 지 오래됩니다. 여러 차례 관군과도 맞서 죽인 포도관만 해도 네댓이나 됩니다. 아직까지 잡지 못해 나도 걱정이외다."

"내 보기에도 그놈들의 무예가 대단하다 싶더니 바로 양 제사와 노 제할이었군. 실로 이름이 헛되이 전해지는 법이 없군요. 하지만 지부께서는 호연작이 여기 있는 한 마음 놓으십시오. 곧 한 놈씩 한 놈씩 사로잡아다 바치겠습니다."

호연작이 그렇게 큰소리쳤다. 지부는 그 말에 흐뭇해하며 대접을 더 극진히 했다.

한편 공량은 싸움에 진 졸개들을 이끌고 정신없이 달아나다가 숲속에서 한 떼의 인마와 부딪쳤다. 앞장선 호걸은 바로 행자 무송이었다. 공량은 무송을 알아보고 얼른 말에서 뛰어내려 절을 올렸다.

"장사께서는 그간 별일 없으십니까?"

공량의 그 같은 문안에 무송이 황망히 답례를 하고 공량을 일으켜 세우며 물었다.

"그대들 형제가 백호산을 차지하고 무리를 모아 함께 지낸다는 말은 들었소. 여러 번 찾아가 뵙고 싶었으나 산채를 내려가기 어려울 뿐 아니라 가는 길이 험해 아직껏 뵙지를 못했소. 그런데 오늘은 무슨 일로 이곳까지 오셨소?"

공량은 그 같은 무송의 물음에 그간에 있었던 일을 자세히 말했다. 숙부 공빈을 구하려다가 형 공명이 사로잡혀 간 일까지 모두 이야기하자 무송이 위로하듯 말했다.

"너무 걱정하지 마시오. 내게 대여섯 명의 형제가 있는데 지금 이룡산에서 산채를 열고 있소. 이번에 도화산의 이충과 주통이 청주 관군의 공격을 받고 위태로워지자 우리에게 구원을 요청해서 노지심, 양지 두 두령이 우리 아이들을 데리고 이리로 왔소이다. 그런데 어찌 된 셈인지 관군의 대장 호연작이란 놈이 밤새 갑자기 달아나 버리더군요. 그러자 도화산에서는 우리 형제 세 사람을 산채로 이끌어 가 잔치를 열고 척설오추마를 우리에게 줍디다. 지금 나는 졸개들을 이끌고 우리 산채로 돌아가는 길이고 그 두 분도 곧 뒤따라올 것이오. 내가 그분들에게 이야기해 청주를 치고 그대의 형과 숙부를 구하게 하면 어떻겠소?"

공량으로서는 뜻밖의 은인을 만난 셈이었다. 공량은 고마워 어쩔 줄 몰라 하며 두 번 세 번 무송에게 절을 올렸다.

한 반나절쯤 기다리니 노지심과 양지가 역시 약간의 인마를 거느리고 그곳에 이르렀다. 무송은 공량을 데리고 그들 두 사람에게 절하게 했다.

"전에 나와 송강이 이 친구의 장원에 있을 때 적잖이 신세를 졌더랬습니다. 오늘 저들 형제가 어려움에 빠졌다 하니 의기로 보아서라도 그냥 있을 수가 없지 않겠습니까? 도화산, 백호산, 이룡산 세 곳 산채의 인마를 모두 모아 청주를 치고 공명과 그 숙부를 구해 주도록 합시다. 모용 지부를 죽이고 호연작을 사로잡은 뒤 그곳 창고에서 돈과 곡식을 털어 산채를 위해 쓴다면 그 또한 좋은 일이 아니겠습니까?"

무송이 공량의 처지를 이야기함과 아울러 그런 의견을 내놓자 노지심이 대뜸 찬성했다.

"나도 그렇게 생각하네. 어서 사람을 도화산으로 보내 이충과 주통으로 하여금 패거리를 이끌고 오게 하지. 그래 우리 세 곳 산채가 한꺼번에 청주를 치도록 하세."

그렇지만 양지는 생각이 좀 다른 듯했다. 서두르는 노지심을 차분한 목소리로 말렸다.

"청주는 성벽이 높고 두터우며 군사도 날래고 씩씩합니다. 거기다가 호연작이란 놈 또한 용맹이 대단해 가볍게 나설 일이 아니지요. 만약 청주를 치시겠다면 제 말대로 하는 게 좋을 듯합니다."

"형님, 그럼 그 계책을 한번 말씀해 보시지요."

곁에 있던 무송이 그런 양지에게 그가 품고 있는 계책을 물었다. 양지가 천천히 입을 열었다.

"청주를 쳐서 깨뜨리자면 반드시 많은 군마가 있어야만 합니다. 제가 듣기로 양산박의 송공명은 널리 이름이 알려져 강호의 사람들은 모두 그를 '때맞춰 오는 비[及時雨]' 송강이라고들 한답니다. 게다가 또 송공명은 이미 호연작과 원수진 사이가 아닙니까? 그러니 이렇게 하도록 합시다. 곧 우리 형제가 거느린 군마와 공씨네 형제의 인마를 하나로 어우르고 다시 도화산의 인마가 오기를 기다려 청주를 치되 한편으로는 공량 아우를 양산박으로 보내 송공명에게 도와 달라고 하는 겁니다. 제 생각에는 이

것이 가장 좋은 계책일뿐더러 송공명은 후덕한 사람이라 저희들의 요청을 마다하지 않을 듯합니다. 여러 형제분들의 뜻은 어떻습니까?"

"그 송공명이란 사람이 대단하긴 대단한 모양이군. 어제오늘 할 것 없이 송공명이 호걸이라는 소리는 수없이 들었지만 나는 아직 보지를 못했네. 그러나 다른 사람들에게 그 이름을 들은 것만으로도 귀에 딱지가 앉을 지경이니, 생각건대 대단한 호걸인 듯하네. 그러기에 천하에 이름을 떨치지 않았겠나? 지난번 화(花)지채와 함께 청풍산에 있을 때 나는 그를 한번 만나려고 찾아간 적이 있었지. 하지만 내가 찾아갔을 때는 벌써 어디론가 가고 없어 아직도 보지 못했네. 어찌 됐거나 공량 아우, 자네 형을 구하고 싶으면 급히 양산박으로 달려가 그분에게 와 달라고 청해 보게. 우리는 먼저 청주로 가서 그놈들과 한바탕 붙어 보겠네!"

노지심이 시원스레 양지의 뜻에 찬동했다. 이에 공량은 데리고 있던 졸개들을 모두 노지심에게 넘기고 자신은 졸개 하나만 거느린 채 장사꾼으로 가장해 양산박으로 달려갔다.

공량이 떠나간 뒤 노지심과 양지와 무송 세 사람은 일단 이룡산의 산채로 되돌아갔다. 거기서 그들은 시은과 조정을 불러내고 다시 남아 있던 졸개 중에서도 백여 명을 더 긁어모아 산을 내려갔다. 산채에 남은 것은 채원자 장청과 모야차 손이랑 부부에다 졸개 몇이 전부였다.

그런 사정은 도화산도 마찬가지였다. 이충과 주통은 노지심이 보낸 사람으로부터 소식을 듣기 바쁘게 인마를 긁어모았다. 한

번 진 신세를 갚을 기회가 온 것이기도 하지만 청주성을 턴다는 일 그 자체에도 적잖이 구미가 당겼다. 그리하여 이충과 주통은 몇십 명 졸개만 산채에 남긴 뒤 그 나머지 인마를 모조리 이끌고 청주성으로 달려갔다. 바야흐로 싸움의 불길은 청주성으로 크게 옮아 붙은 셈이었다.

한편 청주를 떠난 공량은 밤낮없이 양산박을 향해 달려갔다. 며칠 안 되어 공량은 양산박 가의 최명판관(催命判官) 이립이 맡아보는 주막에 이르게 되었다. 이립을 모르는 공량은 거기서 술 한잔을 사 마시며 양산박으로 들어가는 길을 물었다. 이립은 생판 낯선 두 사람이 와서 양산박 가는 길을 묻자 우선 그들을 안으로 불러들여 자리에 앉힌 뒤 조용히 물었다.

"손님들은 어디서 오셨소?"

"청주에서 왔습니다."

공량이 그렇게 대답하자 이립이 다시 물었다.

"손님께서 양산박으로 가려 하신다는데, 누구를 찾아보려고 그러십니까?"

"산채에 아는 사람이 몇 있는데 이번에 일이 있어 특히 찾아보러 왔습니다."

이립이 누군지 모르는 공량은 그렇게 얼버무렸다. 그래도 이립은 캐묻기를 그치지 않았다.

"산채에는 우리 대왕님들이 계시오. 그런데 당신이 어찌 갈 수 있겠소?"

"내가 찾아온 것은 바로 송 대왕이오."

공량도 마침내는 이립이 양산박 사람인 줄을 짐작하고 그렇게 대답했다. 이립이 공량을 찬찬히 살피다가 마음을 정한 듯 말했다.

"송 두령을 찾아오셨다면 그냥 있을 수 없지. 으레 내게 되어 있는 게 있소."

그러고는 일꾼을 불러 술 한 상을 잘 차려 내오게 했다. 그 뜻 아니한 대접에 어리둥절해진 공량이 물었다.

"서로 알지 못하는 사인데 어찌하여 이토록 후히 대접하십니까?"

"손님께선 잘 모르시겠지만 두령들을 찾아오시는 분들에게는 이렇게 하게 되어 있습니다. 그분들 가운데는 반드시 옛 벗도 섞여 있을 터인데 어찌 함부로 대접할 수 있겠습니까?"

이립의 그 같은 대답에 공량이 스스로를 밝혔다.

"저는 백호산의 공량이라 합니다."

"전부터 송공명 형님으로부터 크신 이름은 많이 들었습니다. 오늘 이렇게 저희 산채를 찾아 주시니 여간 기쁘지 않습니다."

이립이 그렇게 알은체를 했다. 그리고 술대접이 끝나기 바쁘게 창문을 열더니 물 건너로 소리 내는 화살 한 대를 쏘아 보냈다.

얼마 안 있어 건너편 갈대가 무성한 곳에서 작은 배 한 척이 다가왔다. 배가 물가 정자 아래에 와 닿자 이립이 공량에게 타기를 권했다.

공량이 오르자 배는 곧 물을 건너 금사탄 언덕에 닿았다. 언덕을 올라 세 개의 관을 지나며 보니 성벽과 관문이 모두 든든하고 세워진 창칼은 숲과 같았다.

'양산박의 기세가 대단하다는 말은 들었지만 이토록 큰일을 해놓았을 줄은 몰랐다. 놀랍구나.'

공량이 그런 생각으로 산을 오르는데 먼저 달려간 졸개들이 공량이 오고 있다는 말을 대채에 전했다. 소식을 들은 송강이 달려 나와 공량을 맞아들였다.

"아니, 공량 아우가 여길 웬일인가?"

황망히 절을 올리는 공량에게 송강이 물었다. 공량은 얼른 대답을 못하고 목 놓아 울기만 했다. 송강이 위로하듯 말했다.

"아우, 무슨 일을 당했기에 이러나? 어떤 어려움이 있는지 마음에 있는 대로 말해 보게. 마땅히 내가 해야 할 일이라면 물불을 가리지 않고 자네를 도와 줌세. 어서 일어나 말이나 해 보게."

그러자 공량은 송강과 헤어진 뒤에 일어난 일을 간추려 말했다.

"스승님께서 떠나시고 오래잖아 아버님께서 돌아가시어 저는 형 공명과 집안일을 맡게 되었습니다. 그런데 형 공명이 고을의 어떤 부자 놈과 싸움을 하게 되어 그 끝에 그놈의 일가족을 모조리 죽여 버린 일이 생겼습니다. 관가에서 우리를 잡으려 드니 어찌합니까? 할 수 없이 백호산으로 숨어들어 거기서 졸개 오륙백 명을 모으고 부근 마을을 털어 살았지요. 그러자 모용 지부는 청주성 안에 살고 있던 저희 숙부님을 잡아 가두었습니다. 죄 없는 숙부님이 저희 때문에 큰칼을 쓰고 옥에 갇혔단 말을 들은 저희 형제는 도저히 모른 척하고 있을 수가 없었습니다. 그래서 성을 들이치고 숙부님을 구해 내기 위해 졸개들을 이끌고 산을 내려갔습니다만, 뜻밖에도 쌍편 호연작과 맞닥뜨리게 되었습니다. 형님은 겁내지 않고 호연작과 맞붙어 싸웠으나 그 적수가 되지 못했습니다. 결국 호연작에게 사로잡혀 청주로 끌려갔는데 지금은 살았는지 죽었는지조차 알 수가 없습니다."

공량은 거기까지 말해 놓고 눈물을 훔친 뒤에 다시 이었다.

"저도 하루를 정신없이 쫓기다가 어떤 숲속에서 우연히 무송을 만나게 되었지요. 그는 저를 자기네 패거리에게 데려갔는데 한 사람은 화화상 노지심이고 다른 한 사람은 청면수 양지였습니다. 그들 두 사람은 저를 처음 보는데도 옛 벗 대하듯 하며 형을 구해 낼 의논들을 시작했습니다. 그들은 노지심, 양지, 무송 세 사람이 이끄는 이룡산 산채의 인마와 이충, 주통이 이끄는 도화산의 인마, 그리고 저희 백호산의 인마를 합쳐 청주성을 치기로 결정을 보았습니다. 그리고 저더러는 얼른 양산박으로 달려가라고 일렀습니다. 스승 송공명을 찾아보고 형과 숙부를 구해 달라고 졸라 보라는 것이었습니다. 그래서 이렇게 급히 달려왔습니다."

공량이 그렇게 이야기를 맺자 듣고 난 송강이 위로하듯 말했다.

"그건 어려운 일도 아니지. 마음을 편히 가지게."

그리고 공량을 데리고 가서 조개, 오용, 공손승을 비롯한 여러 두령들을 보게 했다. 공량과 여러 두령들의 수인사가 끝나자 송강은 자신이 들은 대로 두령들에게 알렸다. 호연작이 청주의 모용 지부에게로 달아난 일이며 공명이 사로잡힌 일 따위였다.

"이미 그 두 곳의 인마가 의를 짚어 싸움에 나섰고, 또 자네는 그들과 아주 가까운 사이라는데 어찌 아니 갈 수 있겠는가? 하지만 아우, 자네는 이미 여러 번 산을 내려가 보았으니 이번에는 산채를 지키고 있게. 내가 한번 내려가 보았으면 하네."

송강의 이야기가 끝나자 조개가 일어나 말했다. 송강이 전처럼 그런 조개를 말렸다.

"형님은 이 산채의 주인이십니다. 함부로 움직여서는 아니 됩니다. 이 일은 저와 관계된 일이니 제게 맡겨 주십시오. 이왕에 멀리서 저를 바라고 찾아왔는데 제가 가지 않으면 거기 있는 형제들이 불안할 것입니다. 이곳의 형제 몇을 데리고 제가 한 번 더 다녀오지요."

그런데 송강의 말이 미처 끝나기도 전에 대청 위아래의 두령들이 한꺼번에 모두 나서며 소리쳐 댔다.

"개와 말의 수고로움이라도 마다 않겠습니다. 저도 데려가 주십시오."

그렇게 되니 조개는 더 우겨 볼 여지가 없었다. 송강은 두령들의 그 같은 호응을 기뻐하며 그길로 의논을 그치고 곧 즐거운 술잔치를 벌여 먼 길을 찾아온 공량을 환대했다.

하지만 일의 급함을 잘 알고 있는 송강은 술잔이 나눠지고 있는 동안에도 산채를 내려갈 채비를 잊지 않았다. 철면공목 배선을 불러 먼저 산채에서 빼낼 인마부터 고르게 했다.

청주를 치러 갈 두령들과 졸개들이 결정되자 곧 인원 배치가 시작되었다.

산채를 내려갈 병력은 다섯 부대로 나누어졌다. 전군(前軍)은

화영, 진명, 연순, 왕왜호가 선봉이 되어 길을 열기로 하고, 제2대
는 목홍, 양웅, 해진, 해보가 이끌고 그 뒤를 받치며, 중군은 송강
을 주장으로 삼고 오용, 여방, 곽성이 곁에서 돕기로 했다. 제4대
는 주동, 이준, 시진, 장횡이 이끌며, 후군은 손립, 양림, 구붕, 능
진이 이끌고 뒤를 맡기로 했다.

양산박이 내기로 한 인마는 다섯 부대와 두령 스물에 마보군
삼천이었다. 나머지 두령들은 조개와 함께 남아 산채를 지키기로
했다. 송강은 모든 채비가 끝나는 대로 조개와 작별하고 산을 내
려갔다. 말할 것도 없이 공량도 그들과 함께 떠났다.

양산박 군사들의 군기는 전에 없이 엄정했다. 가는 동안 여러
고을을 지났지만 죄 없는 백성들은 터럭만큼도 해치지 않았다.

양산박 군사들이 청주에 이르자 공량이 먼저 노지심의 진중으
로 가 그 사실을 알렸다. 노지심을 비롯한 그쪽 호걸들은 반가운
마음으로 양산박 호걸들을 맞을 채비를 했다.

이윽고 송강의 중군이 이르렀다. 무송은 노지심과 양지, 이충,
주통, 시은, 조정 등을 데리고 송강을 보러 갔다. 송강이 노지심
에게 자신의 자리를 양보하려 했다. 노지심이 사양하며 말했다.

"형의 크신 이름은 오래전부터 듣고 있었으나 인연이 없어 여
지껏 만나 뵙지 못했소. 오늘 이렇게 알게 되니 이보다 더한 기
쁨이 없을 것이오."

"재주 없는 이 사람이야 말할 만한 게 무엇 있겠습니까만 강호
의 의사(義士)들이 대사님의 밝으신 덕을 기리는 말은 수없이 들
어 왔습니다. 오늘 자애로운 존안을 뵙게 되니 평생의 큰 복인

듯합니다."

송강이 그렇게 노지심의 말을 받았다.

노지심은 곧 좌우를 돌아보며 술을 내오라 일렀다. 미리 마련
해 둔 술과 안주가 나오자 양편의 호걸들은 술잔을 돌리며 서로
서로 인사를 나누었다.

다음 날이었다. 송강은 청주에 관한 모든 걸 이것저것 자세히
묻던 끝에 근일의 승패에 이르렀다. 양지가 여럿을 대신해 대답
했다.

"공량이 떠난 뒤로 서너 번 더 싸웠지만 아직껏 승부를 가리지
못했습니다. 하지만 지금 청주성이 믿는 것은 오직 호연작 한 사
람뿐입니다. 그만 사로잡으면 성은 끓는 물에 눈 녹듯 무너질 것
입니다."

그러자 오용이 빙긋 웃으며 말했다.

"그 사람은 힘으로 맞서려 해서는 아니 됩니다. 꾀를 써서 사
로잡아야 합니다."

"어떤 꾀를 쓰면 그를 사로잡을 수 있겠소?"

송강이 기대하는 눈길로 오용을 보며 그렇게 물었다. 오용이
길게 자신이 꾸며 둔 계책을 털어놓았다. 다 듣고 난 송강이 몹
시 기쁜 얼굴로 소리쳤다.

"그 계책이 실로 기묘하구려!"

그리고 그 계책을 따라 그 자리에서 인마를 나누고 할 일을 정
했다.

다음 날 일찌감치 군사를 일으켜 청주성으로 밀고 들었다. 성

벽 아래 이른 송강은 군마를 모두 풀어 성벽을 에워싸게 한 뒤 북과 징을 울리고 함성을 지르게 했다.

성안에 있던 모용 지부는 그런 양산박 군사들의 기세에 몹시 놀랐다. 급히 호연작을 불러들여 의논했다.

"도적 떼가 이번에는 또 양산박에 알려 송강까지 불러들였구려. 이 일을 어찌하면 좋겠소?"

그러나 어찌 된 셈인지 호연작은 별로 걱정하는 기색이 아니었다.

"지부께서는 너무 걱정하지 마십시오. 도적 떼가 더 몰려왔다고는 하지만 그것들은 벌써 지리(地利)부터 잃고 있습니다. 물가에서나 날뛰는 놈들이 그 소굴을 멀리 떠나왔으니 무슨 힘을 쓰겠습니까? 오는 대로 한 놈씩 사로잡아 버린다면 저것들도 별수 없을 겁니다. 지부께서는 성벽 위에 높이 앉아 이 호연작이 싸우는 모양이나 구경하십시오."

대수롭지 않다는 듯 그렇게 지부를 안심시켰다.

하지만 호연작도 마음이 급한 것은 어쩔 수 없었다. 얼른 갑옷을 꿰어 입고 말 위에 올라 성문을 나섰다. 적교를 내리고 성 밖으로 나간 호연작은 이끌고 나간 천여 명 관군을 벌려 세우고 싸울 채비를 했다.

송강의 진중에서 한 장수가 말을 달려 나와 가시 방망이를 휘두르며 소리 높여 외쳐 댔다.

"이 썩은 벼슬아치, 백성을 해치는 도적놈아, 어서 나오너라! 내 가족을 몰살시킨 원수를 갚으러 왔다."

그런 진명의 두 눈에서는 불이 철철 흐르는 것 같았다. 성벽 위에서 싸움 구경을 하다 진명을 알아본 모용 지부가 맞받아 꾸 짖었다.

"너야말로 조정의 명을 받고 내려온 관리로서 나라가 너를 저버린 적이 없거늘 어찌 반역하였느냐? 만약 네놈을 사로잡는다면 시체를 갈가리 찢어 세상의 본보기로 삼으리라. 호연 장군, 어서 저놈을 잡아들이시오."

그러자 호연작이 두 가닥 쇠 채찍을 휘두르며 말을 박찼다. 호연작이 똑바로 진명을 덮쳐 가자 진명도 가만히 있지 않았다. 가시 박힌 쇠 방망이를 치켜들고 호연작을 마주쳐 나갔다.

둘은 서로가 좋은 맞수였다. 쇠 채찍과 쇠 방망이가 엉켰다 떨어지기를 쉰 번이나 하도록 이기고 짐이 드러나지 않았다. 믿을 만한 장수라고는 호연작 하나밖에 없는 모용 지부는 싸움이 길어지자 마음이 불안했다. 혹시라도 호연작에게 실수라도 있을까 봐 징을 쳐 불러들였다.

호연작이 성안으로 물러가자 진명도 굳이 뒤쫓지는 않았다. 진명이 진채로 돌아가니 송강은 그날 싸움을 그쯤에서 끝내기로 하고 군사를 십오 리 뒤로 물려 진을 쳤다.

호연작을 얻고 송공명도 구했구나

성안으로 돌아간 호연작은 말에서 내리기 바쁘게 모용 지부를 찾아보고 말했다.

"제가 막 진명을 사로잡을 참이었는데 무슨 일로 군사를 거두라 하셨습니까?"

"장군이 여러 합을 싸워도 승부가 나지 않기에 혹시라도 지쳤을까 싶어 군사를 거두고 잠시 쉬게 한 것이오. 진명 그놈은 원래 내 밑에 있던 통제(統制)로서 화영이란 놈과 함께 배반했는데 가볍게 맞서서는 아니 될 것이외다."

지부가 그렇게 대답했다. 그 말투에 은근히 진명을 높게 보는 데가 있어 속이 뒤틀린 호연작이 마음에도 없는 큰소리를 쳤다.

"지부께서는 마음 놓으십시오. 제가 반드시 그 의리를 저버린 역적 놈을 사로잡아 오겠습니다. 아까 싸우다 보니 벌써 쇠 방망이를 쓰는 법이 어지러워지기 시작하더군요. 내일은 틀림없이 제가 그놈의 목을 베는 걸 보실 수 있을 겁니다!"

"장군께서 그렇게 용맹하시니 내일 적과 싸울 때는 한 가닥 길을 열어 세 사람쯤 성 밖으로 내보내도록 합시다. 하나는 동경으로 올라가 조정에 구원을 청하게 하고 나머지 둘은 이웃 고을로 흩어져 가 그 군사를 모아 오게 하는 게 좋겠소. 그래서 안팎으로 도와 적을 치면 될 것이오."

그래도 마음이 놓이지 않는지 지부가 그런 의견을 내놓았다. 호연작도 그것까지는 막지 않았다.

"지부께서 밝게 보셨습니다. 그리하지요."

이에 지부는 그날로 구원을 청하는 글 세 통을 쓰고 날랜 군관 셋을 뽑아 다음 날에 대비시켰다.

거처로 돌아간 호연작은 갑옷 투구를 벗고 그날 밤을 편히 쉬었다. 다음 날 날이 밝기 바쁘게 군교 하나가 달려와 알렸다.

"북문 밖 언덕에 세 필의 말에 나뉘어 탄 자들이 숨어 있다 합니다. 가운데 놈은 붉은 전포에 흰말을 탔고 좌우로 둘을 거느렸습니다. 오른편에 있는 놈은 소이광 화영인 줄 알겠는데 왼편에 있는 놈은 도사의 옷을 입고 있다는 것뿐, 누군지는 모르겠습니다."

"그 붉은 전포를 입은 놈이 송강일 것이다. 그리고 도사 차림을 한 놈은 군사 오용임에 틀림없다. 너희들은 그것들을 놀라게 하지 말고 군마나 백여 기쯤 끌어모아 나를 따르라. 내가 그 세

놈을 사로잡으리라!"

호연작이 그렇게 말하고 얼른 갑옷을 걸쳤다. 이어 말에 뛰어오른 호연작은 쌍채찍을 감아쥐고 일백여 기와 함께 가만히 북문 쪽으로 갔다. 성문을 열고 적교를 내려 성을 빠져나간 호연작은 곧 그 군교가 말한 언덕으로 달려갔다.

들은 대로 그 언덕 위에서는 세 사람이 정신없이 성안을 들여다보고 있었다. 호연작은 말 배를 박차 언덕 위로 달려갔다. 호연작을 본 세 사람은 별로 놀라는 기색도 없이 말 머리를 돌리더니 천천히 달아나기 시작했다.

호연작은 힘을 다해 그들을 뒤쫓았다. 한참 가다 보니 앞에 몇 그루 말라 죽은 나무가 서 있는 게 보였다. 세 사람이 거기서 말을 멈추는 걸 보고 호연작은 더욱 급히 말 채찍을 휘둘렀다. 그때 함성이 크게 일면서 호연작은 양산박 쪽이 미리 파 놓은 깊은 구덩이에 말과 함께 떨어졌다. 그러자 양쪽에서 오륙십 명의 갈고리창을 든 군사들이 나타나 호연작을 꽁꽁 묶어 버렸다. 호연작을 뒤따라오던 관군 백여 기는 화영이 도맡아 쫓았다. 귀신같은 활 솜씨로 앞선 대여섯을 떨어뜨리니 뒤따르던 관군들은 모조리 되돌아서 달아나 버렸다.

힘 안 들이고 호연작을 사로잡은 송강은 천천히 말을 몰아 자기 편 진채로 돌아갔다. 얼마 안 있어 졸개들이 꽁꽁 묶인 호연작을 끌고 왔다. 호연작을 본 송강은 황망히 몸을 일으키더니 졸개들을 꾸짖어 밧줄을 풀게 하고 몸소 호연작을 부축했다. 호연작을 장막 안 윗자리에 앉히고 송강이 절을 올리자 어리둥절해진 호연작이 물었다.

"어째서 이러시오?"

"이 하찮은 송강이 어찌 감히 조정을 등질 수 있겠습니까? 제가 이리 된 것은 썩은 벼슬아치들이 몰아내서입니다. 어쩌는 수 없이 큰 죄를 짓게 돼 잠시 물가에서 몸을 숨기고 지내나 기다리는 것은 다만 조정이 제 죄를 용서해 주고 다시 불러들여 주는 것이었습니다. 그런데 뜻밖에도 장군께서 내려오시어 하늘 같은 위엄을 저희에게 보이셨습니다. 저희들은 장군의 위엄을 사모한 나머지 다시 이렇게 잘못을 범하게 되었으니 부디 너그럽게 보아주십시오."

송강이 공손한 어조로 그렇게 말했다. 어느 편이 사로잡은 편이고 어느 편이 사로잡힌 편인지 알 수 없게 하는 태도였다. 호연작이 놀라 말했다.

"사로잡힌 몸으로서 만 번 죽어도 할 말이 없는데 의사께서는 어찌하여 이토록 무거운 예로 대하십니까?"

"저같이 하찮은 게 어찌 감히 장군의 목숨을 건드릴 수 있겠습니까? 이 모두가 다 하늘의 뜻인 줄 압니다."

송강은 그렇게 대답하고 진정이 가득한 표정으로 거듭 용서를 빌었다. 저도 몰래 감동한 호연작이 물었다.

"형께서는 이 호연작더러 동경으로 가서 사면을 빌어 달라고 하시는 것입니까? 그래서 산채의 모든 사람들을 조정이 다시 불러 써 주기를 바라는 것은 아닌지요?"

그러자 비로소 송강이 속마음을 드러냈다.

"장군께서 어떻게 동경으로 가실 수 있겠습니까? 고 태위는 마음이 좁고 소견이 얕아 다른 사람의 큰 은혜는 잊고 작은 허물은 기억하는 자입니다. 장군께서는 이미 수많은 군마와 곡식을 잃은 터인데 고 태위가 죄를 묻지 않을 리 있겠습니까? 지금 저희 산채에는 한도, 팽기, 능진 등이 모두 저희와 함께 지내고 있습니다. 장군께서 저희 산채가 천하고 보잘것없다 여겨 버리지 않으신다면 저희와 함께 머물러 주십시오. 이 송강은 제 자리를 장군께 드리고 함께 조정의 부르심을 기다리도록 하겠습니다. 그리하여 조정이 우리의 죄를 사면하고 다시 부를 때 힘을 다해 그 은혜에 보답해도 늦지 않을 것입니다."

그 말에 호연작은 반나절이나 말없이 생각에 잠겨 있었다. 한편으로는 예절로 대하는 송강의 공손함에 마음이 흔들리고, 다른 한편으로는 송강의 말이 이치에 닿는 데가 있어 곰곰이 되씹어 보지 않을 수가 없었다.

이윽고 호연작이 마음을 정했는지 한 소리 긴 탄식과 함께 땅바닥에 무릎을 꿇으며 말했다.

"이 호연작이 비록 나라에 불충하려는 것은 아니나 형의 의기가 남 달라 감복하지 않을 수가 없습니다. 저를 버리지 않으신다면 말채찍이나 등자를 돌보는 일이라도 하며 형을 따르겠습니다."

그러자 송강은 기쁨을 이기지 못했다. 그 자리에서 여러 두령들을 불러 모아 호연작과 인사를 나누게 했다. 그리고 이충과 주통을 시켜 척설오추마를 원래의 임자인 호연작에게 돌려주게 했다.

이어서 송강과 여러 두령은 다시 공명을 구해 낼 의논을 했다. 오용이 먼저 나서서 말했다.

"만약 호연작 장군께서 적을 속여 성문을 열게만 할 수 있다면 손바닥에 침 한번 뱉는 힘으로 공명을 구해 낼 수 있을 것입니다. 또 그리되면 호연작 장군은 두 번 다시 돌아갈 생각을 할 수 없게 될 것이지요."

송강은 그 말을 듣더니 가만히 고개를 끄덕였다. 곧 호연작을 불러 좋은 소리로 달랬다.

"이것은 제가 성을 쳐부수기 위해서가 아니라 공명과 공빈을 감옥에서 구해 내기 위해서이니 꼭 도와주십시오. 장군께서 적을 속여 성문을 열게 해 주시지 않는다면 그들을 구해 낼 길이 없습니다."

"제가 이미 형님의 은혜를 입었으니 당연히 힘을 다해 도와야지요."

호연작이 그렇게 선선히 응낙했다.

그날 밤이었다. 진명, 화영, 손립, 연순, 여방, 곽성, 해진, 해보, 구붕, 왕영은 군졸로 꾸미고 호연작을 뒤따랐다. 두령 열 명에 호연작을 합쳐 도합 열한 기는 밤이 깊어서야 성 가까이 이르렀다.

"성문을 열어라. 내가 살아서 돌아왔다."

호연작이 그렇게 소리치자 성벽 위에서 그 목소리를 알아들은 군사 하나가 얼른 모용 지부에게로 달려가 알렸다. 그때 모용 지부는 호연작이 적의 꾀에 빠져 사로잡혀 갔다는 말을 듣고 한참 근심에 싸여 있는 중이었다. 그 호연작이 살아서 돌아왔다는 소식이 들어오자 몹시 기뻤다. 한달음에 성벽 위에 올라가 그게 사실인지를 살펴보았다.

지부가 내려다보니 정말로 호연작이 여남은 기를 이끌고 성벽 아래 서 있었다. 어두워서 얼굴은 뚜렷이 알아볼 수 없었지만 그 목소리는 틀림없었다. 지부가 호연작을 내려다보며 소리쳐 물었다.

"장군은 어떻게 돌아오실 수 있었소?"

"나는 뜻밖에도 적의 함정에 빠져 놈들의 진채까지 끌려갔으나 마침 거기에 전부터 나를 따르던 두령이 있어 그 도움을 입었습니다. 그들은 몰래 내게 이 말을 구해 주었을 뿐만 아니라 여기까지 이렇게 따라왔습니다."

호연작이 태연스레 둘러대었다. 그렇게 되니 지부는 더 의심하려야 의심할 건더기가 없었다. 얼른 군사들에게 영을 내려 성문을 열고 적교를 내리게 했다. 호연작을 따라 환하게 열린 성문으로 들어간 열 명의 두령은 성안의 군사들이 이상한 낌새를 눈치챌 겨를도 없이 손을 썼다. 말을 타고 호연작을 맞으러 나오던 지부는 진명의 한 방망이질에 말에서 떨어져 죽고, 놀란 관군들은 나머지 두령들에게 쫓겨 흩어졌다. 해진과 해보는 성안 여기저기에 불을 질렀다. 구붕과 왕왜호는 성벽 위까지 따라 올라가며 관군을 죽였다.

성안에서 불기가 오르는 걸 본 송강의 대군이 곧 밀물처럼 성안으로 밀려들었다. 송강은 모든 군사들에게 영을 내려 죄 없는 백성들을 함부로 해치지 못하게 하고 관고의 곡식과 돈만 거둬

들이게 했다.

오래잖아 청주성은 온전히 양산박 군사에게 떨어졌다. 송강은 감옥을 부수고 공명과 그 아재비 공빈의 가솔들을 모두 구해 냈다. 그리고 군사들을 풀어 성안의 불을 끄게 하는 한편, 모용 지부의 식구들은 모조리 끌어내 목을 베고 그 재물은 모두 군사들에게 나눠 주었다.

그러는 사이에 날이 밝아 왔다. 송강은 성안 백성들 중에서 간밤의 불로 집을 태운 이들을 가려내게 해 곡식을 나눠 주며 위로했다. 청주부의 창고에 있던 비단이며 곡식과 돈을 모두 거두어 수레에 싣게 했는데 그 양이 오륙백 수레나 되었다. 또 따로이 얻은 것으로는 좋은 군마 이백 필이 있었다.

청주성 안에서 한바탕 흥겨운 잔치로 기세를 돋운 송강은 세 산의 두령들에게 함께 양산박으로 가자고 권했다. 세 산의 두령들이 기꺼이 응하고 송강을 따라나설 채비에 들어갔다. 이충과 주통은 사람을 도화산으로 보내 산채에 남아 있던 인마와 재물을 긁어모아 오게 했고, 노지심은 시은과 조정을 이룡산으로 보내 장청과 손이랑 부부로 하여금 역시 산채에 남겨 둔 인마와 재물을 수습해 오게 했다. 공씨 형제의 백호산도 나름의 채비에 들어갔다.

며칠 안 되어 세 산의 인마가 모두 떠날 채비를 갖추었다. 송강은 그 인마와 자신이 이끌고 온 인마를 합쳐 양산박으로 들어갔다. 화영, 진명, 호연작, 주통 네 두령으로 하여금 길을 열게 하고 돌아가는데 여러 고을을 지나면서도 백성을 괴롭히는 일은 전혀 없었다. 이에 감동한 백성들은 그들이 지나는 곳마다 늙은이, 어린이 할 것 없이 모두 길가에 나와 향을 사르며 맞아들였다.

며칠이 지나 양산박에 이르자 여러 수군 두령들이 배를 이끌고 나와 그들을 맞고 조개도 산채에 남아 있던 마보군 두령들과 함께 금사탄까지 마중을 나왔다. 산 위에 이른 두령들은 모두 취의청으로 올라가 서열에 따라 자리에 앉았다. 곧 새로운 두령들을 반기는 잔치가 벌어졌다. 호연작, 노지심, 양지, 무송, 시은, 조정, 장청, 손이랑, 이충, 주통, 공명, 공량 해서 모두 열둘이었다.

술자리에서의 왁자한 이야기 중에 임충이 문득 지난날 노지심이 자신을 구해 주던 일을 꺼냈다. 노지심이 이야기 끝에 임충을 보고 물었다.

"나는 교두와 헤어진 뒤로도 늘 제수씨 걱정을 했었네. 그래, 요즈음 제수씨 소식은 듣고 있나?"

"그때 왕륜(王倫)을 죽이고 나서 사람을 집으로 보내 가솔들을 데려오려 한 적이 있습니다. 그러나 아내는 고 태위의 못된 아들 놈에게 시달리다 못 견뎌 스스로 목매 죽고 장인도 화병으로 역시 돌아가셨더군요."

임충이 처연한 표정으로 그렇게 대답했다.

그때 양지가 왕륜이 두령으로 있던 산채에서 무송과 만났던 이야기를 꺼내 분위기를 바꾸었다. 듣고 난 사람들이 모두 감탄하며 말했다.

"모두가 이미 만나기로 정해져 있었던 사람들이야. 결코 어쩌다가 만나게 된 게 아니야!"

이어 조개가 황니강에서 채 태사에게 가는 생신 선물 보따리를 털던 이야기를 꺼내 모두가 다시 한바탕 크게 웃었다. 잔치는 그날 말고도 여러 날 더 이어졌다.

산채에 새로이 수많은 인마가 늘어 기쁘기는 송강도 누구 못지않았다. 그러나 그는 기뻐함과 아울러 거기에 맞춰 산채의 규모를 키우는 데도 힘을 썼다. 먼저 탕룸을 불러 산채의 대장장이들로 하여금 전보다 많은 창칼과 쇠 비늘 갑옷을 만들도록 했다. 또 후건을 불러서는 군사들의 복색이며 깃발과 의장을 한층 더 빠짐없이 갖추게 했다. 삼재(三才) · 구요(九曜) · 사두(四斗) · 오방(五方) · 이십팔수(二十八宿)를 나타내는 깃발과 비룡(飛龍) · 비호(飛虎) · 비웅(飛熊) · 비표(飛豹)를 수놓은 깃발, 황월(黃鉞) · 백모(白旄) · 주영(朱纓) · 조개(皂蓋) 등이었다. 산의 네 모퉁이에 망대를 세우게 해 경계를 더욱 엄하게 했고 서쪽 길과 남쪽 길에는 새로이 주막을 열어 장사를 하는 한편 사방에서 모여드는 호걸들을 맞아들이게 했다. 산채의 서쪽 길에 낸 주막은 전에도 주막을 한 적이 있는 장청과 손이랑이 맡았다. 남쪽 길의 주막은 손신과 고대수 내외가 맡았으며, 동쪽은 전처럼 주귀와 악화가, 북쪽은 이립과 시천이 맡았다. 산채로 오르는 길목의 세 관(關)도 손보았다. 성벽과 목책을 더하고 두령들을 보내 지키게 하니 방비의 굳기가 이전과는 비할 바가 못 되었다.

모든 두령들이 맡은 일에 힘을 다해 별일 없이 한동안이 지나갔다. 그러던 어느 날 노지심이 송강을 찾아와 말했다.

"저와 가까이 지낸 이 중에 구문룡(九紋龍) 사진(史進)이란 젊은이가 있습니다. 이충에게서 무예를 배운 적도 있는 젊은이인데, 지금은 화주 화음현 소화산에서 신기군사(神機軍師) 주무(朱武), 도간호(跳澗虎) 진달(陳達), 백화사(白花蛇) 양춘(楊春)과 어울려 산채를 열고 있지요. 전에 와관사(瓦官寺)에서 헤어진 뒤로 늘 잊지 못하고 있었으나 아직껏 찾아보지 못했습니다. 이번에 제가 한번 내려가 찾아보고 어지간하면 그 넷을 모두 이곳으로 데려와 함께 지내도록 했으면 싶은데 어떻습니까?"

새로운 호걸들을 끌어모아 오겠다는데 송강이 마다할 리 없었다. 그러나 워낙 생각이 깊은 사람이라 조심스러운 단서와 함께 허락했다.

"저도 일찍부터 사진이란 분의 큰 이름을 들어 왔습니다. 대사님께서 가셔서 불러올 수 있다면 그보다 더 좋은 일도 없지요. 하지만 혼자 가셔서는 아니 됩니다. 번거롭지만 무송 아우와 함께 내려가도록 하십시오. 그는 행자이니 출가인과 마찬가지라 함께 다니시기에는 아주 좋을 것입니다."

마침 곁에 있던 무송도 기꺼이 송강의 뜻을 따랐다.

"제가 형님과 함께 가지요."

이에 노지심과 무송은 그날로 산채를 내려가게 되었다. 노지심은 선승 차림을 하고 무송은 그를 시중드는 행자처럼 꾸민 채 여러 두령들과 작별하고 금사탄을 건넜다.

밤낮을 가리지 않고 부지런히 걸은 두 사람은 별일 없이 화주 화음현에 이를 수 있었다. 한시바삐 사진을 만나 보고 싶은 노지심은 무송을 재촉해 곧바로 소화산을 향해 달려갔다.

한편 송강은 노지심과 무송을 내려보내기는 했으나 종내 마음을 놓을 수가 없었다. 곧 신행태보 대종을 불러 산채를 내려가게 했다. 두 사람을 뒤따라가면서 소식을 알아보고 필요하면 달려가 도울 수 있게 하라는 당부와 함께였다.

그 무렵 노지심과 무송은 벌써 소화산으로 접어들고 있었다. 산채로 올라가는 길목에 숨어 있던 소화산의 졸개 하나가 길을 막으며 물었다.

"너희 두 중놈은 무슨 일로 여기 왔느냐?"

"산 위에 사(史) 나리 계시오?"

무송이 점잖게 그런 졸개들에게 되물었다. 졸개들은 무송이 사진을 찾자 말투부터 바뀌었다.

"사 대왕을 찾아오신 분들이라면 여기서 잠시만 기다리십시오. 저희들이 산 위로 올라가 알리면 대왕께서 나와 맞으실 것입니다."

졸개들은 둘의 건강하고 험한 생김새에도 어지간히 겁을 먹은 표정들이었다.

"노지심이 찾아왔다 일러 주시오."

무송이 그들에게 비로소 자기들의 이름을 밝혔다.

졸개들이 산 위로 올라간 지 얼마 안 되어 신기군사 주무와 도간호 진달과 백화사 양춘이 산을 내려와 노지심과 무송을 맞았다. 사진이 보이지 않는 걸 이상히 여긴 노지심이 물었다.

"사 두령은 어디에 있소? 왜 보이지 않는 거요?"

그러자 주무가 가까이 다가오며 대답 대신 물었다.

"스님은 혹시 연안부의 노 제할 어른 아니십니까?"

"그렇소, 내가 바로 그 사람이오. 그리고 이 행자는 경양강에서 호랑이를 때려잡은 무송이외다."

노지심이 그렇게 대답하자 세 사람은 황망히 무릎을 꿇고 예를 올렸다. 그러나 노지심이 묻는 말에는 여전히 대답을 않고 저희 궁금한 것만 앞세웠다.

"크신 이름을 들은 지는 오래됩니다. 두 분께서는 이룡산에 산채를 가지고 계신 걸로 알고 있는데 여기는 무슨 일로 오셨습니까?"

"우리는 지금 이룡산에 있지 않소. 양산박의 송공명에게로 가 한패가 되어 지내다가 이번에 특히 사 두령을 찾아보러 왔소."

노지심이 그렇게 대답했다. 그 말 속에는 사진이 보이지 않는 이유를 한 번 더 은근히 묻는 뜻이 있었으나 주무는 여전히 바로 밝히지 않았다.

"두 분께서 이왕에 오셨으니 우선 산채로 드시지요. 그러면 제가 자세한 말씀을 올리겠습니다."

그렇게 말하는 품이 무언가 긴 사연이 있는 듯했다. 성질 급한 노지심이 더 참지 못하고 거칠게 내뱉었다.

"할 이야기가 있으면 여기서 어서 하시오. 사진 아우도 아니 보이는데 어느 놈이 귀찮게 산 위에까지 올라가고 자시고 하겠소?"

"우리 사형은 성미가 매우 급하신 분이오. 할 말이 있으면 빨리 하는 게 좋을 거요."

무송이 곁에서 노지심을 거들었다. 주무가 긴 한숨과 함께 입을 열었다.

"저희 세 사람은 오래전부터 이 산채에 자리 잡고 지내 오던바 사 두령께서 오신 뒤로는 모든 게 전보다 훨씬 잘되어 갔습니다. 그런데 얼마 전에 사 두령께서 산을 내려가셨다가 어떤 환쟁이를 만나면서 일이 뒤틀어지기 시작했지요. 그 환쟁이는 원래 북경의 대명부에 살던 사람으로 이름이 왕의(王義)라고 하는데 서악화산(西嶽華山)의 금천성제묘(金天聖帝廟)에 벽화를 그리기로 되었다고 합니다. 그래서 그 딸 옥교지(玉嬌枝)를 데리고 가게 되었는데 이 고을의 하(賀) 태수의 눈에 띄게 되었지요. 그 하 태수란 놈은 원래 채 태사의 집을 드나들다 벼슬자리가 얻어걸린 놈으로 욕심 많고 행실 나쁘기가 이만저만이 아닙니다. 하루는 금천성제묘에 향을 사르러 왔다가 우연히 옥교지를 보고 마음이 동해 그녀를 첩으로 달라고 여러 차례 왕의에게 사람을 보내 졸랐습니다. 그러다가 왕의가 들어주지 않자 하 태수란 놈은 그 딸을 어거지로 빼앗고 왕의에게는 죄를 지워 얼굴에 먹자를 새긴 뒤 멀리 귀양을 보내게 했습니다."

주무가 거기서 잠시 말을 끊고 다시 한번 한숨을 내쉰 뒤 이었다.

"그런데 마침 그 귀양길에서 왕의가 우연히 우리 사 두령을 만나게 되었습니다. 왕의로부터 그 어처구니없는 신세타령을 들은 사 두령은 의분을 느껴 호송하던 두 공인을 죽이고 왕의를 우리 산채로 구해 왔지요. 그러나 사 두령은 그걸로 그치지 않고 하 태수를 찔러 죽이려고 성안으로 들어갔다가 오히려 먼저 발각돼

사로잡히고 말았습니다. 하 태수는 사 두령을 감옥에 가두었을 뿐만 아니라 군사를 크게 일으켜 우리 산채를 쳐부수겠다고 합니다. 정말로 저희들은 어찌해야 할지 계책이 떠오르지 않습니다.”

주무의 그 같은 말에 노지심의 불같은 성미가 고함 소리로 터져 나왔다.

“저런 죽일 놈이 있나! 사람의 가죽을 쓰고 그렇게 모진 짓을 하다니. 내 얼른 가서 그놈을 때려죽이고 말겠다!”

“두 분께서는 잠시 고정하시고 산채로 올라가 차근차근 이 일을 의논해 보시지요.”

주무가 그런 노지심을 말렸다. 하지만 노지심은 한번 먹은 마음을 바꾸려 들지 않았다. 무송이 한 손으로는 노지심의 선장을 붙잡고 한 손으로는 넘어가는 해를 가리키며 말했다.

“형님, 벌써 해가 지려 하는 게 보이지 않으십니까?”

그 말에 힐끗 하늘을 본 노지심도 이미 길을 떠나기에는 너무 늦음을 알았던지 한 소리 고함으로 분기를 삭이고 마지못한 듯 산채로 올라갔다. 노지심과 무송이 산채로 들어가 자리 잡고 앉자 주무는 얼른 왕의를 불러내 둘에게 보였다. 왕의가 다시 한번 하 태수의 못된 짓거리를 일러바쳤다. 욕심 많고 혹독하여 백성을 해치고 양가의 부녀자를 빼앗아 첩으로 삼은 게 한두 번이 아니었다.

주무와 진달, 양춘은 졸개들을 시켜 소와 양을 잡고 술을 거르게 해 노지심과 무송을 잘 대접했다. 술상 앞에 앉은 노지심이 여전히 분을 삭이지 못해 씩씩거렸다.

"사진 아우를 감옥에 처박아 두고는 술은 한 방울도 못 마시겠네. 오늘 저녁은 어서 자고 내일 아침 일찍 성안으로 가 그놈을 때려죽여야겠어!"

그러는 노지심을 무송이 조용히 달랬다.

"형님, 서둘러서는 안 됩니다. 저와 함께 이 밤으로 양산박에 돌아가 송공명 형님께 이 일을 알리도록 합시다. 크게 인마를 이끌고 내려와 화주를 치고 사 두령을 구해 내도록 하지요."

"우리가 양산박으로 돌아가 사람을 데리고 올 때쯤 사진 아우는 벌써 목숨이 어디 있는지 모를 거네!"

노지심이 그렇게 꽥 소리치고는 몸까지 부르르 떨었다. 그래도 무송은 좋은 말로 달래기만 했다.

"당장 달려가서 하 태수란 놈을 때려죽였다 칩시다. 그렇다고 어떻게 깊은 옥에 갇힌 사 두령을 구해 낼 수 있겠습니까? 이 무송은 결코 형을 이대로 가게 내버려 둘 수는 없습니다."

주무도 곁에서 무송을 거들었다.

"대사께서는 잠시 화를 가라앉히십시오. 무 도두의 말씀이 옳으신 듯합니다."

그래도 노지심은 화를 삭이지 못해 벌떡 몸을 일으키며 소리쳤다.

"모두 그렇게 성미가 느려 터져 어쩔 셈이냐? 그사이 우리 사진 아우는 끝장이 난단 말이다. 지금 아우의 목숨이 남의 손안에 있는데 어떻게 술이나 마시며 너절한 의논만 하고 있단 말인가!"

그러는 노지심을 여럿이 억지로 말려 주저앉히고 몇 잔 술을 권해 그날 밤은 산채에서 묵게 했다.

다음 날이었다. 날이 새기도 전에 먼저 일어난 노지심은 선장을 찾아 쥐고 계도를 찬 뒤 길 떠날 채비를 했다. 그러나 어디를 가려는지 알 수가 없었다. 무송이 그런 노지심에게 조용히 일렀다.

"다른 사람의 말을 듣지 않고 이렇게 가시면 반드시 실수를 하게 됩니다."

하지만 노지심은 들은 척도 않았다. 이에 주무도 어쩔 수 없다는 듯 날래고 영리한 졸개 둘을 뽑아 노지심에게 딸려 보냈다. 무슨 일이 생기면 얼른 산채로 소식을 달라는 뜻이었다.

소화산을 내려간 노지심은 한걸음에 화주성으로 달려갔다. 성안에 들기 바쁘게 길 가는 사람에게 주아(州衙)를 묻자 그가 손가락질과 함께 일러 주었다.

"주교를 건너 동쪽으로 가면 바로 주아가 나올 것이오."

노지심은 들은 대로 급히 걸음을 옮겼다. 그런데 노지심이 막 다리 위로 올라섰을 때였다. 거기 있던 사람들이 모두 그를 보고 소리쳤다.

"스님, 어서 몸을 굽히시오. 태수께서 지나가고 계시오."

그 말에 노지심은 속으로 가만히 생각해 보았다.

'내가 마침 그놈을 찾고 있는데 내 손에 걸려들었구나. 잘됐다, 어디 네놈이 살아남을 수 있는가 보자.'

그때 하 태수의 행차가 천천히 노지심 곁을 지나갔다. 보니 태수는 가마 위에 올라앉았는데 가마는 사방이 막힌 것이었다. 가

마의 창 양쪽으로 각기 열 명의 우후가 손에 손에 창칼이며 채찍, 쇠몽둥이 따위를 들고 둘러싸듯 따르고 있었다. 그걸 본 노지심은 생각을 바꾸지 않을 수 없었다.

'지금 저놈을 치는 것은 좋지 않겠구나. 만약 덤볐다가 일이 제대로 안 되면 오히려 남의 비웃음만 사고 말겠다.'

노지심이 그렇게 중얼거리며 서 있는 동안 하 태수가 지나가다 가마 창문으로 노지심을 보았다. 금세 덤벼들 듯하다가 덤비지 않는 게 날카로운 하 태수의 눈에 뚜렷이 내비쳤다. 말없이 다리를 건넌 하 태수는 부중에 일러 가마에서 내리기 바쁘게 우후 둘을 불렀다.

"너희들은 지금 곧 다리께로 가 그 뚱뚱한 스님에게 잠깐 이리로 오시라고 여쭈어라."

하 태수가 아무 내색 없이 그렇게 말하자 두 우후는 시키는 대로 했다. 다리 위에 이르러 아직도 거기 있는 노지심을 보고 공손히 말하였다.

"태수께서 스님을 부르십니다."

그 말을 들은 노지심은 다시 속으로 생각했다.

'이놈, 이제 너는 내 손에 죽었다. 좀전에 너를 때려죽이려다 혹시라도 일이 잘못될까 봐 그냥 지나가게 한 것인데 네놈이 오히려 나를 부르다니?'

그러고는 신이 나 성큼성큼 두 우후의 뒤를 따라갔다.

노지심이 주아 안으로 들어갔을 때는 태수는 모든 준비를 갖춘 뒤였다. 태수는 노지심이 뜰 아래 이른 걸 보고 선장과 계도를 몸에서 떼어 놓은 뒤 후당으로 들게 하라 일렀다. 노지심은 처음 무기를 모두 두고 들어오라는 말이 수상쩍어 어떻게든 들고 들어가려 했으나 그곳에 있던 여러 사람들이 입을 모아 권했다.

"당신은 이미 출가한 사람이니 그리 나쁜 일은 없을 것이오. 관아 안 깊은 곳으로 들어가는데 어떻게 칼이나 쇠몽둥이 같은 흉기를 가지고 들어갈 수 있겠소."

그 바람에 노지심은 다시 생각을 바꾸지 않을 수가 없었다.

'내 이 두 주먹만 해도 그놈의 골통을 바숴 놓을 수 있을 거야.'

그런 믿음으로 당하에다 선장과 계도를 걸쳐 두고 우후를 따라 안으로 들어갔다. 노지심이 후당으로 들어가니 하 태수는 먼저 와서 높이 자리 잡고 앉아 있었다. 그런데 노지심으로서는 알 수 없는 일이 벌어졌다. 자신을 본 하 태수가 갑자기 손을 들어 휘저으며 크게 소리쳤다.

"여봐라, 저기 저 머리 벗겨진 도적놈을 사로잡아라."

그러자 양쪽 벽 뒤에서 서른 명도 넘는 포졸들이 달려 나와 벌 떼같이 노지심에게 덤벼들었다. 아무리 노지심이라 해도 그 지경이 되고 나면 어찌하는 수가 없었다. 곧 포졸들에게 흠씬 두들겨 맞은 뒤 오랏줄에 묶이는 신세가 되고 말았다. 그러나 입만은 살아 하 태수 앞으로 끌려가면서도 소리소리 꾸짖었다.

노지심과 사진을 구한 태위

"백성을 해치고 계집질이나 일삼는 이 나쁜 도둑놈아, 네놈이 감히 나를 붙들다니. 나를 사진 아우와 한곳에서만 죽여 준다면 하나도 한 될 것 없다. 비록 나는 죽더라도 우리 송공명 형님이 너를 그냥 두지 않을 것이다. 하지만 잘 들어라. 내가 지금 너에게 말하는 대로 하지 않으면 네놈은 천하의 원수 갚음을 면할 방법이 없다. 너는 먼저 사진 아우를 내게 돌려 다오. 그리고 옥교지도 내게 돌려주어 내가 그 아비 왕의에게 되돌려보낼 때까지 기다려야 한다. 또 너는 오늘 밤으로 화주 태수 노릇을 그만두고 조정으로 돌아가거라. 너의 도둑 같은 얼굴과 쥐 같은 눈을 보니 계집질은 즐길 수 있을지 몰라도 백성들의 어버이 노릇을 하기는 틀렸다. 만약 내가 말한 세 가지를 따른다면 부처님이 너를 보살펴 주실 것이요, 반 가지라도 따르지 않을 때는 뉘우쳐도 아무런 소용이 없게 될 것이다. 먼저 나에게 사진 아우를 보여 주고 다시 이야기를 시작하자."

노지심이 오히려 그렇게 꾸짖자 하 태수는 화도 나지만 한편으로는 옳거니 싶은 기분도 있었다.

"네놈이 별로 행실 좋지 못한 도둑놈 같다는 생각은 했지만 사진과 한패인 줄은 몰랐다. 여봐라, 저놈을 감옥 깊숙이 가두어라. 저 머리 까진 당나귀 놈도 원래가 사진과 한패였느니라!"

갑자기 좌우를 돌아보며 그렇게 소리쳤다. 그리고 별로 매질하는 법도 없이 큰칼을 씌워 사형수들이 있는 감옥으로 끌고 가게 했다. 이어 하 태수는 노지심의 일을 위의 관청에 알려 처결을 기다리는 한편 선장과 계도는 봉해 후당에 보관시켰다.

그 무렵 벌써 노지심으로 인한 소동은 화주 성안에 널리 소문이 나 있었다. 뒤따라온 소화산의 졸개들은 그 소문을 듣자 나는 듯 산채로 돌아가 두령들에게 알렸다. 무송이 그 소식을 듣고 깜짝 놀라 말했다.

"우리 두 사람은 함께 화주로 왔다. 이제 한 사람이 죽게 되었으니 내 무슨 낯으로 돌아가 양산박의 두령들을 보겠는가!"

그러나 당장은 어찌할 줄 몰라 속만 끓이고 있는데 산 아래서 다시 졸개 하나가 올라와 알렸다.

"양산박에서 보냈다고 하는 두령 한 분이 오셨습니다. 신행태보 대종이라는 분인데 지금 산 아래 계십니다."

그 말을 들은 무송은 놀라움 반, 반가움 반으로 달려 내려갔다.

대종을 산 위로 모셔 올리고 주무를 비롯한 세 두령에게 소개한 뒤 노지심의 일을 알렸다. 노지심이 말려도 듣지 않고 산을 내려갔다가 사로잡혔다는 말을 들은 대종도 깜짝 놀랐다.

"내가 오래 여기 머물러서는 아니 되겠소. 어서 양산박으로 돌아가 송공명 형님에게 알리고 장수와 군사를 이끌고 와 구하도록 하겠소."

그러면서 벌떡 몸을 일으켰다. 무송도 달리 수가 없어 대종의 생각대로 따를 뿐이었다.

"아우는 여기서 기다리고 있겠습니다. 형님, 어서 빨리 돌아가십시오."

이에 대종은 고기와 술이 없는 밥을 서둘러 먹은 뒤 신행법을 일으켜 양산박으로 달려갔다.

사흘도 안 되어 산채에 이른 대종은 조개와 송강, 두령들을 찾아가 노지심의 일을 알렸다. 노지심이 사진을 구하려고 하 태수를 죽이려다 거꾸로 붙잡히게 되었다는 말을 들은 조개가 놀란 얼굴로 말했다.

"그렇다면 우리 형제가 둘이나 어려움에 빠진 셈이구려. 어찌 구하지 않을 수가 있겠소? 마침 별일도 없으니 내가 직접 한번 가 보겠소."

그러자 곁에 있던 송강이 이번에도 조개를 말리고 나섰다.

"형님은 산채의 주인이시니 가볍게 움직여서는 아니 됩니다. 이 아우가 형님을 대신해서 가 보도록 하지요."

그리고 그날로 인마를 점검해 삼 대로 나누었다. 전군은 임충,

양지, 화영, 진명, 호연작 다섯 두령이 일천 명의 갑마(甲馬)와 이천 명의 보군을 이끌게 했다. 전군이 할 일은 산을 만나면 길을 열고 물을 만나면 다리를 놓는 것이었다.

중군은 송강을 주장으로 하고 군사 오용과 주동, 서령, 해진, 해보를 합쳐 여섯 두령이 마보군 이천을 이끌고 떠나기로 되었다. 후군은 군사들이 먹을 양식과 말먹이 풀을 대는 일을 주로 맡기로 하고 이응, 양웅, 석수, 이준, 장순 다섯 두령이 마보군 이천을 이끌었다. 이번에 떠나는 군마는 모두 합쳐 칠천이요, 두령은 열여섯이었다.

양산박을 떠난 송강의 군사는 곧바로 화주를 향해 밀고 나갔다. 하루도 쉬지 않고 달려 길을 반쯤 갔을 때 대종이 먼저 소화산으로 가 양산박의 대군이 오고 있음을 알렸다. 주무를 비롯한 소화산의 세 두령은 돼지와 양과 소와 말을 잡고 술을 걸러 양산박의 호걸들이 그곳에 이르기를 기다렸다. 이윽고 송강의 세 부대가 소화산 아래에 이르렀다. 무송은 주무, 진달, 양춘을 데리고 산을 내려가 송강과 오용 및 다른 양산박 두령들과 인사를 나누게 했다. 이어 산채로 올라온 여러 두령들이 자리를 잡고 앉자 송강이 먼저 화주성 안의 일을 자세히 물었다. 주무가 대답했다.

"두 분 두령은 이미 하 태수에게 사로잡혀 감옥에 갇혀 있습니다. 기다리는 것은 다만 조정의 처분뿐입니다."

그 말에 송강은 오용을 돌아보며 물었다.

"일이 이 지경이니 어떤 계책을 써서 그들을 구해 내야 좋겠소?"

"화주의 성벽은 굳고 높으며 성을 두르고 있는 물은 깊고 넓습니다. 급하게 서둘러선 쳐부수기가 어렵습니다. 먼저 안에서 내응을 하고 다음에 바깥에서 힘을 합쳐야만 성을 얻을 수 있을 것입니다."

화주성의 사정을 잘 아는 주무가 그렇게 오용의 대답을 대신했다. 오용이 고개만 끄덕이며 가만히 말했다.

"우선 내일 성 쪽으로 가서 성벽과 물이 어떠한지 한번 보기나 합시다. 의논은 그런 다음에 하는 게 좋겠습니다."

이에 송강은 그날은 소화산 산채에서 쉬고 다음 날 일찍 화주성을 보러 갔다. 송강이 별 경계심 없이 나서려는 걸 보고 오용이 깨우쳐 주었다.

"성안에 두 마리의 큰 호랑이 같은 호걸들을 잡아다 가둬 놓았는데 어찌 방비가 없겠습니까? 밝은 낮에 가서는 살펴볼 수가 없습니다. 오늘 밤 달이 밝을 것이니 초저녁에 산을 내려가 가만히 성안을 훔쳐보도록 하시지요."

송강은 오용의 말을 따라 낮 동안을 산채에서 머물다가 해 질 무렵 해서야 산을 내려갔다. 오용과 화영, 진명, 주동 네 두령을 데리고 말에 올라 천천히 나아가서 초저녁쯤 해서는 화주성 밖에 이를 수 있었다. 송강을 비롯한 다섯 두령은 산언덕 높은 곳에 올라가 화주성 안을 내려다보았다. 때는 이월 중순이라 달은 낮같이 밝은데 하늘에는 구름 한 점 없었다. 화주성은 둘레에 몇 개의 성문이 있는데 들은 대로 성벽은 높고 두른 물은 넓었다. 한참을 살피다 고개를 돌리니 멀리 서악화산(西嶽華山)이 눈에 들어왔다.

송강은 아무리 바라보아도 성은 굳고 지형은 험해 마땅한 계책이 떠오르지 않았다. 어두운 얼굴로 성안을 내려다보는 송강에게 오용이 말했다.

"우선 산채로 돌아가서 다시 의논해 보도록 하시지요."

이에 송강을 비롯한 다섯 사람은 발길을 돌려 소화산의 산채로 돌아갔다. 그러나 송강의 이맛살은 걱정으로 펴질 줄 몰랐다. 오용이 그런 송강을 위로하듯 첫 번째 의견을 내놓았다.

"먼저 여남은 명의 날쌔고 영리한 졸개를 산 밑으로 내려보내 멀고 가까운 곳의 소식들을 이것저것 알아 오도록 하는 게 좋겠습니다."

송강도 달리 수가 없어 말없이 고개만 끄덕였다. 그런데 그로부터 이틀 뒤였다. 홀연 졸개 하나가 산 위로 돌아와 알렸다.

"이번에 조정에서 전사(殿司) 태위를 보내 천자께서 내리신 금령조괘(金鈴弔掛, 금방울과 칠보를 수놓아 단 의전용 걸개)를 가지고 서악에 향을 올린다고 합니다. 태위는 황하를 따라 내려오다 위하(渭河)로 들어 서악에 이를 것이라더군요."

그러자 오용이 갑자기 생기가 도는 얼굴로 송강을 보며 말했다.

"형님, 이젠 더 걱정하실 것 없습니다. 계책은 바로 거기 있습니다."

송강이 어리둥절해 그런 오용을 쳐다보았다. 오용은 벌써 머릿속에서 계책이 다 짜인 듯 바로 시행에 들어갔다. 먼저 이준과 장순을 불러 이리저리 하라는 계책을 일러 주었다. 듣고 난 이준이 말했다.

"이곳의 길을 잘 아는 사람이 아무도 없습니다. 누구 한 사람을 붙여 길을 안내해 주면 좋겠습니다."

"제가 같이 가면 어떻겠습니까?"

백화사 양춘이 얼른 이준의 말을 받아 그렇게 나섰다. 송강이 기꺼이 허락하자 세 사람은 한패가 되어 산을 내려갔다.

다음 날이었다. 오용은 다시 송강, 이응, 주동, 호연작, 화영, 진명, 서령 일곱과 더불어 오백여 인마를 이끌고 가만히 산을 내려갔다. 그들이 위하 어귀에 이르니 전날 먼저 내려간 이준과 장순, 양춘 세 사람은 벌써 여남은 척의 큰 배를 빼앗아 두고 있었다.

오용은 화영, 진명, 서령, 호연작 네 사람을 강 언덕에 숨어 있게 하고 자신과 송강, 주동, 이응은 배 안에 남았다. 이준과 장순, 양춘은 각기 배에 나누어 타고 물가로 가 숨었다.

모두가 정한 곳에 숨어 기다리는 동안에 밤이 다하고 날이 밝아왔다. 멀리서 징 소리, 북소리가 들려오더니 커다란 관선(官船) 세 척이 물결을 타고 흘러 내려왔다. 뱃머리에는 누른 깃발 하나가 펄럭이는데 거기에는 '흠봉성지 서악강향 태위 숙(欽奉聖旨 西嶽降香 太尉 宿, 천자의 뜻을 받들어 서악에 향을 사르러 가는 태위 숙씨라는 뜻)'이란 글귀가 쓰여 있었다.

송강이 탄 배는 그런 관선을 가로막았다. 주동과 이응은 각기 긴창을 들고 송강 뒤에 서고 오용은 뱃머리로 나가 있었다. 관선에서 자줏빛 옷에 은빛 띠를 두른 우후 스무남은 명이 나와 험한 기세로 꾸짖었다.

"네놈들이 탄 배는 어떤 배이기에 감히 대신이 탄 뱃길을 가로

막느냐?"

송강은 아무 대꾸 없이 허리만 공손하게 굽혀 보였다. 뱃머리에 서 있던 오용이 송강을 대신해 소리쳤다.

"양산박의 의사 송강이 삼가 태위를 뵈옵니다."

그러자 관선에서 객장사(客帳司)가 나와 엄한 목소리로 받았다.

"이 배에는 조정의 태위께서 타고 계시다. 천자의 명을 받들어 서악으로 향을 사르러 가는 길이거늘, 너희 같은 양산박의 도둑 떼가 무슨 일로 길을 막느냐?"

송강은 여전히 굽힌 허리를 일으키지 않고 오용이 다시 대답을 대신했다.

"저희는 의사들로 태위님을 뵙고 드릴 말씀이 있습니다."

"어떤 놈들이기에 감히 태위님을 뵙겠다는 거냐?"

객장사가 그렇게 한층 더 목소리를 높였다. 곁에 벌려 섰던 우후들이 눈을 부라리며 오용을 겁주려 했다.

"이놈들, 목소리를 낮추지 못하겠느냐!"

그래도 송강은 여전히 허리만 굽히고 서 있을 뿐이었다. 오용 또한 조금도 겁먹은 기색 없이 제 할 말만 되풀이했다.

"태위께서는 잠시만 언덕으로 오르시지요. 의논드릴 일이 있습니다."

"허튼수작 마라! 태위님은 조정의 대신이다. 네 따위 놈들이 의논은 무슨 의논이냐?"

객장사가 그렇게 입에 거품을 물었다.

그때 송강이 허리를 펴고 걸어 나오며 말했다.

"태위께서 나오지 않으시면 우리 아이들이 놀라시게 할까 걱정입니다."

목소리는 부드러워도 은근한 협박이나 다름없었다. 그것도 말뿐만이 아니었다. 송강의 말이 끝나기 바쁘게 주동이 창끝에 매달린 작은 깃발을 슬쩍 휘두르자 언덕 위에 화영, 진명, 서령, 호연작 들이 기다리고 있었다는 듯이 인마를 이끌고 나타났다. 모두가 시위에 화살을 먹인 채 강어귀에 벌려 서 있는 걸 본 관선의 사공들은 모두 기겁을 하고 배 안으로 쫓겨 들어왔다.

놀라기는 객장사도 마찬가지였다. 하는 수 없이 배 안으로 쫓겨 들어가 태위에게 그 일을 알렸다. 태위도 달리 어찌할 수가 없어 송강이 바라는 대로 뱃머리에 나와 섰다.

"저희들이 까닭 없이 소란을 떠는 것이 아니오니 너그럽게 보아주십시오."

송강이 다시 깊숙이 허리를 꺾어 절을 올린 뒤 태위에게 공손히 말했다. 숙 태위가 그런 송강에게 점잖게 물었다.

"의사들은 무슨 일로 뱃길을 막는가?"

"저희들이 어찌 감히 태위님을 가로막겠습니까? 다만 드릴 말씀이 있어 잠시 언덕 위로 오르시기를 청할 뿐입니다."

송강이 그렇게 대답하자 숙 태위가 넌지시 천자를 앞세웠다.

"나는 지금 천자의 뜻을 받들어 서악으로 가는 길이다. 그런 내게 의논할 일이 무어 있는가? 또 설령 있다 한들 조정의 대신이 어찌 가볍게 그대들과 함께 언덕에 오를 수 있겠는가?"

그때 뱃머리에 서 있던 오용이 끼어들었다.

"태위께서 마다하시더라도 저희 패거리가 들어주지 않을까 걱정입니다."

그 말이 떨어지자마자 이번에는 이응이 신호로 쓰는 창대를 들어 한번 휘저었다. 그 신호를 기다려 배 안에 있던 이준과 장순, 양춘이 한꺼번에 뛰어나왔다. 그들의 무서운 기세에 숙 태위는 더욱 놀랐다. 그러나 이준과 장순은 겁을 주는 것으로 그치지 않았다. 시퍼렇게 날이 선 칼을 든 이준과 장순이 훌쩍 몸을 날려 관선으로 건너오더니 각기 손 한번 놀리는 것으로 우후 둘을 물속에 던져 버렸다. 송강이 놀란 척 그들을 말렸다.

"함부로 날뛰어 귀한 분을 놀라게 하지 말라!"

그러자 이준과 장순은 저희들도 덤벙 강물로 뛰어들었다. 물에 빠져 허우적거리던 두 우후가 잠깐 사이에 그들에게 끌려 다시 배 위로 올려졌다. 두 우후를 온전히 뱃전 위로 끌어올린 뒤에야 장순과 이준이 훌쩍 몸을 날려 저희 배로 돌아갔다.

그걸 본 숙 태위는 이제 겁에 질려 몸을 제대로 가누지 못할 지경이었다. 그만하면 됐다 싶었던지 송강과 오용이 입을 모아 저희 편 사람들을 말렸다.

"얘들아, 모두 잠시 물러나거라. 귀한 분을 더는 놀라시게 해서는 아니 된다. 이제는 우리가 조용하게 언덕으로 오르시기를 청해 보겠다."

그러는 송강과 오용에게 숙 태위가 사정조로 말했다.

"이보게, 의사들. 무슨 할 말이 있다면 여기서 해도 괜찮다네."

하지만 송강과 오용은 자기들의 뜻만 우겨 댔다.

"이곳은 말씀 올리기에 알맞은 곳이 못 됩니다. 바라건대 태위께서는 저희들 산채로 가서서 이야기를 들어주십시오. 결코 해칠 뜻은 없습니다. 만일 그런 뜻에서라면 서악의 신령님이 저희를 죽여 없애실 것입니다."

그렇게 되니 숙 태위는 더는 벼텨 볼 도리가 없었다. 마지못해 배에서 내려 강가 언덕으로 올라갔다. 거기서 기다리고 있던 양산박 패거리가 숲속에서 말 한 필을 끌고 나와 태위를 그 위에 태웠다. 송강과 오용은 화영과 진명을 불러 먼저 태위를 산채로 모셔 가게 하고 자기들도 말에 올랐다.

관선에 타고 있던 사람들이며 천자가 내렸다는 향, 제물, 금령 조쾌도 모두 산채로 옮기게 했다. 송강은 이준과 장순에게 따로 이 백여 명을 주며 그곳에 남아 관선을 지키게 했다.

소화산 산채로 돌아온 송강의 무리는 어쩔 줄 몰라 하는 숙 태위를 취의청 가운데 놓인 맨 윗자리에 모셨다. 여러 두령들이 칼을 빼 들고 두 줄로 늘어선 사이로 숙 태위 앞에 나간 송강은 네 번 절을 올린 다음 무릎을 꿇고 말했다.

"이 송강은 원래 운성현의 하잘것없는 벼슬아치였으나 관가의 핍박을 못 이겨 하는 수 없이 숲속에 몸을 감추게 되었습니다. 지금은 이렇게 양산박에 자리를 잡고 있지만 기다리는 바는 오직 다시 조정의 부르심을 받아 나라를 위해 일할 수 있게 되는 것입니다. 그런데 이번에 저의 아우 둘이 아무 죄 없이 하 태수의 모함을 입어 옥에 갇히게 되었습니다. 둘 다 목숨이 위태로운 지경이라 어쩔 수 없이 태위님의 어향(御香)과 의종(儀從) 및 금령조괘(金鈴吊掛)를 좀 빌려야겠습니다. 그걸로 화주 태수를 속여 두 아우를 구한 뒤에는 모든 걸 되돌려 드릴뿐더러 태위님께도 아무런 해를 끼치지 않겠습니다. 바라건대 저희 딱한 처지를 너그러이 살펴 주십시오."

"그대가 말한 물건들을 빌려주는 것은 또 그렇다 치고 뒷날 그 일이 드러나면 어찌하겠는가? 천자께서 내리신 것들을 그런 일에 함부로 빌려주었으니 반드시 그 죄가 내게 미칠 것이다."

송강의 말을 듣고 난 숙 태위가 잠시 생각에 잠겼다가 그렇게 대꾸했다. 송강이 그런 숙 태위를 안심시켰다.

"도성으로 돌아가신 뒤에는 모든 허물을 이 송강에게 미루시면 됩니다."

그렇게 되면 달리 마다할 길이 없었다. 다른 두령들의 험한 기세에 은근히 질려 있던 숙 태위가 마지못해 응낙했다.

송강은 그런 숙 태위에게 잔을 올려 감사하고 크게 잔치를 열어 대접하는 한편 화주로 내려갈 준비에 들어갔다.

먼저 졸개들 가운데서 인물이 그럴듯하게 생긴 자를 골라 머리와 수염을 깎게 한 뒤 태위의 옷을 입혀 태위 숙원경(宿元景)을 가장하게 하고, 송강 자신과 오용은 객장사로 꾸몄다. 해진, 해보, 양웅, 석수는 우후가 되고 졸개들에게는 자색 옷에 은빛 띠를 둘러 태위 행차에 쓰이는 여러 깃발과 신표(信票), 금령조괘며 천자가 내린 향, 제물 따위를 받쳐 들게 했다. 거기에 화영, 이응, 주동, 서령은 네 위병(衛兵)을 가장하니 하 태수를 속일 가짜 행차는 거의 빈틈없이 갖추어졌다.

하지만 준비는 그 정도로 그치지 않았다. 송강은 또 주무, 진달, 양춘 세 사람에게 산채에 억지로 잡아 둔 진짜 숙 태위를 잘 모시고 대접해 섭섭히 여기지 않게 했다. 그리고 임충과 양지에게는 각기 한 떼의 인마를 주며 길을 나누어 화주성으로 나아가게 했다. 또 무송은 먼저 서악문(西嶽門) 아래에 가서 기다리다가 신호가 있으면 움직이기로 되어 있었다.

다음 날이 되자 모든 채비를 마친 양산박의 장졸들은 산채를 내려갔다. 물가에 이르러 관선에 오른 가짜 태위 일행은 짐짓 화주 태수에게 알리지도 않고 바로 서악묘로 향했다. 대종이 먼저 운대관(雲臺觀)으로 가서 그곳 관주에게 알린 까닭에 배가 물가에 닿기 바쁘게 사람들이 나와 가짜 태위 일행을 언덕 위로 맞아들였다.

향불, 촛불이 휘황하고 깃발과 해 가리개가 삼엄하게 벌어진 가운데 먼저 천자가 내린 향이 향정(香亭)에 모셔지고 서악묘의 일꾼들이 쌓은 대 위로 금령조괘를 앞세운 가짜 태위 일행이 올라갔다. 관주가 나와 절을 올리며 태위를 맞았다.

"태위께서는 오는 도중에 병환이 나시어 편치 않으십니다. 가마로 가시는 게 좋을 듯합니다."

객장사로 꾸민 오학구가 그런 말로 태위를 가마에 태워 서악묘 안 조용한 방에 쉬게 함으로써 여러 사람의 눈길에서 빼돌렸다. 태위를 가장한 졸개가 서투른 행투를 보여 의심을 살까 걱정이 된 까닭이었다.

가짜 태위를 한곳으로 빼돌린 뒤에야 객장사로 꾸민 오학구가 관주를 향해 따지듯 물었다.

"우리는 천자의 성지를 받들어 특히 어향과 금령조괘를 모시고 성제(聖帝, 여기서는 서악묘에서 받드는 소호(少昊))께 공양하러 왔소이다. 그런데 이 고을의 벼슬아치들이 이리 소홀할 수 있소? 어째서 아무도 나와 보지 않는 거요?"

"이미 사람을 보내 알렸습니다. 곧 이리로 달려올 것입니다."

관주는 마치 자신의 허물이라도 변명하듯 그렇게 대답했다. 그런데 미처 그 말이 끝나기도 전에 화주에서 보낸 벼슬아치 하나가 대여섯 명의 공인들을 데리고 서악묘에 이르렀다. 그들은 태수가 보낸 술과 안주를 바치며 태위를 뵙기를 청했다. 그러나 가짜 태위 노릇을 하는 졸개는 생김만 태위와 비슷했지 말주변이 신통치 못했다. 진작부터 둘러댄 병을 핑계로 그 벼슬아치를 침상으로 불러들여 적당히 얼버무리기로 했다.

화주에서 온 벼슬아치가 태위의 거처로 가면서 보니 깃발이며 모든 의장(儀仗)이 내부(內府, 궁궐 안의 물자를 만들어 대는 부서)에서 만들어져 나온 것임에 틀림없었다. 아무런 의심 없이 밖에서 기다리는데 객장사가 두 번이나 들락거리다가 겨우 안으로 들게 했다.

거처 안으로 들어가 계하에 엎드리니 태위가 멀찌감치 침상 위에 앉아서 귀찮다는 손짓과 함께 무어라 웅얼거렸다. 도무지 알아들을 수가 없는 말이었다. 그래서 가까이 다가가려는데 갑자기 객장사가 달려와 꾸짖었다.

"태위께서는 천자를 가까이서 모시는 대신이오. 어명을 받들어

천 리를 멀다 않고 이곳까지 향을 올리러 오시다가 도중에 병이 나서 아직 다 낫지 않으셨소. 그런데 이 고을 벼슬아치들은 도대체 어찌 된 거요? 어째서 멀리까지 마중을 나오지 않았소?"

"저희 고을에 온 문서가 있기는 하였사오나 근자에는 이렇다 할 통보가 없기에 멀리까지 마중을 나가지 못했습니다. 이제 뜻밖으로 태위께서 먼저 이곳에 이르셨으니 무어라 사죄의 말씀을 올려야 될지 모르겠습니다. 원래는 저희 태수님이 직접 달려와야 하나 마침 소화산의 도둑 떼가 양산박 패거리와 힘을 합쳐 저희 성을 넘보고 있어 함부로 성을 비우지 못하고 있습니다. 그래서 태수님은 먼저 저를 보내 술을 올리며 예를 갖추도록 하셨습니다. 태수님도 뒤따라 이리로 오실 것입니다."

화주에서 온 벼슬아치는 그렇게 변명하기에 바빴다. 객장사가 더 따지지 않고 인심 쓰듯 말했다.

"태위께서는 술을 한 방울도 못 자십니다. 술보다는 어서 태수를 불러와 제례 치를 의논이나 합시다."

화주의 벼슬아치는 내심 가슴을 쓸며 가져온 술을 내어 객장사에게 올렸다. 객장사로 꾸민 오용은 술 한 잔을 받고 나서 태위의 침실 곁으로 갔다. 태위에게 무언가를 아뢰는 듯하던 객장사가 열쇠 하나를 받아 나왔다.

객장사가 궤짝을 열고 그 안에 있던 향기로운 자루에서 꺼낸 것은 바로 금령조괘였다. 객장사는 그 금령조괘를 대나무 막대에 건 뒤 화주의 벼슬아치를 불러 자세히 보게 했다. 실로 좋은 금령조괘였다. 대궐 안 내부의 솜씨 좋은 장인이 만든 듯한데 일곱

가지 보석과 진주를 박아 넣어 화려하기 짝이 없었다. 가운데 붉은 비단으로 두른 등에 불을 붙여 성제전(聖帝殿)에 갈 귀한 물건이라 내부에서 나오지 않으면 여느 사람으로서는 구경조차 하기 어려웠다.

금령조괘를 보여 준 객장사는 다시 그걸 궤짝 안에 넣고 자물쇠를 채웠다. 그런 다음 이번에는 중서성에서 내린 여러 문서를 꺼내 화주에서 온 벼슬아치에게 일일이 내보이며 어서 태수를 불러오라 재촉했다. 빨리 날을 잡아 제사를 올리도록 하자는 것이었다.

화주에서 온 벼슬아치와 공인 들은 금령조괘에다 수많은 문서까지 본 터라 의심하려야 할 수가 없었다. 객장사와 헤어져 화주로 돌아가기 바쁘게 서악묘에서 보고 들은 말을 모두 하 태수에게 전했다.

가짜 객장사 오용이 화주에서 온 벼슬아치를 감쪽같이 속여 넘기는 걸 본 송강은 감탄해 마지않았다.

"그놈 꽤나 간교하게 생겼던데 정말 놀랍군. 눈이 멀고 넋이 빠진 듯 속아 넘어갔으니."

그 무렵 무송은 이미 서악묘 문 아래에 와 있었다. 오학구는 또 석수를 불러 칼을 품고 그리로 가서 무송을 돕게 했다. 대종도 우후로 꾸미고 때가 오기만을 기다렸다.

조금 여유를 얻은 송강은 천천히 뜰을 거닐면서 서악묘를 살펴보았다. 실로 잘 지은 건물이었다. 전각과 본채가 모두 빼어나 인간 세상에 만들어진 천국 같았다.

그런데 송강이 서악묘를 한 바퀴 둘러보고 대청으로 되돌아왔을 때였다. 누가 문께에서 크게 소리쳤다.

"하 태수께서 오십니다."

그 소리를 들은 송강은 얼른 네 위병으로 꾸민 화영, 서령, 주동, 이응을 불러 각기 무기를 들고 양쪽으로 늘어서게 했다. 그리고 해진, 해보, 양웅, 대종도 모두 암기(暗器)를 감추고 송강 곁에 시립하게 하였다.

오래잖아 하 태수가 장졸 삼백여 명을 이끌고 대청 앞에 이르러 말에서 내렸다. 의심이 많은 위인이라 그런지 대청에 오르는 데도 사람에 에워싸이다시피 해서였다.

객장사로 꾸미고 있던 송강과 오용은 하 태수가 수많은 군졸을 끌고 들어오는 걸 보고 꾸짖듯 소리쳤다.

"조정의 귀인이 여기 계시다. 잡인들은 가까이 들지 말라!"

그러자 다른 사람들은 모두 그 자리에 서고 하 태수만 앞으로 걸어 나와 태위를 보려 했다. 객장사가 그런 하 태수를 보고 다시 소리쳤다.

"태위께서 안으로 들라는 분부시오."

이에 하 태수는 대청 안으로 들어가 태위로 가장한 졸개에게 공손하게 절을 올렸다. 객장사가 태위를 대신해 대뜸 꾸짖었다.

"태수는 그대의 죄를 알고 있으시오?"

"이 하 아무개가 태위께서 오신 줄은 미처 몰랐습니다. 엎드려 비오니 부디 너그럽게 보아주옵소서."

하 태수가 기어드는 목소리로 잘못을 빌었다. 그래도 객장사는 꾸짖는 투를 고치지 않았다.

"태위께서 어명을 받들어 이 서악묘에 향을 올리러 오셨소. 그런데 태수는 어찌하여 멀리까지 마중을 나오지 않았소?"

"이렇게 빨리 오신다는 전갈이 없어 그리되었습니다."

하 태수가 다시 그같이 변명했다. 그러자 가짜 객장사 오학구가 갑자기 목소리를 높였다.

"여봐라, 뭣들 하느냐? 어서 저놈을 잡아들여라!"

그 소리가 떨어지기 바쁘게 해진과 해보가 칼을 빼어 들고 달려나갔다. 그들 형제는 한 발길질로 하 태수를 차 넘기더니 다짜고짜로 그 목을 썩둑 잘라 버렸다. 그때 송강이 큰 소리로 외쳤다.

"형제들, 모두 손을 쓰시오!"

하 태수를 따라온 삼백여 군졸은 그 갑작스러운 변화에 너무도 놀라 달아날 것도 잊고 멀뚱히 서 있었다. 화영을 비롯한 두령들이 그런 군졸들을 덮쳐 짚단 베어 넘기듯 쓰러뜨렸다. 그제야 겨우 제정신을 되찾은 절반가량이 서악묘를 빠져나갔으나 그들도 끝내 무사하지는 못했다. 묘 문밖에서 기다리던 무송과 석수가 칼로 베어 넘기고 졸개들이 뒤쫓으며 죽여 단 하나도 살아가지 못했다. 하 태수와 함께 오지 않고 뒤처져 온 군졸들은 장순과 이준이 모두 쓸어버렸다.

서악묘에서의 일을 마친 송강은 숙 태위에게서 빌린 물건들을 모두 챙겨 배에 싣게 한 뒤 거기 있던 인마를 이끌고 화주로 달려갔다. 화주에 이르러 보니 이미 성안에서 두 줄기 불길이 솟고 있었다.

활짝 열린 성문으로 밀고 들어간 송강의 인마는 먼저 감옥으로 달려가 노지심과 사진부터 구해 냈다. 그리고 성안의 창고를 털어 그 안의 금은 비단과 곡식을 모조리 수레에 실었다. 노지심은 주아 후당으로 가 자신의 선장과 계도를 되찾았다. 사진이 구해 주려 했던 옥교지는 그때 이미 우물에 몸을 던져 죽은 뒤였다.

구할 사람 구하고 털 것 다 턴 양산박 두령들은 곧 화주를 떠나 배에 올랐다. 그들은 먼저 소화산으로 돌아가 숙 태위를 찾아보고 그로부터 빌린 것들을 모두 돌려주었다. 천자가 내린 향과 금령조괘에다 여러 가지 깃발이며 의장이었다. 노지심과 사진을 구해 내는 데 하나같이 요긴하게 쓰던 것들이었다.

따지고 보면 어려운 싸움 없이 노지심과 사진을 구해 낼 수 있었던 것은 그런 물건들보다도 숙 태위가 난데없이 나타나 준 일 그 자체였다. 송강은 몇 번이고 숙 태위에게 절을 올려 고마움을 나타내고 보낼 때는 금은까지 한 쟁반 그득하게 바쳤다. 태위를 따라온 사람들에게도 높고 낮고를 가리지 않고 두루 금은을 나눠 주었다. 그리고 또 한차례 크게 잔치를 열어 정성껏 그들을 대접한 뒤에야 물가로 데려가 관선을 내주었다. 사람이고 물건이고 원래 태위에게 딸려 있던 것은 단 하나도 모자람이 없었다.

태위를 보내고 다시 소화산으로 돌아온 송강은 곧 그 산채의 주인인 네 호걸들과 산채를 양산박으로 옮길 의논을 했다. 사진과 주무, 진달, 양춘은 기꺼이 송강의 말을 받아들였다. 재물과 곡식만 거둬 짐을 싼 뒤 산채는 태워 버리고 소화산을 떠났다. 다만 옥교지의 아비 왕의는 양산박으로 따라가지 않고 제 갈 길로 갔다.

한편 호랑이 굴을 벗어난 기분으로 배에 오른 숙 태위는 오래잖아 화주에 이르렀다. 성안에 들어가 보니 양산박 도적 떼가 관군을 죽이고 관가의 창고를 모두 털어 간 뒤였다. 성안에서 죽인 군교(軍校)만도 백여 명이 넘고 말은 모조리 끌고 가 한 마리도 남아 있지 않았다. 그뿐만이 아니었다. 서악묘에서도 하 태수를 비롯해 수백 명을 죽였다는 것이었다.

태위는 화주의 추관(推官, 형벌을 맡아보는 벼슬아치)을 불러 중서성에 올릴 문서를 작성하게 했다. 송강이 도중에 태위의 어향과 금령조괘를 빼앗아 그걸로 하 태수를 속이고 서악묘로 불러내 죽였다는 내용이었다.

일은 중간에 고약하게 꼬인 셈이지만 그렇다고 천자의 명을 받고 온 강향(降香)을 그만둘 수는 없어 화주에서 대강의 뒤처리를 마친 태위는 다시 서악으로 향했다. 축 처진 어깨로 서악묘에 들어 천자가 내린 향을 사르고 금령조괘는 운대관의 관주에게 넘겼다.

하지만 태위는 제례를 지내는 동안에도 제정신이 아니었다. 자신을 변명할 궁리를 하느라 의식을 치르는 둥 마는 둥 하다가 끝나기 바쁘게 동경으로 되돌아갔다.

한편 송강은 노지심과 사진을 구한 데다 새로이 소화산의 호걸들을 얻어 기세 좋게 양산박으로 돌아갔다. 처음 떠나올 때 데리고 온 세 부대의 인마도 아무런 손상이 없었다. 이번에도 돌아가는 길은 여러 고을을 지나게 되어 있었으나 졸개들을 엄하게 단속해 어느 한 곳에서도 행패나 노략질은 없었다.

오래잖아 송강과 그가 이끄는 인마는 양산박 부근에 이르렀다. 발 빠른 대종이 먼저 산 위로 올라가 알린 까닭에 산채에 남아 있던 조개와 여러 두령들이 산 아래까지 마중을 나왔다. 함께 산에 오른 그들은 취의청에 자리를 잡고 잔치를 열어 모든 일이 잘 풀린 걸 서로 경하했다.

새로 온 사진과 주무, 진달, 양춘 때문에 잔치는 다음 날도 이어졌다. 그들 네 호걸은 자기들이 가져온 재물을 풀어 다시 크게 잔치를 벌이고 송강과 조개 두 두령에게 자기들을 불러 준 걸 감사했다.

잔치가 한층 무르익어 갈 무렵, 조개가 불쑥 송강에게 말했다.

"내게 한 가지 하고 싶은 일이 있는데 공명 아우가 산채에 없어 아직까지 말을 꺼내지 못했네. 이제 다시 새로운 형제가 넷씩이나 더 늘었으니 그 이야기를 꺼내 보는 것도 괜찮겠지."

"그게 무슨 일입니까?"

송강이 궁금한 얼굴로 그렇게 물었다. 조개가 문득 격한 목소리로 이야기를 시작했다. 그 이야기를 홀로 마음속에 넣어 두고 참느라고 무척 애쓴 듯했다.

망탕산의 세 호걸

"사흘 전 주귀가 산채에 올라와 이런 소문을 전했네. '서주 패현 망탕산에 요즘 새로이 도둑 떼가 들었는데 무리가 삼천이나 된다고 합니다. 우두머리는 번서(樊瑞)라는 도사로 별호는 혼세마왕(混世魔王, 세상을 혼란시키는 마왕)이라던가요. 능히 바람을 부르고 비를 내리게 하며 군사를 부리는 데도 귀신같다는 소문입니다. 또 그 번서란 도사 아래에는 두 명의 부장(副將)이 있는데 둘 다 솜씨가 여간 아니라는 겁니다. 한 놈은 이름이 항충(項充)으로 별호는 팔비나타(八臂哪吒, 팔이 여덟인 귀왕)인데 둥근 방패를 무기 삼아 쓴답니다. 게다가 방패에는 스물네 자루의 비도(飛刀)가 꽂혀 있어 백 걸음 안에만 들어오면 사람이건 무어건 맞히지 못하는 법이 없다는 것입니다. 손에 들고 있는 한 길짜리 무쇠 표창도 아주 잘 쓰구요. 다른 한 놈은 이곤(李袞)이란 이름에 비천대성(飛天大聖, 하늘을 나는 큰 성인)이란 별호를 가졌는데 그놈 역시 둥근 방패를 쓴다고 합니다. 다만 놈의 방패에는 표창 스물네 자루가 꽂힌 게 항충과 다르지요. 그러나 솜씨는 마찬가지로 뛰어나서 역시 백 걸음 안에서는 못 맞히는 게 없다는 것입니다. 놈의 손에는 보검이 들렸는데 그 솜씨도 일품이구요. 그 세 놈은 형제의 의를 맺고 망탕산을 차지해 인근 사방을 털고 다녔는데 요즈음은 우리 양산박을 빼앗을 궁리가 한창이라는 소문입니다.' 라는 것이었네. 그래, 내가 그런 소리를 듣고 어찌 참을 수 있겠는가!"

송강도 그 말을 듣자 그답지 않게 화를 냈다. 벌떡 몸을 일으키며 소리쳤다.

"그 하찮은 좀도둑놈들이 어찌 그토록 건방질 수 있는가! 형님, 안 되겠습니다. 제가 다시 한번 산을 내려갔다 오겠습니다."

그때 구문룡 사진이 나서며 말했다.

"저희들 네 사람은 이 대채로 온 지 얼마 안 되어 아직 이렇다 할 공을 세운 게 없습니다. 저희에게 약간의 인마를 빌려주시면 가서 그놈들을 모조리 사로잡아 오겠습니다."

그런 사진을 따라 주무, 양춘, 진달도 꼭 자기들을 보내 주기를 빌었다. 그렇게 되니 송강도 그들에게 미뤄 주는 수밖에 없었다.

마침내 허락을 받아 낸 사진은 신이 났다. 주무, 진달, 양춘과 더불어 갑옷을 걸치고 말에 올랐다. 양산박이 내준 인마를 이끌고 송강과 작별하기 바쁘게 산을 내려온 그들 넷은 배를 타고 금사탄을 건너 망탕산으로 달려갔다.

사흘도 안 되어 망탕산이 저만치 보이는 곳에 이르렀다. 유서 깊은 그 산을 올려다보며 사진이 감개에 차 말했다.

"어디가 옛적 한고조(漢高組)께서 큰 뱀을 베어 죽이고 의병을 일으키신 곳인지 알 수가 없구려!"

그 소리에 주무를 비롯한 세 사람도 사뭇 감개에 찬 표정을 지었다.

이윽고 사진이 거느린 양산박 군사들은 망탕산 아래 이르렀다. 산 아래에서 가만히 살피니 번서의 졸개가 그 급한 소식을 알리려고 산 위로 달려 올라가는 게 보였다.

사진은 이끌고 온 군사들을 산 아래 한 줄로 벌려 세우고 자신은 불붙은 숯같이 새빨간 말 위에 올라 그 앞으로 나가 섰다. 그런 사진의 손에는 한 자루 삼첨양인도(三尖兩刃刀)가 번쩍이고 있었다. 등 뒤에는 주무와 진달, 양춘이 역시 제각기 자랑하는 무기를 꼬나쥐고 서 있었다.

그들 네 호걸이 진 앞에서 말고삐를 잡고 기다린 지 얼마 안 되어 망탕산 위에서 한 떼의 인마가 나는 듯 달려 내려왔다. 앞선 장수는 서주 패현 사람인 항충이었다.

들은 대로 항충은 한 손에 둥근 방패를 들었으며 등에는 스물네 자루의 비도를 꽂고 있었다. 다른 한 손에 쥐고 있는 것도 이미 들은 바 있는 그 표창이었다. 그런 항충의 등 뒤 깃발에는 '팔비나타' 네 글자가 크게 쓰여 있었다.

그 항충을 뒤따라오는 것은 서주 비현(邳縣)이 고향인 이곤이었다. 역시 항충과 마찬가지로 둥근 방패를 들었는데 등에 꽂고 있는 것은 스물네 자루의 표창이었다. 오른손에 칼을 들고 왼손에 방패를 든 이곤의 등 뒤로 '비천대성' 넉 자를 쓴 깃발이 보였다.

산을 내려온 항충과 이곤은 사진과 주무, 진달, 양춘 네 사람이 말을 타고 진채 안에 나와 선 걸 보자 말도 필요 없다는 듯 바로 덮쳐 왔다. 시끄러운 징 소리, 북소리를 뒤로하고 방패를 앞세운 채 덤비는 그 기세가 여간 아니었다.

사진의 군사들이 그 엄청난 기세를 당해 내지 못해 후군부터 우르르 달아나기 시작했다. 사진의 전군은 힘을 다해 맞섰으나 주무가 거느린 중군마저 다급한 함성과 함께 달아나니 더는 버틸 수가 없었다. 할 수 없이 삼사십 리나 쫓긴 뒤에야 겨우 인마를 수습했다.

싸움은 양산박 쪽의 참담한 패배였다. 사진은 하마터면 항충의 비도에 맞을 뻔했고, 양춘은 몸놀림이 늦어 말이 비도에 다치는 바람에 말을 버리고 걸어서 달아나야 했다. 군사도 태반이나 꺾여 있었다. 사진은 주무와 의논한 끝에 사람을 양산박으로 보내 구원을 청하기로 했다. 그래서 누구를 보낼까로 의견을 모으고 있는데 졸개 하나가 달려와 알렸다.

"북쪽 큰길가에서 먼지가 일며 이천 가량의 인마가 달려오고 있습니다."

사진은 놀라 큰길가로 달려 나가 보았다. 뜻밖에도 그 인마가 앞세운 깃발은 양산박의 것이었고 앞선 장수는 소이광 화영과 금창수 서령이었다. 반갑게 그들을 맞아들인 사진이 항충, 이곤과의 싸움 이야기를 자세히 들려주었다. 듣고 난 화영이 말했다.

"송공명 형님은 형을 보내 놓고도 영 마음이 놓이지 않는 모양입니다. 매양 걱정하다 저희 둘에게 인마를 나눠 주며 형을 도우라시더군요."

그 말에 사진은 고맙고도 기뻤다. 두 인마를 합치고 힘이 백배나 솟아 다음 싸움을 기다렸다.

이튿날이 되었다. 전날의 패배를 되돌려주려고 막 싸움을 시작하려는데 다시 한 군사가 달려와 사진과 화영, 서령에게 알렸다.

"북쪽 큰길로 또 인마가 밀려오고 있습니다."

세 사람이 급히 말에 올라 나가 보니 이번에는 송강이 직접 대군을 몰아오고 있었다. 군사 오학구와 공손승, 시진, 주동, 호연작, 목홍, 손립, 황신, 여방, 곽성을 장수로 삼은 삼천의 인마였다.

사진은 송강 앞으로 나아가 싸움의 경과를 들려주었다. 항충과 이곤의 무예 솜씨와 첫 싸움에서 군사를 절반이나 꺾였다는 이야기를 하자 송강은 크게 놀랐다. 오용이 곁에서 듣고 있다가 차분하게 말했다.

"우선 진채와 목책을 굳게 얽어 대비를 단단히 해 둔 뒤 따로이 의논해 보도록 하시지요."

그렇지만 송강의 기분은 그리 느긋하지가 못했다. 잠시라도 분풀이를 미룰 수가 없어 바로 군사를 움직였다.

양산박 군사들이 망탕산 아래 이르렀을 때는 벌써 날이 어두워 올 무렵이었다. 산 위를 올려다보니 번서의 무리가 내건 푸른 등불로 뒤덮여 있었다. 공손승이 그걸 보고 얼른 말했다.

"이 산채에 푸른 등이 걸려 있는 걸 보니 저 안에 누군가 요술을 부리는 자가 있는 듯합니다. 잠시 인마를 물렸다가 내일 다시오는 게 좋겠습니다. 제가 한 진법(陣法)을 알려 드릴 테니 그걸로 항충과 이곤을 잡도록 하십시오."

송강도 요술이란 말에는 무리하게 싸우기가 떨떠름했다. 공손승에게 그 요술을 깨뜨릴 비법이 있다는 걸 오히려 기뻐하며 그말을 따랐다.

송강이 군사를 이십 리나 물려 진채를 내리자 공손승이 진도(陣圖) 한 장을 보여 주며 말했다.

"이것은 후한 말에 삼분천하(三分天下)의 계책을 낸 제갈공명이 돌로 펼쳐 보였다는 그 진법입니다. 먼저 사면 팔방에 예순네 부대를 나누어 진을 치고 대장은 그 한가운데 자리를 잡습니다. 네 머리와 여덟 꼬리를 가진 형상인데 좌우로 돌며 천지풍운의 이치를 따르고 용, 호랑이, 새, 뱀을 본떠 움직입니다. 적이 산을 내려와 이 진 안으로 들어오면 군사를 양쪽으로 벌려 맞아들였다가 적이 다 들어온 뒤에는 칠성기의 신호를 따라 긴 뱀 같은 진세를 벌입니다. 그래 놓고 제가 법술을 펴면 진 안에 들어온 저들 세 적장은 앞뒤로는 길이 없고 좌우로는 문이 없는 지경에 빠질 것입니다. 그런 그들을 미리 파 놓은 함정 쪽으로 몰아세우면 그들이 어디로 가겠습니까? 별수 없이 함정에 떨어질 터인데 그 안에 갈고리 창과 밧줄을 지닌 군사들을 매복시켜 놓으면 셋 모두를 사로잡을 수 있습니다."

공손승의 말을 들은 송강은 몹시 기뻤다. 곧 영을 내려 크고 작은 두령들에게 공손승이 일러 주는 대로 따르게 하고, 따로이 용맹스러운 장수 여덟에게는 진을 지키게 했다. 그 여덟은 호연작, 주동, 화영, 서령, 목홍, 손립, 사진, 황신이었다. 중군은 시진과 여방, 곽성이 잠시 맡기로 하고 송강과 오용, 공손승은 진달을 데리고 깃발로 신호 보내는 일을 맡기로 했다. 주무에게는 졸개 다섯과 높은 산봉우리에 올라가 자기편 진을 살피다 알릴 게 있으면 알려 주도록 했다.

다음 날 사시 무렵이었다. 양산박 군사들은 일찌감치 가까운 산에 공손승이 말한 진세를 벌인 뒤 깃발을 흔들고 북을 치며 싸움을 걸었다.

망탕산 위에서 수십 개의 징이 화답하더니 곧 번서와 항충, 이곤이 졸개들을 이끌고 산을 내려왔다. 모두 합쳐 삼천이 넘어 보이는 졸개들을 벌려 세운 뒤 혼세마왕 번서가 한 필 검은 말에 올라 진 문 앞에 나와 섰다. 그 좌우에는 이곤과 항충이 호위하듯 늘어서 있었다.

번서는 요술에는 밝았지만 진법은 잘 알지 못했다. 양산박의 인마가 사면팔방으로 옹기종기 모여 있는 걸 보자 속으로 은근히 기뻤다.

'네놈들이 만일 진법으로 맞서려 든다면 그것은 바로 내 계책에 걸려든다는 뜻이다.'

그렇게 혼잣말로 중얼거리고는 항충과 이곤을 불러 영을 내렸다.

"이따가 바람이 일기 시작하면 너희들은 각기 자루가 긴 칼을 든 군사 오백씩을 거느리고 저 진 안으로 뛰어들어라."

이에 항충과 이곤은 각기 자기들이 자랑하는 방패와 비도, 표창 등을 갖춰 들고 번서가 요술을 부릴 때를 기다렸다.

번서는 말 위에서 오른손엔 즐겨 쓰는 유성추(流星鎚)를 들고 왼손엔 혼세마왕의 보검을 잡은 채 입속으로 무언가 주문을 외워 댔다.

"빨리."

이윽고 번서가 보검을 휘저으며 그렇게 소리치자 갑자기 미친 듯한 바람이 일어 돌과 모래가 날리고 사방이 캄캄해졌다. 그걸 본 항충과 이곤은 긴 자루 달린 칼을 든 군사 오백을 이끌고 양산박 군사의 진으로 밀고 들었다. 송강은 적군이 진 안으로 들어오는 것을 보고 군사를 양편으로 갈라 세운 뒤 강한 활과 쇠뇌를 쏘아붙였다. 그 바람에 망탕산의 군사들은 겨우 사오십 명만 항충과 이곤을 따라 진 안으로 들어오고 나머지는 모두 저희 진채로 되쫓겨 갔다.

송강은 항충과 이곤이 이미 진 안으로 뛰어든 걸 보고 진달을 시켜 칠성기를 흔들게 했다. 그러자 진은 갑자기 변해 한 마리 긴 뱀 같은 형세가 되었다.

항충과 이곤은 그 진 속에서 이리 뛰고 저리 뛰며 길을 찾아보았지만 도무지 빠져나갈 수가 없었다. 주무가 높은 곳에서 내려다보며 그 둘이 동쪽으로 가면 동쪽을 가리키고 서쪽으로 가면 서쪽을 가리켜 길을 막게 한 까닭이었다.

진작부터 높은 곳에서 그 모든 광경을 살펴보고 있던 공손승이 문득 자신의 송문고정검(松文古定劍)을 빼 들고 한차례 주문을 외다가 소리쳤다.

"빨리."

그러자 번서가 요술로 일으킨 바람은 거꾸로 항충과 이곤을 덮쳤다. 그러잖아도 양산박 군사들이 친 진 속에 갇혀 허둥대던 두 사람은 갑자기 천지가 어두워지고 해가 빛을 잃자 더욱 어려운 지경에 빠졌다. 어찌나 캄캄한지 뒤따라오는 군사가 안 보일 지경이었다.

항충과 이곤은 당황했다. 더욱 기를 쓰며 길을 찾아 발버둥을 쳤으나 빠져나갈 구멍이 없었다. 그래서 정신없이 내닫고 있는데 갑자기 벼락같은 소리가 나며 두 사람은 발을 헛디딘 듯 말과 함께 깊은 함정 속으로 떨어지고 말았다.

밧줄과 갈고리 창을 들고 미리 매복해 있던 양산박 군사들이 그런 항충과 이곤을 사로잡았다. 항충과 이곤이 묶여 오는 걸 본 송강이 들고 있던 채찍을 휘저어 신호를 보냈다. 그러자 양산박 군사들이 성난 물결처럼 망탕산 패거리들을 향해 쳐들어갔다.

일이 그 지경에 이르니 번서에게 싸울 마음이 날 리 없었다. 맞서는 흉내조차 내보지 못하고 졸개들과 함께 산 위로 달아났다. 산채에 이르러 헤아려 보니 군사가 절반으로 줄어 있었다.

군사를 거둔 송강은 장막으로 돌아가 두령들과 함께 자리하고 그날의 전과를 살펴보았다. 군사들이 항충과 이곤을 끌고 장막 안으로 들어와 공을 청했다. 송강은 그들이 끌려 들어오자 황망히 밧줄을 풀어 준 뒤 손수 술잔을 채워 주며 달래듯 말했다.

"두 분 장사께서는 너무 괴이쩍게 여기지 마시오. 서로 맞싸우게 된 터라 이리하지 않을 수가 없었소. 이 송강은 오래전부터 세 분 장사의 큰 이름을 들어왔소이다. 진작에 찾아뵙고 우리 산채로 모셔 함께 대의를 펴 보고자 했으나 마땅한 길이 없어 미루다가 일이 이렇게 잘못된 듯하오. 어리석다 버리지 마시고 함께 우리 산채로 가 주신다면 그보다 더 기쁜 일이 없겠소."

그 말을 들은 두 사람이 땅에 엎드려 절하며 말했다.

"저희들이야말로 급시우 형님의 크신 이름을 일찍부터 들어왔으나 인연이 닿지 않아 여지껏 찾아뵙지 못했습니다. 이제 만나 뵈오니 참으로 대의를 품으신 분 같습니다. 저희 둘은 형님 같은 호걸을 몰라보고 감히 맞서 천하를 다투려 하다 오늘 싸움터에서 사로잡혔으니 만 번 죽어도 할 말이 없습니다. 그런데 오히려 이렇게 예로 대해 주시니 어찌 감격하지 않겠습니까? 만일 죽이지 않고 수하에 거두어 주신다면 맹세코 죽음으로 그 은혜에 보답하겠습니다. 번서 그 사람인들 우리 두 사람이 없으면 무슨 일을 할 수 있겠습니까? 지금 저희들을 놓아 보내 주신다면 산채로 돌아가 번서에게 함께 항복하기를 권해 보겠습니다. 두령님의 뜻은 어떠하신지요?"

"장사들께선 한 분도 이곳에 남지 않아도 되오. 두 분 다 산채로 돌아가도록 하시오. 이 송강은 오직 좋은 소식이 들려오기만을 기다리겠소."

송강이 선뜻 그렇게 대답했다. 두 사람이 더욱 크게 감동되어 다시 절하며 말했다.

"들어 온 바처럼 참으로 대장부이십니다. 만일 번서가 기어이 항복을 마다한다면 그 목이라도 잘라 바치겠습니다!"

이에 송강도 기뻐하며 그들 두 사람에게 술과 밥을 대접하고 새 옷으로 갈아입힌 뒤 좋은 말까지 주어 돌려보냈다. 그들에게서 빼앗은 방패며 표창, 비도를 졸개들에게 들리고 몸소 산 아래까지 내려갈 만큼 정성스러운 배웅이었다.

항충과 이곤은 저희 산채로 돌아가는 길에도 줄곧 송강의 은혜를 칭송해 마지않았다.

두 사람이 망탕산 아래 이르니 길목을 지키고 있던 졸개들이 놀라며 산 위로 맞아들였다. 번서는 양산박 군사들에게 사로잡혀 간 두 사람이 멀쩡하게 돌아온 걸 보고 의심쩍은 눈길로 경위를 물었다.

"우리는 하늘의 뜻을 거스른 사람들입니다. 만 번 죽어도 싸지요!"

항충과 이곤이 입을 모아 그렇게 대답했다. 번서가 더욱 알 수 없어 다시 물었다.

"이보게 아우들, 어째서 그런 말을 하는가?"

그러자 두 사람은 잡혀간 뒤에 있은 일과 아울러 송강이 얼마나 의로운 사람인가를 한바탕 떠들었다. 한참을 듣고 난 번서가 마침내 뜻을 정한 듯 말했다.

"송공명이 그토록 의기로운 분이라면 더는 하늘의 뜻을 거스를 수 없지. 모두 일찌감치 산을 내려가 항복하도록 하세."

그리고 그날로 산채를 정리해 투항할 채비를 갖추게 했다.

분주한 가운데 밤이 지나고 날이 밝았다. 먼저 번서와 항충, 이곤은 머뭇거림 없이 송강의 진채로 찾아가 머리를 조아렸다.

송강은 그 세 사람을 부축해 일으켜 장막 안으로 맞아들이고 두령들 사이에 자리를 내주었다. 세 사람이 송강을 보니 조금도 의심하는 눈치가 없었다. 이에 속마음을 숨김없이 털어놓고 살아오며 겪은 일을 모두 들려주었다.

이어 번서와 항충, 이곤은 망탕산에 있는 저희 산채로 양산박 두령들을 모두 청했다. 송강을 비롯한 두령들이 그 청을 받아들여 망탕산으로 가니 세 사람은 소와 말을 잡아 그들을 대접하는 한편 군사들에게도 상을 내렸다.

잔치가 끝난 뒤 번서는 공손승에게 절을 올리고 스승으로 모셨다. 송강은 그 자리에서 공손승에게 번서를 제자로 삼아 오뢰천심정법(五雷天心正法)을 가르쳐 주게 했다. 번서가 몹시 기뻐했음은 말할 나위도 없었다.

송강, 양산박의 주인이 되다

　며칠 안 되어 망탕산 패거리의 길 떠날 채비가 다 갖춰졌다. 산채에 있던 소와 말은 끌고 가기로 하고 재물과 양식은 보따리 보따리에 싸서 말 등에 실었다. 그런 다음 산채는 불살라 없애고 송강을 따라 양산박으로 돌아갔다.

　그런데 송강과 여러 두령들이 양산박 물가에 이르러 막 물을 건너려 할 때였다. 갈대가 무성한 물가 큰길에서 갑자기 한 몸집 큰 사내가 나타나 송강에게 넙죽 절을 했다. 송강이 얼른 말에서 뛰어내려 그 사내를 부축해 일으키며 물었다.

　"그대는 뉘시며 어디 사람이오?"

　그러자 그 사내는 공손하게 대답했다.

　"저는 단경주(段景住)라 하오며 머리칼이 붉고 수염이 누른 까닭에 사람들은 따로이 금모견(金毛犬, 누렁개)이라고도 부릅니다. 조상 때부터의 고향은 탁주이나 저는 지금껏 북쪽 금나라 접경에서 말 도둑질을 하며 살아왔습니다. 그러다 이 몸이 창간령(鎗竿嶺) 북쪽에서 좋은 말 한 필을 훔쳤는데 털빛이 눈같이 흰 게 잡털 한 오라기 섞이지 않은 놈이었습니다. 머리에서 꼬리까지 길이가 일 장이요, 발굽에서 등까지 높이가 여덟 자인데 하루에 천 리를 갈 수 있다고 합니다. 북방에서는 '소야옥사자마(焰夜玉獅子馬)'로 널리 이름이 알려진 말이지요. 원래 금나라 왕자가 타던 놈으로 창간령 아래 놓아 기르는 걸 제가 훔친 겁니다. 그러나 누가 알았겠습니까? 그 말을 끌고 오는 중에 능주 서남쪽에 있는 증두시(曾頭市)를 지나다가 증가오호(曾家五虎, 증씨네 다섯 호랑이)를 만나 그만 빼앗기고 말았습니다. 저는 그 말이 송공명의 것이라고 말해 보았습니다만 그놈들은 어찌나 더럽게 욕을 퍼부어 대는지 차마 그걸 다 전하기가 민망할 지경입니다. 겨우 몸은 빠져나왔으나 아무래도 그냥 넘길 일이 아니라 특히 이렇게 찾아와 아룁니다."

송강이 단경주를 살펴보니 비록 붉고 누른 터럭이 어지럽게 뒤덮고는 있었으나 생김이 결코 속되지 않았다. 송강이 은근히 기뻐하며 말했다.

"이왕 그렇게 되었다면 우리와 함께 산채로 올라가 의논해 보도록 합시다."

이에 단경주는 송강과 함께 배에 올라 금사탄을 건넜다. 조 천왕이 여러 두령들과 함께 거기까지 마중을 나와 그들을 취의청으로 데리고 올라갔다. 송강은 번서와 항충, 이곤을 산채에 남아 있던 여러 두령들과 보게 하고 단경주도 거기 끼어들어 인사를 나누었다. 이기고 돌아온 싸움이라 다시 한차례 흥겨운 잔치가 벌어졌다.

송강은 새로 온 인마가 많이 늘고 사방의 호걸들이 바람에 쏠리듯 모여들자 이운과 도종왕을 불러 산채의 규모를 거기에 맞게 키우도록 했다. 거처할 방을 더 짓게 하고 사방의 성벽과 목책도 늘렸다. 그사이에도 단경주는 몇 번이고 입에 침이 마르도록 빼앗긴 말에 대해 이야기했다. 송강도 적잖이 궁금해져 신행 태보 대종을 불렀다. 증가오호가 사는 증두시로 가서 그 말의 뒷소식을 알아보고 오라고 이르기 위함이었다.

산을 내려갔다가 대엿새 만에 돌아온 대종이 여러 두령들에게 참으로 분통 터지는 소식을 전해 주었다. 자신도 치솟는 화를 억누르지 못해 대종이 씩씩거리며 두령들에게 들려준 이야기는 대강 이러했다.

"그 증두시란 곳에는 삼천 호 정도의 민가가 있는데 그중에 증가부(曾家府)라 불리는 집이 한 집 있었습니다. 그 집의 늙은 주인 놈은 본래 금나라 되놈으로 뭐, 증장자(曾長者)라 한다던가요. 그에게는 아들 다섯 놈이 있어 같잖게도 '증가오호'란 별명으로 불리더군요. 맏이 되는 놈의 이름은 증도(曾塗)이며, 둘째는 증밀(曾密), 셋째는 증삭(曾索), 넷째는 증괴(曾魁), 다섯째는 증승(曾昇)이었습니다. 그 밖에 증가부에는 사문공(史文恭)이란 무예 사범과 소정(蘇定)이란 부사범이 더 있구요. 제가 증두시에 가니 놈들은 오륙천의 군사를 모으고 진채를 만든다, 목책을 세운다, 법석을 떨고 있었습니다. 놈들은 죄수를 싣는 수레를 쉰 대나 얽어 두고 있었는데 그 이유가 가관이었습니다. 어차피 우리 양산박과는 양립할 수 없으니 때가 오면 우리 산채를 들이쳐 두령들을 모두 사로잡고 그 수레에 한 사람씩 가두겠다는 것이었습니다. 달리 '천리옥사자(千里玉獅子)'라고 불리기도 하는 그 말은 무예 사범인 사문공이란 놈이 타고 다니구요. 하지만 그보다 더욱 분통 터지는 것은 놈들이 지어 거리의 아이들에게 가르쳐 주는 노래의 가사였습니다.

쇠 방울 흔들리면
귀신도 모두 놀라네
쇠 수레에 쇠 자물통
아래위는 뾰족한 쇠못
양산 쓸고 수박(水泊) 쳐서
조개는 잡아 동경(東京)으로
급시우도 사로잡고
지다성도 사로잡자
증가의 다섯 호랑이
온 천하가 알게 하자

이런 내용인데 증두시의 아이치고 이 노래를 모르는 아이가 없었습니다. 그런 증가 놈들을 어찌 참아 넘길 수 있겠습니까!"

그러자 듣고 난 조개가 불같이 성을 내며 소리쳤다.

"그 짐승 같은 놈들이 어찌 그리 무례할 수 있단 말이냐! 이번에는 반드시 내가 직접 내려가 봐야겠다. 그 짐승들을 잡지 못하면 내 맹세코 돌아오지 않으리라. 오천 인마와 스무 명 두령을 데리고 갈 터이니 나머지는 모두 송공명과 함께 산채를 지키도록 하시오."

그러고는 누가 말리고 자시고 할 틈도 없이 그날로 군사를 일으켰다. 조개가 데리고 떠나기로 한 스무 명 두령은 임충, 호연작, 서령, 목홍, 장횡, 양웅, 석수, 손립, 황신, 연순, 등비, 구붕, 양림, 유당, 완소이, 완소오, 완소칠, 백승, 두천, 송만이었다. 지모에 밝은 오용과 도술이 높은 공손승을 빼놓은 게 송강의 사람 쓰는 법과 달랐다. 조개는 그들 스물에다 졸개들 중에서도 가려 뽑은 삼군을 이끌고 서둘러 길을 떠났다.

산채에 남게 된 송강과 오용, 공손승 등은 금사탄까지 내려가 조개와 그를 따라가는 두령들을 배웅했다. 그런데 떠나고 남은 두령들이 서로 간 작별의 술잔을 나누고 있을 때였다. 갑자기 한 줄기 미친 듯한 바람이 일더니 조개가 새로 만든 인군기(認軍旗)의 허리를 우지끈 부러뜨렸다. 그걸 본 두령들은 모두 낯빛이 변했다.

오학구가 나서서 조개를 말렸다.

"형님께서 막 군사를 내시려는데 바람이 인군기를 부러뜨린 것은 좋지 못한 징조입니다. 좀 더 기다렸다가 때를 보아 가시는 게 좋겠습니다."

하지만 조개는 오학구의 말을 귀담아 들어 주지 않았다.

"바람 불고 구름 이는데 무에 이상할 게 있나? 마침 날도 따뜻한 봄철인데 지금 가서 그것들을 잡지 않고 언제까지 기다리란 말인가? 저것들의 기세를 잔뜩 키워 준 뒤에는 가 봤자 이미 늦을 것이네. 제발 나를 막지 말게. 이번에는 꼭 한번 내려갔다 오고 싶네."

그러면서 기어이 떠나려 했다.

조개가 워낙 고집스레 나와 오용으로선 어쩔 수가 없었다. 다른 두령들도 더는 말리지 못해 마침내 조개는 군사를 이끌고 물을 건넜다.

하지만 산채로 돌아온 송강은 아무래도 마음이 놓이지 않았다. 가만히 대종을 불러 산 아래로 내려가 보게 했다. 조개를 뒤따라가며 소식을 알아 전해 달라는 당부와 함께였다.

한편 오천의 인마와 스무 명의 두령을 이끌고 양산박을 떠난 조개는 여러 날 만에 증두시 근처에 이르렀다. 증두시와 마주 보는 곳에 진채를 내린 다음 날이었다. 조개는 여러 두령들을 거느리고 증두시를 살펴보러 나갔다. 여럿이서 한참 살피고 있는데 갑자기 한 떼의 인마가 달려 나왔다. 한 칠팔백 명쯤 되는 군사였는데 앞장을 선 것은 증가의 넷째 아들 증괴였다.

"네놈들은 양산박에서 도둑질하고 지내는 역적 놈들 아니냐? 그렇지 않아도 네놈들을 잡아 나라에 상을 청하려 했는데 하늘이 알고 네놈들을 이리로 보낸 모양이로구나. 어서 말에서 내려 밧줄을 받지 않고 무얼 기다리고 있느냐?"

증괴가 대뜸 조개 일행을 알아보고 그렇게 소리쳤다. 조개는 화가 났다. 누가 나가 싸우려는가를 물으려고 두령들을 돌아보려는데 벌써 한 사람이 증괴를 덮쳐 가고 있었다. 그는 바로 양산박에서 처음으로 결의한 두령들 중의 하나인 표자두 임충이었다.

곧 두 사람이 탄 말이 엇갈리며 싸움이 벌어졌다. 그러나 증괴는 원래 임충의 적수가 못 되었다. 한 스무 합쯤 싸우다가 아무래도 못 당하겠다는 듯 창을 끼고 달아났다. 그러나 임충은 혹시 속임수라도 쓸까 의심이 들어 굳이 뒤쫓지 않았다.

진채로 돌아온 조개는 여러 두령들과 증두시를 쳐부술 의논에 들어갔다. 임충이 한 의견을 내놓았다.

"내일 바로 증두시로 밀고 들어가 싸움을 걸어 봅시다. 그래서 적의 허실을 살펴본 뒤에 다시 의논하도록 하지요."

조개는 그것도 그럴듯하다 싶어 임충의 말을 따르기로 했다. 다음 날 조개는 증두시 어귀의 개울가 들판에다 진세를 벌였다. 양산박 군사들이 북을 치고 함성을 올리자 증두시에서도 한 소리 포성과 함께 수많은 인마가 쏟아져 나왔다. 그 맨 앞에는 소문으로만 듣던 증가의 일곱 호걸이 한 줄로 죽 늘어서 있었다. 가운데 선 게 무예 사범인 사문공이요, 위편으로는 부사범인 소정이며 아래편으로는 증가의 맏아들 증도였다. 그리고 그 왼쪽으로는 증밀과 증괴가 서고 오른쪽에는 증승과 증삭이 섰다. 모두가 갑옷으로 몸을 감싸고 있었는데 그중에서도 특히 사문공이 볼만했다. 활을 메고 화살을 등에 꽂은 채 천리옥사자마 위에 높이 올라앉은 사문공의 손에는 한 자루 방천화극이 묵직하게 들려 있었다.

북소리가 세 번 울리면서 증가 쪽 진채 앞으로 몇 대의 죄수 싣는 수레가 끌려 나왔다. 증도가 그 수레를 손가락질하며 양산박 쪽에 대고 욕을 퍼부었다.

"나라에 거역한 좀도둑놈들아! 이 수레가 보이느냐? 스스로 호걸이라 떠벌리며 우리 증가부에 맞서다가 뒈진 놈들만 해도 헤아릴 수 없을 정도다. 이제 우리는 네놈들을 하나하나 사로잡아다가 저 수레에 싣고 동경으로 끌고 가 우리 증가오호의 무예가 높음을 천하에 널리 알릴 작정이다! 하지만 네놈들이 일찌감치 무릎 꿇고 항복한다면 달리 생각해 볼 수도 있지!"

그러자 화를 참지 못한 조개가 대답조차 아깝다는 듯 창을 끼고 말 배를 박차 달려 나갔다. 다른 두령들도 그런 조개를 따라 일제히 치고 들었다. 증가 쪽도 물러나지 않고 맞서 싸움은 그대로 앞도 뒤도 없는 혼전이 되고 말았다.

싸운 지 얼마 안 되어 증가 쪽의 군사들이 무슨 까닭에선지 저희 마을 쪽으로 달아나기 시작했다. 임충과 호연작은 그런 적을 쫓다가 길이 좋지 않은 데가 있음을 보고 얼른 되돌아서서 군사를 거두었다. 적의 계략에 걸려들까 걱정이 된 까닭이었다. 따라서 그날은 서로 약간의 인마가 상했을 뿐 어느 쪽도 이겼다고 내세울 만한 게 없는 싸움이 되고 말았다.

진채로 돌아온 조개는 싸움이 뜻 같지 못하자 마음속으로 몹시 걱정이 되는 눈치였다. 다른 두령들이 모두 그런 조개를 위로했다.

"형님, 마음을 편히 먹고 너무 걱정하지 마십시오. 전에 송공명 형님도 이따금 싸움에서 불리한 적이 있었습니다. 그래도 끝내는 언제나 적을 쳐부수고 산채로 돌아오셨지요. 오늘 싸움에서 서로 약간의 인마가 상하기는 했지만 그렇다고 싸움에 진 것도 아닌데 무얼 그리 걱정하십니까?"

그래도 조개의 얼굴에는 종내 밝은 표정이 떠오르지 않았다.

조개가 까닭 없이 서둘러 양산박 군사들은 그로부터 사흘이나 잇따라 싸움을 걸었다. 그러나 어찌 된 셈인지 증가 쪽 군사들은 하나도 눈에 띄지 않았다.

외손바닥으로는 소리가 나지 않는 법이라 이렇다 할 싸움 없이 사흘이 지나고 나흘째가 되었다. 그날 난데없이 중 두 사람이 양산박 쪽의 산채를 찾아와 머리를 조아리며 조개를 만나게 해 달라고 빌었다. 군사가 장막 안으로 안내하자 두 중은 조개 앞에 공손히 무릎을 꿇고 말했다.

"저희들은 증두시 동쪽에 있는 법화사(法華寺)의 감사(監寺)들입니다. 증가오호가 늘상 저희 절에 와서 행패를 부리는데 금은을 조르고 재물을 빼앗아 가는 등 못하는 짓이 없습니다. 마침 저희가 증가네 형제가 있는 곳을 잘 아니 장군께서 좀 도와주지 않으시겠습니까? 군사를 이끌고 그것들의 진채를 들이쳐 그것들을 모조리 없앨 수만 있다면 이 고을을 위해 그보다 더 다행한 일이 없겠습니다."

조개는 그 말을 듣고 몹시 기뻐했다. 두 중을 불러들여 앉히고 술을 내어 대접했다. 임충이 그런 조개에게 넌지시 일렀다.

"형님, 저들의 말을 너무 믿지 마십시오. 그 안에 속임수가 없다고 그 누가 단언할 수 있겠습니까?"

그러나 조개는 임충의 말을 귀담아 듣지 않았다.

"저 두 사람은 출가인(出家人)들인데 어찌 거짓말을 하겠는가? 거기다가 나는 양산박에 자리 잡은 뒤로 오래 의로운 일을 해 왔고 어디를 지나가도 백성들을 괴롭힌 적이 없었다. 그런데 저 두 사람이 나와 무슨 원수를 졌기에 여기까지 찾아와 나를 속이려 들겠는가? 더군다나 증가 놈들은 우리의 대군을 이겨 낼 수도 없는데 무얼 겁낼 게 있는가? 아우는 쓸데없는 의심으로 큰일을 그르치지 않도록 하게. 나는 오늘 밤 저 두 사람이 가르쳐 주는 곳으로 한번 가 볼 작정이네."

오히려 나무람까지 섞어 그렇게 대꾸했다. 그래도 임충은 조개가 직접 가는 것만이라도 말려 보려 애썼다.

"꼭 가야 한다면 제가 가 보겠습니다. 인마 절반을 거느리고 적의 진채를 급습할 터이니 형님은 뒤에 계시면서 호응이나 해 주십시오."

조개는 그것마저 들어주지 않았다.

"내가 나서지 않으면 누가 앞장서려 하겠는가? 인마 절반을 데리고 밖에서 호응하는 일을 자네가 맡게."

"그럼 누구누구를 데리고 가시겠습니까?"

마침내 단념한 임충이 그렇게 물었다. 조개가 미리 생각해 둔 게 있는 듯 대답했다.

"열 명의 두령과 이천오백의 인마를 갈라 데리고 갈 참이네."

그러면서 고른 열 명의 두령은 유당, 호연작, 완소이, 구붕, 완소오, 연순, 완소칠, 두천, 백승, 송만이었다.

그날 밤 조개를 따라가기로 한 장졸들은 일찌감치 저녁밥을 지어 먹은 뒤 말방울을 떼고 입에는 하무[枚]를 문 채 법화사를 향해 떠났다. 어둠을 헤치며 조용조용 두 중이 이끄는 대로 따라가니 과연 오래된 절이 한 채 나왔다.

조개는 말에서 내려 절 안으로 들어갔다. 그런데 어찌 된 셈인지 절 안에는 중이 하나도 보이지 않았다. 조개가 길을 안내해 온 두 중에게 물었다.

"이렇게 큰 사찰에 어찌해 스님이 한 분도 아니 보이시오?"

"증가 놈들이 하도 괴롭혀 모두가 어쩔 수 없이 딴 곳으로 가 버렸습니다. 다만 장로 몇 분과 시중드는 이 몇이 남았을 뿐인데 지금 탑 안에 계십니다. 두령께서는 이곳에서 잠시 인마를 쉬게 하시며 밤이 좀 더 깊기를 기다려 주십시오. 저희가 바로 그놈들의 진채까지 안내하겠습니다."

두 중이 그렇게 입을 모아 말했다. 조개가 다시 물었다.

"그놈들의 진채는 어디 있소?"

"그들은 진채가 모두 넷인데 북쪽에 있는 게 바로 증가 형제들의 진채입니다. 그 진채만 쳐부수어 버리면 나머지 셋은 절로 무너질 것입니다."

"언제쯤 들이치면 좋겠소?"

"지금이 이경쯤 됩니다. 삼경을 기다려 들이치면 그놈들은 아무런 대비 없이 있다가 크게 당할 것입니다."

그 같은 대답에 조개는 기분이 좋았다. 별 의심 없이 두 중이 시키는 대로 삼경을 기다렸다. 증두시에서 시각을 알리는 북소리가 이경을 알리고 반경쯤 지나자 사방이 고요해졌다. 두 중이 조개를 찾아와 말했다.

"이제 저것들이 모두 잠든 듯합니다. 가 보시는 게 좋겠습니다. 저희들이 앞장서서 길을 안내해 드리지요."

이에 조개는 장졸들을 끌고 법화사를 떠났다. 그런데 채 오 리도 가기 전에 이상한 일이 벌어졌다. 앞장서서 가던 두 중의 모습이 어둠 속에서 어디론가 사라져 버린 것이었다.

길잡이를 잃은 전군은 함부로 나아가지 못하고 그 자리에 멈춰 서서 가만히 사방을 살펴보았다. 길은 거칠고 험한 데다 근처에는 인가도 보이지 않았다.

놀란 군사들이 조개에게 달려가 그 일을 알리고 호연작은 얼른 인마를 돌려 오던 길로 되돌아 나가려 했다. 그러나 미처 백 발짝도 옮기기 전에 갑자기 북소리, 징 소리가 요란하게 들리더니 함성과 함께 사방에서 횃불이 타올랐다.

그제야 속은 걸 안 조개는 장졸들과 함께 길을 앗아 달아나기 시작했다. 그러나 두어 모퉁이를 돌기도 전에 한 떼의 인마가 나타나 화살 비를 퍼부었다.

조개의 운이 그뿐이었던지 그 화살 중에 하나가 얼굴에 정통으로 날아와 꽂혀 조개는 한마디 비명과 함께 말에서 굴러떨어졌다. 완씨 삼 형제와 유당, 백승 등이 죽기로 싸워 그런 조개를 구해 냈다. 그들이 피 흘리는 조개를 말에 태우고 겨우 마을 어귀로 빠져나오니 마침 거기서 기다리던 임충의 인마가 달려와 도왔다.

적이 그곳까지 따라와 양군 사이에 누가 누군지 잘 모르는 혼전이 벌어졌다. 양군이 서로 죽고 죽이기를 밤새껏 하다가 날이 훤히 밝아 올 무렵에야 각기 군사를 거두어 진채로 돌아갔다.

임충은 진채로 돌아오기 바쁘게 인마를 점검해 보았다. 먼저 조개를 구해 돌아온 두령들 외에도 연순, 송만, 구붕, 두천은 겨우 제 목숨을 건져 돌아왔으나 함께 갔던 이천오백의 인마는 절반이 꺾여 있었다. 다만 호연작이 이끌었던 인마만 모두 살아 돌아왔을 뿐이었다.

하지만 두령들에게는 그보다 훨씬 걱정스러운 일이 조개의 상처였다. 조개를 장막 안에 뉘고 살펴보니 화살은 얼굴 한가운데에 박혀 있었다. 두령들은 그제야 급한 마음으로 화살을 뽑아냈으나 그 통에 피를 지나치게 흘려 조개는 다시 혼절하고 말았다.

빼낸 화살에는 '사문공' 석 자가 또렷이 쓰여 있었다. 두령들은 깊은 원한으로 그 이름을 머릿속에 새겼다. 임충이 금창(金瘡)에 바르는 약을 가져오게 해 조개의 상처에 발랐다. 그러나 화살에는 독이 발라져 있어 벌써 그 독이 몸에 퍼진 조개는 깨어나도 말조차 못하는 지경에 떨어지고 말았다.

임충은 조개를 부축해 수레에 태우게 하고 완씨 삼 형제와 유당, 두천, 송만, 여섯 두령들로 하여금 양산박 산채까지 호위해 가게 했다. 하지만 그 못지않게 중요한 게 앞일이었다. 임충은 남은 열세 두령들을 장막 안으로 불러들여 의견을 들어 보았다.

"이번에 조 천왕 형님께서 산을 내려오셨다가 뜻밖에도 이런 험한 꼴을 보게 되시고 말았소. 우리가 떠날 때 깃발이 바람에 부러지며 보여 준 징조가 들어맞은 셈이오. 아무래도 이만 돌아가는 게 좋을 듯하오. 다만 군사를 돌리는 것은 송공명 형님의 장령(將令)이 있은 뒤라야 할 것이오. 일껏 군사를 내어 예까지 왔는데 멋대로 증두시를 떠날 수야 있겠소?"

두령들의 의견은 대강 그렇게 모아졌다. 그때가 밤 이경 무렵이었다.

결정은 그렇게 났지만 두령들의 마음이 편할 리 없었다. 모두가 오도 가도 못하게 된 처지를 불안하게 여기고 있는데 문득 망을 보러 나가 있던 소두령 하나가 달려와 알렸다.

"우리 진채 앞으로 네댓 갈래의 인마가 밀려오고 있는데 횃불이 얼마나 많은지 이루 다 헤아릴 수 없을 정도입니다."

그 말을 들은 임충은 얼른 말에 올라 살펴보았다. 삼면 산봉우리마다 수많은 횃불이 올라 대낮처럼 밝은데 적이 사방에서 함성을 지르며 몰려오고 있었다. 임충은 두령들에게 나가 맞서는 대신 얼른 진채를 거두어 달아나라는 영을 내렸다.

증가 편 군사들은 그런 양산박의 인마를 놓아주려 하지 않았다. 양산박의 인마는 싸우다 달아나고 달아나다 싸우는 식으로 오륙십 리나 쫓긴 뒤에야 겨우 적의 추격에서 벗어날 수 있었다.

한숨을 돌리고 인마를 점검해 보니 다시 육칠백의 인마가 꺾여 있었다. 그렇게 두 번씩이나 크게 진 뒤라 더 버티긴 이미 글러 보였다. 남은 장졸들은 하는 수 없이 온 길을 되짚어 양산박으로 돌아갔다.

뒤처져 있던 두령들은 양산박에 이르자마자 조개를 보러 갔다. 그때 이미 조개는 물도 넘기지 못할 만큼 중태에 빠져 있었다. 먹고 마시기를 전혀 못하고 몸은 깍짓동같이 부어 보기가 처참할 지경이었다. 송강은 병상 앞을 떠나지 않고 흐느끼고 다른 두령들도 모두 조개의 거처에 몰려 걱정스레 병세를 살폈다.

그날 삼경 무렵이었다. 조개가 마지막으로 모은 힘인 듯 겨우 고개를 들어 사방을 돌아보다 송강을 알아보고 당부했다.

"아우, 이상하게 여기지 말고 내 말을 들어 주게. 누구든 나를 쏘아 죽게 한 바로 그놈을 사로잡는 이에게 양산박 으뜸가는 두령의 자리를 주도록 하게."

그리고 말을 다하기 바쁘게 눈을 감고 숨을 거두었다. 그 방 안에 있던 다른 두령들도 모두 조개의 그와 같은 유언을 알아들을 수 있었다.

송강은 조개가 숨을 거두자 마치 부모상이라도 당한 사람처럼 목을 놓고 울었다. 두령들은 그런 송강을 부축해 나와 장례를 주관하게 했다. 그래도 슬픔을 이기지 못해 울음을 그치지 않는 송강을 달래며 오용과 공손승이 말했다.

"형님, 너무 슬퍼하지 마십시오. 살고 죽는 것은 사람이면 누구도 피할 수 없는 일인데 어찌하여 헛된 슬픔으로 귀한 몸을 상하게 하십니까? 어서 마음을 가다듬으시고 남은 큰일을 치러 나가시도록 하십시오."

그제야 송강도 느껴지는 게 있는지 먼저 장례부터 진행시켰다.

조개의 시신을 향 섞은 물로 깨끗이 씻은 뒤 좋은 천으로 정성껏 염해 취의청 위에 모시니 여러 두령들이 와서 절하며 울었다. 좋은 나무로 내관(內棺)과 외곽(外槨)을 짜게 하고 출상할 날을 고르는 한편 마루 한가운데 신주를 모시고 위패를 내걸었다. 거기에 쓰인 글은 '양산박 주인 천왕(天王) 조공(晁公) 신주(神主)'였다.

송강을 비롯해 산채의 모든 두령들은 모두 상복을 갖췄고 작은 두령들과 졸개들도 모두 두건을 썼다. 임충은 조개의 얼굴에 박혔던 화살을 영전에 놓아 두어 산채의 모든 사람들에게 복수의 결의를 다지게 했다.

장례의 엄중하고 정성스러움은 산채 안에서만 그치지 않았다. 송강은 근처 사찰의 스님들까지 산채로 청해 조 천왕의 명복을 빌어 주게 했다.

죽은 조개에 대한 의리가 중하기는 하지만 송강이 너무 장례에만 치우치니 산채의 일이 제대로 돌아갈 리 없었다. 송강이 두령들과 함께 매일 조개의 신위 앞에서 울기만 할 뿐 산채를 돌볼 생각을 않는 걸 걱정한 임충과 오용, 공손승은 두령들을 불러 놓고 산채의 일을 의논했다. 아무도 송강을 양산박의 새로운 주인으로 세워 그 뜻을 따르자는 의견에 반대하지 않아 두령들은 그렇게 밀고 나가기로 결정을 보았다.

다음 날 새벽 임충을 비롯한 두령들은 취의청에 향을 피우고 촛불을 밝힌 뒤 송강을 불러내 윗자리에 앉혔다.

"나라에는 하루도 임금이 없어서는 아니 되고 집안에는 하루도 주인이 없어서는 아니 됩니다. 조 두령께서 돌아가신 지금 우리 산채인들 어찌 주인 없이 일이 되겠습니까? 형님의 크신 이름은 이미 널리 세상에 알려진 터이니 좋은 날과 때를 골라 형님을 산채의 주인으로 모셨으면 하는 게 저희 모두의 뜻입니다."

임충이 먼저 나서 그렇게 말을 꺼냈다. 송강이 어림없다는 듯 고개를 내저었다.

"조 천왕께서 돌아가시면서 당부하시길 사문공을 사로잡는 자에게 산채의 주인 자리를 물려주라 하셨소. 그 말은 여기 계시는 여러 두령들께서도 모두 들으셨을 게요. 맹세의 화살이 여기 있는데 어찌 벌써 잊으셨단 말이오. 더구나 아직 돌아가신 조 천왕의 원수도 갚지 못하고 한도 못 풀었는데 어찌 내가 그 자리에 앉을 수 있겠소!"

송강의 그 같은 말에 이번에는 오학구가 일어나 말했다.

"비록 조 두령께서 그렇게 유언하셨고 또 아직 원수를 사로잡지도 못했으나 산채에는 하루도 주인이 없어서는 아니 됩니다. 형님께서 이 자리를 마다하시면 그 나머지 두령들은 모두가 형님의 손아랫사람들인데 누가 감히 그 자리에 앉을 수 있겠습니까? 게다가 모두가 하나같이 마음으로 형님을 따르고 또 딴소리할 사람도 전혀 없지 않습니까? 정히 아니 되면 임시로라도 첫째 두령의 자리에 앉으십시오. 뒷날 따로 의논할 수도 있는 일 아닙니까?"

송강도 그것까지는 마다하지 않았다.

"군사의 그 말씀 매우 온당하오. 좋소, 오늘은 임시로 내가 이 자리에 앉겠소. 하지만 뒷날 조 천왕의 원수를 갚게 되는 때가 오면 그게 누구든 사문공을 사로잡은 이가 이 자리에 올라야 할 것이오."

비로소 그렇게 응낙했다. 듣고 있던 흑선풍 이규가 못마땅한 듯 소리쳤다.

"형님이 그 자리에 앉지 못할 게 무어요! 양산박 주인이 아니라 대송황제(大宋皇帝)의 자리에 앉아도 안 될 것 하나 없겠다!"

송강이 불같이 성을 내며 이규를 꾸짖었다.

"저 시커먼 놈이 또 함부로 주둥아리를 놀리는구나. 앞으로 다시 한번 그따위 소리를 하면 먼저 네놈의 혀부터 도려내겠다!"

"내가 뭐 어디 못할 소리를 했나? 형님보고 대송 황제 노릇 한번 해 보라 했는데 오히려 내 혀를 자르겠다니!"

이규가 그리 맞대꾸를 하자 오학구가 사이에 끼어 송강을 말렸다.

"저 사람은 원래가 천지를 모르는 사람입니다. 그 식견이 부족한 것은 모두가 잘 알고 있으니 너무 노하지 마시고 눈앞의 큰일이나 의논하도록 하시지요."

이에 송강은 이규와의 다툼을 멈추고 제단 앞으로 나아가 향을 사른 뒤 임충과 오용의 부축을 받아 첫째 두령의 자리에 앉았다. 그 곁으로는 오용과 공손승이 갈라 서고 왼편 줄은 임충이, 오른편 줄은 호연작이 머리가 되어 두령들도 두 줄로 갈라섰다.

모든 두령들이 산채의 새 주인에게 절하고 본 뒤 두 줄로 늘어앉자 송강이 입을 열었다.

"내가 오늘 부득이 이 자리에 앉게는 되었으나 믿는 것은 오직 형제들의 도움뿐이오. 모두 한마음 한뜻이 되어 팔다리처럼 도우면서 하늘을 대신해 의를 행하도록 합시다."

그렇게 허두를 뗀 다음 한 무리의 으뜸답게 산채의 배치를 새롭게 정했다.

"지금의 산채는 전과 비할 수 없이 인마가 늘어 이대로는 주체하기 어렵게 되었소. 산채를 여섯으로 나누고 여러 형제들이 각기 떼어 맡아 다스리는 게 좋을 듯싶소. 취의청은 충의당(忠義堂)으로 이름을 바꾸어 한 채(寨)를 이루고, 다시 전후좌우의 네 군(軍)을 두어 각기 한 채를 이루며, 거기에 다시 수군 한 채를 더하면 모두 합쳐 여섯 채가 될 것이오. 그 밖에 뒷산에 두 개의 소채(小寨)를 세우고 앞산에는 관문 셋을 세웠으면 하오. 또 산 아래에는 수군 진채 외에 금사탄과 압취탄에도 각기 소채를 하나씩 더하는 게 좋겠소. 형제들은 그렇게 나뉜 채와 관문을 맡게되는데 먼저 충의당은 내가 임시로 윗자리에 앉고 둘째 자리에는 군사 오학구, 셋째는 법사 공손승, 넷째는 화영, 다섯째는 진명, 여섯째는 여방, 일곱째는 곽성이 앉아 지킬 것이오. 좌군은 임충이 으뜸이 되고 유당이 둘째, 사진이 셋째, 양웅이 넷째, 석수가 다섯째, 두천이 여섯째, 송만이 일곱째 두령이 되어 맡아 주시오. 우군은 호연작이 첫째 두령이 되고 주동이 둘째, 대종이 셋째, 목홍이 넷째, 이규가 다섯째, 구붕이 여섯째, 목춘이 일곱째가되어 맡았으면 하오. 전군은 첫째가 이응이 되고, 둘째는 서령, 셋째가 노지심, 넷째 무송, 다섯째 양지, 여섯째 마린, 일곱째는 시은이 되며, 후군은 시진을 으뜸으로 손립, 황신, 한도, 팽기, 등비, 설영 일곱 형제가 맡아 주시오. 수채는 이준을 첫째로 하고 완소이, 완소오, 완소칠, 장횡, 장순, 동맹, 동위 여덟 형제가 차례로 앉아 다스려 주시오. 이렇게 해서 여섯 채를 나누어 맡게 될 두령은 모두 합쳐 마흔셋이 되겠소. 그다음 산 아래 첫째 관문은 뇌횡과 번서 두 두령이 맡고, 둘째 관문은 해진, 해보 형제가 맡으며, 셋째 관문은 항충과 이곤 두 두령이 맡으시오. 금사탄의 소채는 연순, 정천수, 공명, 공량이 맡고, 압취탄의 소채는 이충, 주통, 추연, 추윤 네 두령이 맡으면 되겠소. 산 뒤에 있는 두 소채는 오른쪽을 왕왜호, 일장청, 조정이, 왼쪽은 주무, 진달, 양춘이 맡아 지켜 주시오. 충의당 안에서 하는 일도 각기 구분이 있어야 할 것이오. 왼쪽으로 늘어선 방에서는 소양이 산채의 모든 문서를 맡아보고, 배선이 상과 벌을, 김대견이 도장과 신표를, 장경이 돈과 곡식을 각기 관장해 주었으면 하오. 오른편 방에서는 대포에 관한 모든 일을 돌볼 능진과 배 만드는 일을 맡아볼 맹강과 갑옷 전포 짓는 일을 맡을 후건과 성벽 쌓고 고치는 일을 감독할 도종왕이 있게 될 것이오."

송강의 세밀한 배치는 그걸로 그치지 않았다. 집 짓는 일은 이운에게 맡겨졌고, 대장간 일은 탕륭이, 술을 빚고 간장과 식초를 만드는 일은 주귀가, 산채의 크고 작은 잔치는 송청이 맡게 되었다. 산 아래 네 길목에 있던 주막은 원래대로 주귀, 악화, 시천, 이립, 손신, 고대수, 장청, 손이랑이 맡아보게 됐으며, 산채를 위해 말을 사들이는 일은 양림, 석용, 단경주 세 사람이 맡아서 하기로 했다.

송강은 그 모든 배치와 더불어 어느 누구도 맡은 일에 소홀함이 없기를 엄히 당부했다. 크고 작은 두령들은 그 같은 송강의 세밀한 배려와 위엄에 감복하여 진심으로 그를 산채의 주인으로 떠받들었다.

조개의 뜻 아니한 죽음으로 생긴 양산박의 동요는 며칠이 지나자 어느 정도 가라앉았다. 하루는 송강이 여러 두령들을 불러 놓고 의논을 꺼냈다.

"조 천왕의 원수를 갚으려면 하루라도 빨리 군사를 일으켜 증두시를 쳐야 할 것이오. 그러나 저잣거리의 하찮은 사람들도 상을 당해서는 함부로 움직이지 않는 법인데 명색이 의사를 자처하는 우리가 탈상도 않고 군사를 내려니 어쩐지 떳떳하지 못한 느낌이구려. 참고 백 일이 지난 뒤에야 군사를 일으키는 게 어떻겠소?"

다른 두령들도 그 말을 옳게 여겼다. 터질 듯한 한을 억누르며 조개의 장례에만 정성을 다했다.

하북의 옥기린

두령들이 조개를 추모하며 백 일이 지나기만을 기다리고 있던 어느 날이었다. 하루는 대원(大圓)이라는 법명을 가진 중 한 명이 산채로 찾아왔다. 북경 대명부에 있는 용화사에 몸담고 있다가 세상 구경을 나온 중이었다. 떠돌던 끝에 제령(濟寧)까지 흘러와 양산박을 지나다가 마침 조개의 명복을 빌어 줄 승려를 찾던 두령들이 불러들여 산채에 들게 된 것이었다.

대원이 조개의 신위 앞에서 명복 빌기를 마치자 송강이 그를 불러 대접했다. 이런저런 세상 이야기 끝에 송강이 지나가는 말로 물었다.

"북경의 풍토는 어떠하며 인물로 칠 사람으로는 누가 있소?"

"두령께서는 아직도 하북(河北)의 옥기린(玉麒麟)이란 이를 모르십니까?"

대원이 대뜸 그렇게 되물었다. 그 말을 듣자 송강도 문득 떠오르는 게 있었다.

"내가 아직 늙지도 않았는데 벌써 그런 분을 잊기야 했겠소? 알지요. 북경성 안에 노(盧) 대원외(大員外)란 호걸이 있는데 이름은 준의(俊義), 별호는 옥기린이라더군요. 하북의 삼절(三絶) 중에 하나이고 조상 때부터 북경에서 살았다지요. 무예 솜씨가 뛰어나고 특히 곤봉은 천하에서 그를 당할 자가 없다고 하는 말도 들었습니다. 우리 양산박 산채에 그런 분을 모셔 올 수만 있다면 걱정할 일이 무엇이겠소?"

송강이 그렇게 말하자 곁에 있던 오용이 빙긋 웃으며 받았다.

"형님께서는 무엇 때문에 그렇게 맥 빠진 소리를 하십니까? 그 사람을 우리 산채로 들이는 일이 무에 어려울 게 있다고."

"그는 북경성 안에서 으뜸가는 부자다. 그런 사람이 어떻게 숲속 도적 떼 가운데로 몸을 던지겠는가?"

오용이 농담으로 해 보는 소리로 들었는지 송강도 웃으며 그렇게 받았다. 오용이 정색을 하고 말했다.

"저도 오래전부터 그를 데려올 생각을 품어 왔습니다만 잠시 잊고 있었습니다. 하지만 제 조그만 계책 하나만 쓰면 그를 당장 우리 산채로 끌어들일 수 있습니다."

그제야 송강도 오용이 이미 계책까지 짜 두었음을 알고 흐뭇한 기색을 감추지 못했다.

"사람들이 자네를 지다성(智多星)이라 부르더니 참으로 헛되이 난 이름이 아닐세. 그래, 우리 군사께서는 어떤 계책으로 그를 산 채로 끌어들이려 하는가?"

송강이 그렇게 묻자 오용은 차근차근 자신의 생각을 들려주었다.

"제게는 세 치 썩지 않은 혀가 있습니다. 직접 북경성으로 가서 노준의를 달랜다면 주머니에서 물건 꺼내듯 쉽게 그를 이리로 데려올 수 있을 것입니다. 다만 생김이 괴상하고 힘깨나 쓰는 이를 두엇 딸려 주었으면 좋겠습니다."

그러자 미처 그 말이 끝나기도 전에 이규가 나서며 소리쳤다.

"군사 형님, 이 아우를 한번 데리고 가 주십시오!"

"너는 여기 가만히 있도록 해. 불을 지르고 사람을 죽이거나 마을을 털고 관가를 때려 엎는 일이라면 네가 알맞겠지만 이번 일처럼 살며시 다녀와야 하는 데는 안 돼. 그놈의 성미를 가지고 가긴 어딜 간다는 게야?"

송강이 대뜸 그렇게 타박을 주었다. 이규가 버럭 성을 내며 맞대꾸했다.

"공연히 핑계 대지 마슈. 내가 못생겼다고 나를 싫어하는 거 아뉴? 그러니까 나를 못 가게 하는 거지."

"너를 싫어해서가 아니다. 북경 대명부에는 포졸들이 득시글득시글한단 말이다. 자칫 너를 알아보는 놈이 있으면 목숨이 끊어질 수도 있다는 걸 알아야 해."

송강이 조리 있게 일러 주었으나 이규는 들은 척도 않고 떼를 썼다.

"그건 괜찮소. 나를 빼놓고는 군사 형님이 데려갈 수 있는 사람이 따로 없을걸!"

송강과 이규의 다툼을 듣고 있던 오용이 이규에게 조용히 말했다.

"세 가지만 지켜 준다면 자네를 데려가지. 그렇지 않으면 산채에 가만히 앉아 있어야 하네."

"세 가지 아니라 서른 가지라도 형님이 시키는 대로 하겠소. 데리고 가 주기만 하시오!"

이규가 그렇게 매달리자 오용이 차분한 목소리로 하나하나 일러 주었다.

"자네는 술버릇이 아주 고약하니까 오늘부터는 술을 끊어야 하네. 술은 다녀와서 마시면 되지 않나? 둘째, 자네는 도동(道童)처럼 꾸미고 나를 따를 것인데 그때는 내가 무어든 시키는 대로만 해야 되네. 하지만 가장 어려운 건 세 번째가 될 걸세. 내일 이곳을 떠나면서부터 자네는 말을 해서는 아니 되네. 벙어리가 되란 말일세. 이 세 가지만 지켜 준다면 자네를 데려가도록 하지."

"술 마시지 말란 것과 도동 노릇 하라는 건 받아들일 수 있소. 하지만 말을 하지 말라니 정말 사람 죽이는군!"

듣고 난 이규가 불평 비슷이 말했다. 이규가 왜 말을 해서는 안 되는지를 오용이 한마디로 들려주었다.

"자네가 입을 열면 꼭 일이 벌어지기 때문이지."

"정히 그렇다면 그것도 어려울 것 없지. 입에 언제나 동전 한 닢을 물고 있으면 될 거 아뇨?"

마침내 이규가 그렇게 응낙했다. 이규의 기발한 생각에 거기 있던 두령들이 모두 웃음을 터뜨렸다.

그에 따라 그날 충의당에서의 잔치는 결국 먼 길을 떠나 보내는 이별의 잔치가 되었다. 떠들썩하게 먹고 마시다가 밤이 늦어서야 각기 제 거처로 돌아가 다음 날의 출발에 대비했다.

이튿날이 되자 오용은 길 떠날 채비를 마치고 도동으로 꾸민 이규에게 짐을 지워 산을 내려갔다. 송강과 다른 두령들은 모두 금사탄까지 내려와 그들을 보냈다. 송강은 새삼 오용에게 모든 걸 조심하라 이르고 이규에게도 실수가 없도록 당부했다. 오용과 이규가 여러 두령들과 작별하고 물을 건너자 송강을 비롯한 두령들도 산채로 돌아갔다.

양산박을 떠난 오용과 이규는 북경으로 길을 잡았다. 새벽같이 밥을 지어 먹고 걷기 시작해 밤이 되어서야 객점에 들면서 네댓새를 부지런히 걸었다. 그동안에도 오용은 이규에게 한마디도 말을 못하게 했다. 그럭저럭 별 탈 없이 북경성 밖에 이르렀는데 그날 밤 마침내 이규가 일을 내고 말았다. 대수롭지 않은 일로 일꾼 녀석을 때려 피 탈을 본 것이었다. 얻어맞은 일꾼 녀석이 오용의 방으로 찾아와 말했다.

"도사님이 데리고 다니는 그 벙어리 도동 놈이 너무 고약합니다. 제가 불을 좀 늦게 지폈다고 저를 때려 피를 쏟게 했습니다."

놀란 오용은 좋은 말로 일꾼 녀석을 달래고 수십 관의 돈을 주어 더는 말썽이 커지지 않도록 막았다. 이규가 원망스러웠지만 당장은 어찌할 수도 없는 노릇이었다.

하룻밤이 지나고 다음 날이 밝았다. 간편하게 아침을 때운 오용은 이규를 방 안으로 불러 들러댔다.

"자네는 그렇게 죽자 하고 따라나서더니 나를 죽이려고 작정이라도 했나? 오늘 성안에 들어가서는 정말로 조심하게. 자네가 잘못해 내 목숨이 달아나는 일이 없도록 해야지!"

"그렇지만 내가 뭘 어떻게 해야 할지를 알아야지…… ."

이규가 머리를 긁적이며 그렇게 받자 오용이 조용히 일러 주었다.

"나와 자네만 아는 신호를 정해야겠네. 만약 내가 슬쩍 머리를 흔들면 자넨 무엇을 하고 있다가도 당장 그 짓을 그만둬야 하네."

그 말에 이규가 알아들었다는 듯 고개를 끄덕였다.

두 사람은 객점 안에서 차림새를 새롭게 했다. 오용은 길을 올 때보다 한층 그럴듯하고 거창한 도사의 복색을 했고, 이규는 또 이규대로 거기에 걸맞은 도동 차림을 꾸몄다. 머리칼을 두 갈래로 틀어올려 묶고 투박한 신발에 거친 베옷을 걸친 이규의 모습은 우스꽝스럽기까지 했다. 그런 이규의 등에는 키보다 훨씬 큰 깃발이 꽂혀 있는데 거기에는 '명운(命運)과 하늘의 뜻을 아는 데 한 냥'이라고 쓰여 있었다.

이규와 오용은 곧 객점을 나와 북경성 남문으로 들어갔다. 그 때는 세상에 도적들이 들끓는 시절이라 고을마다 군마를 내어 성문을 엄히 지켰다. 북경은 하북에서 제일가는 성인 데다 양중서(梁中書)가 대군을 거느리고 지키는 곳이라 그 방비가 더욱 엄했다.

오용과 이규는 조심조심 그런 성문으로 다가갔다. 성문에는 쉰 명 남짓의 군사가 한 사람의 관리를 둘러싸듯 하고 앉아 있었다. 오용이 그들에게 다가가며 예를 표시하자 군사 하나가 물었다.

"도사는 어디서 오시오!"

"저는 장용(張用)이라 하며 이 아이놈은 이(李)가입죠. 세상을 떠돌면서 점을 쳐서 살아가고 있는데 이번에 큰 고을에 들어 명운을 보아주게 되었습니다그려."

오용이 그렇게 대답하며 몸에서 문서를 꺼내 보여 주었다. 말할 것도 없이 양산박에서 만들어 온 가짜 증명서였다. 그 군사가 문서를 살피고 있는 동안 다른 군사들이 이규를 가리키며 말했다.

"저 도동 놈의 눈길이 험한 게 어째 꼭 도둑놈 같군."

이규는 그 말을 듣자 성이 나 참을 수 없었다. 뒷일이야 어찌됐든 아이 머리만 한 주먹을 들어 내지르려 하는데 놀란 오용이 급히 고개를 내저었다. 그걸 본 이규는 아침에 한 약속을 떠올리고 억지로 눌러 참았다. 오용이 다시 군사들을 향해 신세타령하듯이 말했다.

"저놈의 일을 다 말하자면 끝이 없지요. 저놈은 벙어리에 귀머거리인 데다 쓸데없는 기운만 조금 있을 뿐입니다. 집안에서 대대로 부리던 종놈의 자식이라 버리지 못해 데리고 다닙니다만 도무지 뭐가 뭔지 모르는 놈이지요. 잘못이 있다면 그저 용서를 빌 뿐입니다."

그 말을 듣자 군사들도 더는 이규를 잡고 시비하지 않았다. 오용은 얼른 그러한 군사들 앞을 지나고 이규도 말없이 그 뒤를 따랐다. 그러는 이규의 속이 좋을 리 없었다.

저잣거리 안으로 들어선 오용은 방울을 흔들며 여러 사람들이 알아듣게끔 중얼거렸다.

"감라(甘羅, 전국시대 초나라 사람. 열두 살 때 진나라 사신이 되어 조나라를 달래 성 다섯을 얻어냈다 함)는 일찍 출세했고 자아(子牙, 강태공. 나이 여든에 처음 출사했다 함)는 늦었으며, 팽조(彭祖, 황제의 후손으로 팔백 살까지 살았다는 전설적인 인물)는 오래 살고 안회(顏回, 공자의 애제자로 서른아홉에 죽었다 함)는 일찍 죽었다. 범단(范丹, 범염. 후한 때 선비로 가난해도 절의와 지조를 지킨 것으로 이름이 남)은 가난했으며 석숭(石崇, 서진 시대의 큰 부호)은 부자였다. 사람의 팔자는 날 때부터 타고나는 것이라 이것이 시(時)요, 운(運)이요, 명(命)이니라. 생사와 귀천과 앞일을 알고 싶거든 은 한 냥을 아끼지 마시라."

그리고 말을 마치기 바쁘게 다시 방울을 흔들어 대니 정말로 이골이 난 점쟁이 같았다.

북경성 안의 어린아이들이 좋은 구경거리라도 난 줄 알고 금세 오륙십 명이나 모여들었다. 아이들은 웃고 떠들며 그런 오용과 이규의 뒤를 따라다녔다. 오용은 일부러 노 원외의 집 문 앞으로 오락가락하며 방울을 흔들고 중얼거리기를 계속했다. 아이들은 무엇이 신나는지 이리 뛰고 저리 뛰며 그런 오용의 주위에서 법석을 떨었다. 마침 그 근처에 나와 청지기와 함께 일을 보고 있던 노 원외도 문밖의 시끄러운 소리를 들었다.

노 원외가 그곳에서 일 보는 머슴을 불러 물었다. 머슴이 알아보고 와서 대답했다.

"어르신, 그저 우스갯거립니다. 먼 곳에서 온 점쟁이가 거리에서 점을 봐준다는데 글쎄 복채를 은 한 냥이나 내놓으라는 겁니다. 누가 그 많은 돈을 주고 그따위 못 믿을 점을 치겠습니까? 게다가 점쟁이를 뒤따르는 도동 놈이 또 여간 흉악하게 생기지 않았습니다. 그래서 아이들만 줄줄이 따라다니며 웃어 댈 뿐입니다."

"그렇게 큰소리를 치는 걸 보니 반드시 제대로 점을 공부한 사람일 것 같다. 한 냥을 달라면 한 냥 가치야 있지 않겠느냐? 이리로 모셔 오너라."

듣고 난 노 원외가 잠깐 생각하다가 말했다. 머슴 놈이 얼른 달려 나가 오용을 향해 소리쳤다.

"이보슈, 도사 양반. 우리 원외 어른께서 찾으십니다."

"원외라니 어떤 원외가 나를 찾는단 말이오?"

오용이 시치미를 떼고 그렇게 물었다.

"노 원외께서 찾으십니다."

머슴 놈이 그렇게 대답했다. 오용은 일이 제대로 돌아가는 것이 은근히 기뻤으나 내색하지 않고 도동으로 꾸민 이규와 함께 노 원외의 집으로 들어갔다. 발을 걷고 대청 안으로 들어간 오용은 이규에게 거기 놓인 의자에 앉아서 기다리게 한 뒤 앞으로 나가 노준의에게 예를 표했다. 노준의가 몸을 굽혀 답례한 뒤 물었다.

"선생의 고향은 어디며 존함은 어떻게 되시오?"

"저는 장용이라 하며 별호는 천구(天口)라 불립니다. 조상 때부터 산동서 살았는데 천지의 운수를 셈할 수 있어 사람의 생사와 귀천을 알아낼 수 있지요. 은 한 냥이면 명운을 보아 드립니다."

오용이 여전히 점쟁이 행세를 하며 그렇게 대답했다. 노준의는 오용을 뒤채의 작은 누각으로 이끈 뒤 손님을 맞는 예로 자리를 내주었다. 차 한잔을 대접한 노준의가 머슴을 시켜 은 한 냥을 가져오게 한 뒤 복채로 내놓았다.

"번거롭지만 선생께서는 이 사람의 명운을 좀 봐주시오."

"그럼 태어나신 해와 날과 시를 일러 주십시오."

오용이 그렇게 묻자 노준의가 대답했다.

"내가 듣기로 군자는 재앙은 물어도 복은 묻지 않고 또 재물에 대해서도 묻지 않는다 했소. 다만 지금의 운세만 보아주시오. 나는 금년에 서른두 살이며 갑자년 을축월 병인일 정묘시에 났소이다."

그러자 오용은 소매에서 쇠로 된 수판을 꺼내 몇 번 튕겨 보더니 갑자기 수판을 흔들어 보이며 큰 소리로 외쳤다.

"이것 참 이상하구나!"

"그래 내 운세가 어떻소?"

노준의가 놀라 물었다. 오용이 한번 뜸을 들였다.

"원외께서 이상히 여기실 것 같아 감히 바로 말하기 어렵습니다."

"선생께서는 길 잃은 자에게 길을 가르쳐 주시듯 거리낌없이 말해 주시오."

노준의가 한층 더 궁금한 표정으로 오용을 재촉했다. 그제야 오용이 미리 준비해 온 점괘를 털어놓았다.

"원외의 명운이 참으로 끔찍합니다. 지금부터 백 일 안으로 피바람이 이는 재액이 있을 것입니다. 집안도 지키지 못하고 원외께서는 칼날 아래 돌아가시게 되었군요."

하도 엄청나서 그런지 노준의는 오히려 껄껄 웃으며 그 말을 받았다.

"선생께서는 아마 셈을 잘못한 것 같소이다. 이 노 아무개는 북경에서 나서 남부럽지 않은 부자로 살고 있을 뿐 아니라 조상 중에는 죄를 지은 사람이 없고 친족 중에도 두 번 시집간 여자가 없을 정도외다. 게다가 나는 또 일을 함에 신중하고 이치에 맞지 않으면 하지 않으며 마땅히 취할 재물이 아닌 것은 취하지 않았소. 그런데 어찌해서 피바람이 이는 재난이 있겠소?"

그러자 오용이 낯색을 바꾸고 복채를 돌려주며 몸을 일으켰다.

"세상은 원래가 모두 아첨하고 속이는 것만 기뻐하니 글렀구나, 글렀구나! 바른길을 가르쳐 주어도 알아듣지 못하고 이로운 말은 욕설처럼 듣는다더니 꼭 그 꼴이 났군요. 저는 이만 물러가겠습니다."

오용이 찬바람 이는 얼굴로 돌아서며 그렇게 한탄했다. 노준의는 오용의 그 같은 태도에 갑자기 섬뜩해졌는지 얼른 잡았다.

"선생께서는 너무 화내지 마시오. 이 노 아무개가 잘못 우스갯소리를 한 것 같소이다. 바라건대 귀한 가르침을 끝까지 들려주시오."

"원래부터가 바른말은 믿기가 어렵다고 합니다."

오용이 오히려 그렇게 뺐다. 노준의가 한층 더 매달리는 태도로 빌었다.

"무엇이든 말씀하시는 대로 들을 것이니 하나도 숨기지 말고 일러 주시오."

그제야 오용이 천천히 입을 열었다.

"원외께서는 귀하게 태어나시어 운은 대체로 아주 좋은 편입니다. 그러나 유독 올해만은 세성(歲星, 목성)이 범해 아주 나쁘군요. 백 일 안으로 머리와 몸이 다른 곳에 놓이게 될 것 같습니다. 이는 태어날 때부터 정해진 운수라 벗어날 길이 없습니다."

"그렇다면 나는 그 운세를 전혀 피할 길이 없단 말이오?"

노준의가 놀라 오용을 보고 물었다. 오용은 다시 쇠 수판을 집어 들더니 한 차례 튕겨 보고는 혼잣말처럼 웅얼거렸다.

"동남방 천 리 밖 손지(巽地, 정동과 정남의 가운데 땅)로 가는 길 외에는 이 큰 재난을 피할 길이 없겠군. 그러나 그리해도 겁나고 놀라운 일은 여전히 있을 겝니다."

"만일 그렇게 해서라도 이 재난을 면할 수 있다면 반드시 후하게 보답드리겠습니다."

오용의 말에 어지간히 넘어간 노준의가 그렇게 말했다. 오용이 덧붙였다.

"그렇다면 네 구절의 점괘를 불러 드릴 테니 벽에 써 붙여 두십시오. 뒷날 그 모든 일을 겪으시고 나면 제 점의 신통함을 아시게 될 것입니다."

그러자 노준의는 벼루와 먹과 붓을 가져오게 한 뒤 몸소 붓을 잡고 흰 벽에 오용이 부르는 네 구절을 썼다.

갈대꽃 핀 물가에 뜬 배 한 척	蘆花灘上有扁舟
뛰어난 호걸이 저물녘을 혼자 노니네	俊傑黃昏獨自游
의로움 다한 곳 원래가 운명이라	義到盡頭原是命
재난에서 달아나니 반드시 근심 없으리	反躬逃難必無憂

얼핏 보면 별날 게 없는 시구 같았으나 각 구절의 첫 글자만 이으면 '노준의가 모반한다[蘆俊義反].'란 뜻이 숨어 있었다. 아무 것도 모르는 노준의가 그 네 구절을 다 받아쓰자 오용은 태연히 수판을 챙겨 넣고 짐을 싼 뒤 떠날 채비를 했다.

노준의가 그런 오용을 붙들며 말했다.

"선생, 조금만 앉아 계시오. 한나절이라도 쉬고 떠나셔야 하지 않겠소."

"이미 원외께 많은 후의를 입었습니다. 아직 팔아야 할 점이 더 있으니 뒷날 마땅한 곳에서 뵙도록 하지요."

오용이 그러면서 기어이 뿌리치고 나섰다. 노준의는 그런 오용을 대문 밖까지 배웅했다. 이규도 깃발 달린 막대를 들고 오용을 따라 문밖으로 나갔다.

노준의와 헤어진 오용은 이규를 데리고 얼른 성을 빠져나왔다. 묵고 있던 객점으로 돌아간 두 사람은 방값을 치른 뒤 보따리를 쌌다. 원래의 모습으로 객점을 나오면서 오용이 이규를 보고 말했다.

"이로써 큰일을 해치운 셈이네. 우린 얼른 산채로 돌아가 노 원외를 맞아들일 궁리나 해야지. 그가 곧 양산박 쪽으로 올 테니 말이네."

그러고는 밤낮을 가리지 않고 걸음을 재촉해 양산박으로 돌아 갔다.

한편 오용을 보내 놓고 난 노준의는 마음이 편치 못했다. 허튼 점쟁이의 말로 여겨 흘려버리기에는 너무나 재난이 끔찍해서였 다. 매일처럼 뜰 안을 서성거리며 생각에도 잠겨 보고 혼잣말도 해 보았지만 어떻게 해야 할지 금방 결정이 나지 않았다.

그러나 노준의가 아무리 꿋꿋한 사내라도 끝내 배겨낼 수는 없었다. 하루는 그 일을 의논하기 위해 집안일을 도맡아 보는 주 관(主管)과 몇몇 가까운 사람을 불러들였다. 오래잖아 불린 사람 들이 모두 왔다.

한 사람은 집안일을 모두 도맡아 보는 이고(李固)였다. 이고는 원래 동경 사람이었는데, 북경에 아는 사람을 찾아왔다가 찾지 못해 노준의의 문 앞에서 얼어 죽게 된 것을 노준의가 구해 준 인연이 있었다. 노준의는 그의 목숨을 구해 주었을 뿐만 아니라 자기 집안에서 일을 거들게 하였다. 이고의 사람됨이 부지런하고 신중하며 글씨도 잘 쓰고 셈도 밝은 걸 알게 되자 집안일 전체를 도맡아 보게 한 것이었다. 그러다가 오 년이 안 되어 그를 주관 으로 세워 집 안팎의 모든 일을 맡기고 사오십 명이나 되는 일꾼 들까지도 그 손아래 두었다. 그 때문에 노 원외의 집 안팎 사람 모두 이고를 이 도관(都管)이라 불렀다.

그날 부름을 받은 이고는 자신이 데리고 부리는 수십 명 일꾼 들과 함께 노준의의 방문 앞에 이르렀다. 노준의가 그들을 휘둘러보다가 얼른 물었다.

"어찌 한 사람은 보이지 않느냐?"

그런데 미처 그 말이 끝나기도 전에 한 사람이 계단 앞으로 뛰어왔다. 여섯 자가 넘는 키에 스물네댓쯤 되어 보이는 청년이었다. 세 가닥 수염에 허리는 가늘고 얼굴은 넓적한데 몸에는 흰 비단옷을 걸치고 있었다. 그 밖에 허리띠며 머리치장, 신발이 하나같이 귀인의 차림을 한 그는 원래가 북경의 토박이로 어려서 부모를 잃는 바람에 노 원외가 집안에 데려다 기른 청년이었다. 노 원외는 그의 살결이 흰 비단 같은 걸 보고 솜씨 좋은 문신장이를 불러 그의 온몸에 꽃수를 먹물로 뜨게 하였다. 또 그는 온몸에 놓인 화려한 문신 외에도 악기를 잘 뜯고 춤과 노래도 능해 「탁백도자(折白道字)」「정진속마(頂眞續麻)」 따위의 당시에 유행하던 노래(문자로 주고받는 놀이)도 모르는 게 없었다. 게다가 무예 솜씨 또한 남달라, 특히 천노(川弩)라는 활에 세 갈래 깃 달린 짧은 화살을 가지고 숲으로 사냥을 가면 그가 활을 겨누는 곳마다 맞아 떨어지지 않는 짐승이 없었다. 저녁에 성안으로 돌아올 때는 백여 마리도 넘는 작은 들짐승들을 잡아오기 때문에, 금표사(錦標社)라는 당시의 활 잘 쏘는 사람들의 모임에 들어가도 오히려 솜씨가 빼어난 축에 들 만했다.

그 청년의 장점은 그 밖에도 더 있었다. 사람됨이 매우 영리하여 머리만 말해도 꼬리까지 아니 노준의가 누구보다 아꼈다. 그의 이름은 연청(燕靑)이었는데, 북경 성안의 사람들은 모두 그 이름 앞에 낭자(浪子, 멋쟁이 또는 풍류객)라는 애칭을 붙여서 불렀다.

이고가 왼편에 서고 연청이 오른편에 서자 노준의가 비로소 마음속의 말을 털어놓았다.

"내가 며칠 전에 점을 쳐 보았는데 그 도사가 말하기를 백 일 안에 피 보라가 이는 재난을 당하리라 하였다. 동남쪽 천 리 밖으로 몸을 피하지 않으면 그 재난을 면할 길이 없다는 것이다. 그래서 생각해 보니 동남쪽이란 곳은 태안주의 동악태산(東嶽泰山)을 말하는 것 같다. 거기는 천제인성제(天齊仁聖帝)의 금전(金殿)이 있어 천하 만백성의 생사와 재액을 돌보는 곳이라 가 볼 만하다고 생각된다. 첫째로는 거기 가서 향을 사르며 재난을 없애기를 빌고, 둘째로는 그리함으로써 이곳으로부터 몸을 피하는 것이며, 셋째로는 그 길에 장사와 유람을 곁들일 수도 있기 때문이다. 이고, 너는 열 량의 큰 수레에 산동에서의 장사 거리를 싣고 짐을 꾸려 나를 따라오도록 해라. 연청은 그동안 여기 남아 집안의 자질구레한 일을 살펴 주기 바란다. 당장 이고로부터 그 일을 인계받도록 하여라. 나는 사흘 안으로 이곳을 떠날 것이다."

그러자 이고가 놀라며 노준의를 말렸다.

"주인께서는 무얼 잘못 생각하고 계십니다. 믿을 수 없는 게 점쟁이의 말이라 하지 않습니까? 뜨내기 도사의 어지러운 말에 홀리지 마시고 그냥 집 안에 계시도록 하십시오. 도대체 두려워할 게 무엇이 있습니까?"

"내 명운은 이미 정해진 바이니 너는 나로 하여금 거기 거스르게 하지 마라. 만약 재난이 온다면 그때는 후회해도 늦을 것이다."

노준의가 그렇게 받았다. 곁에 있던 연청이 또 다른 이유를 대어 노준의를 말렸다.

"주인어른, 이놈의 어리석은 말도 좀 들어 주십시오. 방금 말하신 산동 태안주로 가는 길은 바로 양산박 곁을 지나게 되어 있습니다. 그런데 요즈음 양산박 안에는 송강의 무리가 큰 세력을 모아 마을을 치고 재물을 털어 가는데, 관군들도 그들을 잡기는커녕 근처에도 얼씬하지 못한다고 합니다. 주인께서 태산으로 향을 사르러 가시려면 바로 그 길을 짐 실은 수레와 함께 가야 하니 어찌 걱정이 아니 되겠습니까? 아무래도 그 점쟁이의 말을 믿어서는 아니 될 듯합니다. 누가 압니까? 혹시라도 양산박의 도둑놈들 중의 하나가 점쟁이를 가장하고 주인을 그리로 꾀어 들이려 하는지도 모릅니다. 제가 그날 아쉽게도 집 안에 없어서 그렇지, 만약 집 안에 있었다면 단 몇 마디로 그 엉터리 도사 놈을 비웃어 내쫓았을 것입니다."

그래도 노준의는 들으려 하지 않았다. 이미 마음이 완전히 오용의 말에 기울어진 듯 엄하게 그들을 눌렀다.

"되지도 않는 소리 마라. 감히 누가 와서 나를 속인단 말이냐? 양산박의 좀도둑 몇 놈이 무어 대단하다고! 내가 보기에 그것들은 지푸라기에 지나지 않는다. 그러지 않아도 일부러 가서 그것들을 잡아야 할 터인데, 제 발로 기어 나온다면 그보다 더 좋은 일이 어디 있겠느냐? 내가 무예를 배운 것은 천하에 이름을 떨치기 위함이었으니 그놈들이 나와 주기만 한다면 이번에야말로 대장부의 이름을 한번 떨쳐 볼 때가 아니냐!"

노준의가 그렇게 호기롭게 연청의 입을 막았을 때였다. 병풍 뒤에서 그의 아내 가씨(賈氏)가 나와 또 말렸다.

"죄송스럽지만 당신의 말을 오래 엿들은 이상 저도 참견하지 않을 수가 없군요. 예로부터 이르기를 한 마장을 나가도 집 안에 있는 것보다는 못하다고 했습니다. 그 점쟁이의 헛소리만 듣고 두려워해 호랑이 굴 같고 용의 못 같은 집안을 버리려 하십니까? 그러지 마시고 차라리 집 안의 외진 방을 치운 뒤에 깨끗한 몸과 마음으로 조용히 앉아 기다려 보도록 하시지요. 설령 점쟁이의 말이 맞더라도 그리하면 절로 모든 재난이 풀리고 아무런 일이 없을 것입니다."

"당신 같은 아녀자가 무얼 안다고 그러시오. 내 이미 뜻을 정한 바이니 더는 여러 소리 마시오."

노준의가 퉁명스레 아내의 말을 받았다. 연청은 이미 노준의의 뜻을 바꿀 수 없음을 알고 이번에는 말을 바꾸었다.

"제가 주인어른의 은혜를 입어 약간의 무예까지 몸에 익히게 되었습니다. 하찮다 물리치지 마시고 저도 주인어른을 따라가게 해주십시오. 길가에서 도둑들을 만나더라도 삼사십 명 정도는 흩어 버릴 수 있습니다. 이 도관을 집 안에 남겨 집안일을 보게 하시고 저를 데려가 주셨으면 합니다."

"장사 일에는 내가 잘 모르는 게 있어 이고를 데리고 가려 한다. 그가 모든 걸 잘 알기 때문에 내가 대신하기에는 너무 힘이 들 것 같아 그를 데려가고 너를 집 안에 남기려는 것이다. 달리 장부를 돌보게 할 만한 사람이 없어 그러니 네가 그동안만이라도 이곳에서의 모든 일을 도맡아 다오."

노준의가 연청의 그 같은 청마저 물리치자 곁에 있던 이고가 얼른 말했다.

"저는 요즘 각기(脚氣) 증세가 있어 먼 길을 걷기에는 힘이 들 것 같습니다."

은연중에 자기 대신 연청을 데려가 달라는 말이었다. 노준의가 그 말에 벌컥 성을 내며 소리쳤다.

"삼 년 동안 군사를 기르는 것은 하루의 싸움을 위해서다. 나는 너더러 같이 가자고 했는데 네가 이리저리 핑계를 대? 만일 앞으로 다시 내가 하는 일을 막으려 든다면 그게 누구든 이 주먹 맛을 보여 줄 테니 그리 알아라!"

그렇게 되니 누구도 더는 입을 열지 못했다. 이고도 노준의의 아내도 연청도 두 번 다시 노준의를 말리지 못하고 그의 앞을 물러났다.

노준의 앞을 물러난 이고는 못마땅함을 누르고 먼 길을 떠날 채비를 했다. 먼저 열 대의 큰 수레를 구하고 거기에 열 명의 수레꾼과 사오십 명의 호위군을 딸리게 한 뒤 수레에는 장사할 물건들을 가득 실었다. 노준의가 몸소 나타나 수레에 짐 싣고 묶는 것을 도왔다. 다른 준비도 착착 갖추어져 사흘째 되는 날 마침내 노준의는 이고와 두 사람의 일꾼을 먼저 떠나 보낼 수 있었다. 지전을 살라 복을 빌고 집안사람들과 작별한 뒤 이고가 두 사람의 일꾼을 데리고 먼저 떠난 것은 그날 저물 무렵이었다. 이고가 그의 수레와 함께 떠나는 걸 보고 그 어떤 불길한 예감에서인지 노준의의 아내는 눈물을 흘렸다.

다음 날 새벽이었다. 일찌감치 일어난 노준의는 깨끗이 몸을 씻고 새 옷을 갈아입은 뒤 뒤채에 있는 사당으로 가서 조상의 위패 앞에 향을 살랐다. 아침밥을 먹고 무기를 챙긴 뒤 집을 나서면서 노준의가 아내에게 말했다.

"나 없는 동안 집안을 잘 돌보시오. 길면 석 달이 될 것이고 짧으면 사오십 일 안에 돌아오겠소."

"가는 길에 부디 조심하시고 자주 글을 보내 주세요."

가씨도 체념한 듯 그렇게만 남편에게 당부했다. 그때 연청이 나와 울며 절하고 작별 인사를 드렸다. 노준의가 그런 연청에게 당부했다.

"모든 걸 전같이만 하면 된다. 집에서 너무 멀리 나가지 않도록 하여라."

"주인께서 안 계시는데 제가 어찌 감히 게을리할 수 있겠습니까?"

연청이 눈물을 닦으며 다짐했다. 그에게도 무슨 불길한 예감이 있음에 틀림없었다.

집안사람들과 작별을 한 노준의는 평소 잘 쓰는 무기인 곤봉을 챙겨 들고 성문을 나왔다. 얼마를 더 가니 전날 수레와 함께 먼저 나가 있던 이고가 그런 노준의를 맞았다. 노준의가 이고에게 말했다.

"너는 일꾼 둘을 데리고 먼저 떠나거라. 가다가 깨끗한 주막이 있거든 음식들을 미리 시켜 놓고 수레와 일꾼들이 그곳에 이르는 대로 먹을 수 있도록 해라. 그래야만 길을 지체함이 없을 것이다."

그 말에 이고는 일꾼 둘과 함께 먼저 떠나갔다. 노준의는 남은 일꾼들과 함께 짐 실은 수레들을 이끌고 천천히 따라갔다. 한참을 가다 보니 산은 곱고 물은 맑으며 길은 평평한 게 기분이 매우 상쾌했다.

"만약 집구석에 처박혀 있었다면 어떻게 이 좋은 경치를 볼 수 있었겠느냐!"

노준의는 그렇게 감탄하고 수레와 일꾼들을 이끌며 나아갔다. 사십리 남짓을 가니 이고가 나와 노준의를 맞았다. 미리 시킨 대로 그곳의 깨끗한 주막에서 점심을 마치자 이고는 다시 두 일꾼과 함께 먼저 길을 떠났다. 노준의는 한참 뒤에야 수레와 일꾼들을 데리고 그 주막을 떠났다.

다시 사오십 리를 가자 주막이 하나 나오고 이고가 그 앞에서 노준의를 비롯한 사람들과 수레를 맞아들였다. 이미 날이 저물어 와 이번에는 먹는 일뿐 아니라 자는 것까지 그 주막에 의지하게 되었다. 노준의는 자기 거처로 정해진 방 안에 들자 곤봉을 기대 놓고 허리에 찬 칼을 풀었다. 전립을 벗고 겉옷을 풀어 젖히니 한결 몸이 편해졌다.

그 주막에서 하룻밤을 쉰 노준의 일행은 다음 날 아침 일찍 일어났다. 아침밥을 지어 나누어 먹고 수레를 돌아본 뒤 또 전날처럼 길을 떠났다.

낮에는 걷고 밤에는 쉬며 걷기를 여러 날 한 뒤였다. 어떤 주막에서 하룻밤을 쉬고 아침 일찍 떠나려는데 주막의 일꾼 놈이 노준의에게 일러 주었다.

"나리, 저희 주막을 떠나면 이십 리도 안 되어 양산박 어귀를 지나게 됩니다. 산채의 송공명 대왕은 비록 오가는 나그네를 해치지 않는다고는 하지만 되도록이면 빨리 지나가시는 게 좋을 겝니다. 자칫 놀라운 일을 당할지도 모르니까요."

그러나 노준의는 별로 놀라거나 겁내는 기색이 없었다.

"그런가?"

하더니 그 자리에서 시중드는 일꾼 하나를 불러 옷상자를 열고 보따리 하나를 꺼내게 했다. 보따리 안에는 네 폭의 흰 비단 깃발이 싸여 있었다. 주막 일꾼 놈에게 긴 대나무 가지 네 개를 가져오게 한 노준의는 그 가지마다 깃발 하나씩을 걸게 했다.

깃발 하나하나에는 저마다 다른 글귀가 쓰여 한 편의 시구를 이루고 있었다.

　　북경의 노준의 뜻한 바 있어
　　금은보화를 싣고 와 엿보노라
　　끌고 온 큰 수레 빈 채로는 돌아가지 않으리
　　이 산을 쳐다보니 값진 물건이 많을 듯하구나

이고는 물론 따르는 일꾼이며 마부, 주막 머슴 놈이 그 글을 보고 똑같이 괴로운 신음을 내뱉었다.

"나리, 혹시 산 위 송 대왕과 가까이 지내는 사인 아니신지요?"

주막 머슴 놈이 머리를 갸웃거리다가 그렇게 노준의에게 물었다.

옥기린, 양산박에 떨어지다

"나는 북경의 큰 장사꾼이오. 저것들은 풀숲에 든 도둑 떼인데, 어찌 친할 리 있겠느냐? 오히려 이번에 나는 특히 송강이란 놈을 잡으러 왔다!"

노준의가 눈도 깜짝 않고 대답했다. 주막 머슴 놈이 놀란 소리를 내질렀다.

"어이쿠 나리, 그 무슨 말씀이십니까? 제발 이놈에게 해가 끼치지 않도록 해 주십시오. 양산박이 어떤 덴 줄 알기나 아십니까? 만 명의 사람을 데려왔다 해도 얼씬하기 어려운 곳입니다요!"

"헛소리 마라. 뭐라 하든 저놈들은 도둑 떼에 지나지 않는다."

노준의가 차갑게 말을 받았다. 주막 머슴 놈은 혹시라도 자신에게 불똥이 튈까 두려워 귀를 막고 달아나고 노준의를 따라온

172

일꾼들과 마부들도 얼이 빠진 듯 주인을 바라보기만 했다.

이고가 문득 노준의 앞에 나가 무릎을 꿇으며 빌었다.

"주인어른, 이 사람들을 불쌍히 여겨 주십시오. 목숨이라도 붙여 집으로 돌아갈 수 있게 해 주신다면 나천대초(羅天大醮, 죽은 이의 복을 빌어 주는 도교의 큰 제사)를 차려 주시는 것보다 더 고맙겠습니다."

노준의가 성이 나 큰 소리로 꾸짖었다.

"네가 뭘 안다고 떠드느냐? 참새나 제비 같은 것들이 어떻게 황새의 큰 뜻을 안다고! 난 평생 무예를 익혔지만 한 번도 적수를 만난 적이 없다. 오늘 다행히 그런 기회를 만났으니 이 기회 말고 또 어느 때를 기다리겠느냐? 내 수레에 있는 자루에 담긴 것은 장사에 쓸 물건이 아니고 삼으로 꼰 밧줄이다. 저놈들을 모조리 잡아 묶어 수레에 싣고 그 우두머리는 도성으로 끌고 가 상을 청하려 한다. 이는 바로 평소 내가 마음으로 원했던 바이니 네놈들 중에서 한 놈이라도 가지 않겠다고 하는 놈이 있다면 네놈들부터 죽이겠다!"

그러고는 앞세운 네 대의 수레에다 그 비단 깃발 네 개를 꽂게 했다. 노준의가 나머지 여섯 대의 수레로 하여금 그 뒤를 따르게 하자 일꾼들과 마부는 죽는 시늉을 하면서도 그 명을 좇지 않을 수 없었다.

노준의는 박도를 꺼내 무기로 쓰는 막대 끝에 단단하게 묶어 들고 수레와 사람들을 몰아 앞으로 나아갔다. 길은 오래잖아 양산박으로 접어들었다. 노준의를 따르는 사람들이 보니 산길은 험해 한 발짝 한 발짝 옮기기가 겁날 지경이었다. 노준의가 그런 일꾼들을 닦달해 앞으로 내몰았다. 사시 무렵이 되자 멀리 굵은 나무들이 빽빽이 얽혀 있는 큰 숲이 보였다.

노준의 일행이 그 숲가에 이르렀을 때였다. 갑자기 한 소리 휘파람이 들려왔다. 앞서 가던 이고와 두 일꾼이 어찌할 줄 몰라 벌벌 떨었다. 그래도 노준의는 겁내는 기색 없이 수레와 일꾼들을 몰아 계속 밀고 나갔다. 일꾼과 마부들 또한 벌벌 떨며 수레 뒤로 몸을 숨기기에 바빴다. 노준의가 그런 일꾼들의 기운을 돋 워 주듯 소리쳤다.

"내가 쓰러뜨리거든 너희들은 묶기만 해라."

그런데 미처 그 말이 끝나기도 전이었다. 갑자기 숲속에서 사오백 명의 졸개들이 뛰어나왔다. 이어 뒤쪽에서도 징 소리가 들리더니 또 사오백 명의 졸개들이 길을 끊는 것이었다. 하지만 더욱 놀라운 것은 한 소리 포향과 함께 땅에서 솟아오르듯 뛰쳐나온 도적 떼의 우두머리 한 명이었다.

시커멓고 큰 몸집에 양손에는 넓적한 도끼 하나씩을 갈라 쥐고 나타난 그가 노준의를 보고 크게 외쳤다.

"노 원외! 이 벙어리 도동(道童)을 알아보시겠소?"

노준의가 보니 얼마 전 점쟁이를 따라왔던 바로 그 벙어리 도동이었다. 그제야 노준의는 속은 걸 알았으나 기가 죽기 싫어 맞받아 소리쳤다.

"내 원래 너희 도둑 떼들을 잡으려 하였더니라. 이번에 특히 이렇게 왔으니 얼른 송강에게 알려 항복하라고 일러라. 어리석은 생각에 매달려 뻗대다가는 한 놈도 살아남지 못하리라!"

이규가 껄껄 웃으며 말했다.

"노 원외, 당신은 이미 우리 군사께서 정해 놓은 명운대로 되게 되었소. 어서 와서 두령의 높은 의자에나 앉도록 하시지!"

그 말에 노준의는 불같이 성이 났다. 손에 들고 있던 박도를 휘둘러 이규에게 덤벼들었다.

이규도 지지 않고 쌍도끼를 휘둘러 노준의에게 맞섰다. 그러나 둘이 어울린 지 채 삼 합이 되기도 전에 이규가 돌연 몸을 날려 싸움터를 벗어나더니 숲속을 향해 달아나기 시작했다. 노준의가 박도를 움켜쥐고 그런 이규를 뒤쫓았다. 이규는 숲속 나무 사이를 요리조리 피해 다니면서 노준의를 약 올려 한 발짝 한 발짝 숲속 깊이 끌어들였다.

이윽고 이규가 갑자기 소나무 숲 사이로 사라져 버렸다. 뒤따라온 노준의는 숲속을 아무리 살펴도 누구 하나 찾을 수 없자 비로소 몸을 돌렸다. 그때 소나무 숲에서 또 한 떼의 무리가 쏟아져 나오며 앞장선 호걸이 소리쳤다.

"원외는 달아나지 마시오. 어렵게 이곳까지 오셔 놓고 나를 알아보지 못하시겠소?"

그 말에 노준의가 살펴보니 소리친 사람은 크고 뚱뚱한 스님이었다. 몸에는 검은 승복을 입고 쇠로 된 선장을 움켜쥐고 있는 게 예사로워 보이지 않았다. 그래도 노준의는 겁내지 않고 꾸짖었다.

"너는 어디서 온 중놈이냐?"

"나는 바로 화화상 노지심이오. 이번에 군사의 명을 받들어 어려움에 빠진 원외를 맞으러 왔소."

노지심의 그 같은 대답에 노준의는 더욱 화가 났다. 더 길게 이야기할 것도 없이 욕설부터 퍼부었다.

"이 머리 까진 당나귀 놈아, 네놈이 어찌 이리 함부로 날뛰느냐!"

그러고는 대뜸 박도를 휘둘러 노지심을 덮쳐 갔다. 노지심도 선장을 휘둘러 맞섰다. 그러나 노지심에게는 길게 싸울 생각이 있는 것 같지 않았다. 맞부딪기를 세 합도 하기 전에 노지심이 선장을 휘둘러 노준의의 박도를 퉁겨 내더니 그대로 몸을 돌려 달아났다. 노준의는 또 그런 노지심을 뒤쫓았다. 한참을 뒤쫓는데 이번에는 졸개들 중에서 행자 무송이 불쑥 튀어나왔다. 무송이 두 자루 계도를 휘둘러 노준의에게 다가들며 소리쳤다.

"원외, 원외께서는 나를 따라오시오. 한 방울도 피를 흘려서는 아니 되오."

이에 노준의는 노지심을 버려 두고 무송과 맞붙었다. 무송 또한 길게 싸울 뜻은 없는 듯했다. 앞서의 두 사람처럼 삼 합도 싸우기 전에 몸을 돌려 달아났다. 그제야 노준의가 크게 소리 내어 비웃으며 말했다.

"뒤쫓지 않을 테니 급히 달아날 것 없다. 너희 같은 놈들과 다투어 무엇하겠느냐!"

그때 다시 산비탈 아래서 한 사람이 노준의를 향해 소리쳤다.

"노 원외, 함부로 큰소리치지 마시오. 사람은 끓는 물에 떨어지는 걸 겁내고 쇠는 쇠 녹이는 가마에 던져지는 걸 겁낸다는 말도 듣지 못하셨소? 모든 계책은 이미 군사께서 정해 놓은 바이니 노 원외는 거기에 떨어질 팔자요. 오히려 원외나 달아날 생각을 마 시오."

"네놈은 누구냐?"

노준의가 소리 나는 쪽을 향해 큰 소리로 물었다. 그 사람이 빙긋 웃으며 대답했다.

"나는 적발귀 유당이라 하오."

별로 들어 보지 못한 이름에 노준의는 다시 울컥 성이 났다.

"이 하찮은 도적놈아, 네놈이야말로 달아나지 마라."

그러고는 손에 든 박도를 휘두르며 이번에는 유당을 덮쳤다. 싸움이 겨우 삼 합이나 어우러졌을까 싶을 때 다시 비탈 쪽에서 어떤 사람이 소리쳤다.

"이보시오, 원외. 몰차란 목홍이 여기 있소."

그러고는 대뜸 달려와 유당을 거들었다. 싸움은 이내 유당과 목홍이 노준의 하나를 상대하는 꼴이 되었다. 그러나 노준의의 어려움은 그걸로 그치지 않았다. 얼마 싸우기도 전에 다시 등 뒤 에서 적의 발자국 소리가 들려왔기 때문이었다.

"받아라!"

노준의가 그 같은 외침과 함께 매서운 칼질로 유당과 목홍을 몇 발짝 물러나게 한 뒤 뒤를 돌아보았다. 노준의의 등 뒤에 나 타난 것은 박천조 이응이었다.

유당, 목홍, 이응은 세 방향에서 노준의를 둘러싸고 공격했다.

그러나 노준의는 조금도 당황하는 기색이 없었다. 시간이 지날수록 더 거세게 살아나는 기세로 싸우는데, 발걸음 한번 흐트러지지 않았다. 얼마나 싸웠을까, 다시 산 위에서 한 소리 징 소리가 나자 세 두령은 짐짓 힘이 달리는 척하며 몸을 돌려 달아나기 시작했다.

그때쯤은 노준의도 온몸이 땀에 흠뻑 젖어 있을 만큼 지쳐 있었다. 그들 세 두령을 뒤쫓을 생각은 못하고 숲을 빠져나와 수레와 일꾼들을 찾아보기로 했다. 그러나 열 대가 넘는 큰 수레와 수십 명의 일꾼들은 하나도 눈에 뜨이지 않았다. 그제야 당황한 노준의는 높은 곳에 올라가 사방을 살펴보았다. 멀리 산발치에 한 떼의 도둑들이 수레와 일꾼들을 끌고 가는 게 보였다. 징과 북을 울리며 소나무 숲속으로 들어가는 기세가 매우 당당했다.

그걸 본 노준의는 어찌나 화가 나는지 코에서 연기가 뿜어 나오는 듯했다. 박도를 움켜잡기 바쁘게 그쪽을 향해 내달았다. 그런데 미처 산발치에 이르기도 전에 다시 두 명의 호걸이 길을 막았다.

"어딜 가려고 하시오?"

그렇게 소리치는 둘 중의 하나는 미염공 주동이었고 다른 하나는 삽시호 뇌횡이었다. 화가 나 눈에 뵈는 게 없어진 노준의가 소리 높여 꾸짖었다.

"이 더러운 도둑놈들아, 어서 빨리 수레와 사람들을 내게 돌려다오!"

그러자 주동이 긴 수염을 쓰다듬으며 껄껄 웃었다.

"노 원외, 어찌도 그리 눈이 어두우시오? 우리 군사께서는 늘상 말씀하셨소. 별이 떨어지는 법은 있어도 별이 날아오르는 법은 없다고……. 일이 이쯤 되었으면 이제 그만 두령의 자리에 앉으시는 게 어떻소?"

그 말에 노준의는 더욱 성이 났다. 대꾸도 않고 박도를 휘둘러두 사람을 덮쳐 갔다. 주동과 뇌횡도 각기 손에 들고 있던 무기로 그런 노준의를 맞았다. 그러나 그 두 사람도 오래 싸우지는 않았다. 역시 세 합을 넘기기도 전에 몸을 돌려 달아났다.

'저놈들 중에 한 놈을 잡아 수레하고 바꾸자고 해야지.'

노준의는 속으로 그렇게 마음을 정한 뒤 목숨을 내던지듯 그들을 뒤쫓았다. 하지만 한 군데 산굽이를 돌자 그 둘은 어디로 갔는지 자취는 찾을 길 없고 다만 산 위에서 북소리만 들릴 뿐이었다. 노준의가 소리 나는 곳을 올려다보니 누런 깃발 하나가 바람에 펄럭이는데, 그 깃발에는 '체천행도(替天行道, 하늘을 대신해 도를 행한다.)' 넉 자가 수놓아져 있었다.

노준의는 다시 눈길을 돌려 그 깃발 아래를 살펴보았다. 거기에는 금실로 수놓은 비단 일산 아래 송강이 앉아 있고 왼쪽으로는 오용이, 오른쪽으로는 공손승이 육칠십 명의 졸개들과 함께벌려 서 있었다.

"노 원외, 그간 별고 없으시었소?"

산 위에서 그 같은 은근한 소리로 말을 걸어 왔다. 그러나 듣는 노준의 쪽으로는 화가 나다 못해 속이 터질 지경이었다. 손가락으로 그쪽을 가리키며 앞뒤 없는 욕설만 퍼부어 댔다. 산 위에 있던 오용이 점잖게 그런 노준의의 욕설을 받았다.

"원외 어른, 잠시만 노기를 가라앉히시지요. 우리 송공명 형님께서는 오래전부터 원외의 위엄을 사모하여 오다가 특히 이 오아무개를 시켜 원외를 산 위로 모셔 오신 것이오. 함께 하늘을 대신하여 의로운 일을 하자는 뜻이니 달리 생각지는 말아 주시오."

그래도 노준의의 귀에는 그 말이 들어오지 않았다. 성난 대로 욕만 해 댈 뿐이었다.

"이 나쁜 도적놈아, 네놈이 감히 나를 속이다니."

그때 송강의 등 뒤에서 소이광 화영이 나오더니 시위에 화살을 올려 노준의를 겨누며 소리쳤다.

"노 원외, 헛수고 마시고 먼저 이 화영의 활 솜씨나 보아 주시오."

그리고 활시위를 놓자 화살 한 대가 날아와 노원외의 전립에 묶인 붉은 끈을 끊어 놓았다. 그 무서운 활 솜씨에 그제야 노준의는 정신이 휙 돌아왔다. 더 욕을 퍼부어 댈 엄두를 못 내고 몸을 돌려 달아났다.

노준의가 달아나는 걸 보고 산 위에서 북소리가 땅을 뒤집을 듯 요란해졌다. 그 북소리가 무슨 신호라도 되는지 먼 산 동쪽에서 벽력화 진명과 표자두 임충이 이끄는 인마가 함성도 드높게 깃발을 휘두르며 뛰쳐나왔다. 이어 산 서쪽에서도 쌍편 호연작과 금창수 서령이 이끄는 한 떼의 인마가 역시 함성을 내지르며 달려 나왔다.

기세가 꺾인 노준의는 달아나려야 달아날 길이 없었다. 날은 점점 어두워 오고 다리는 아픈 데다 배도 고팠다. 그야말로 어찌할 줄 몰라 하며 좁은 산길을 따라 무턱대고 내달았다.

곧 노을이 지고 안개가 깔리더니 날이 어두워졌다. 달은 작고 별만 총총해 잘 분간이 안 되는 길로 내닫다 보니 땅 끝인지 하늘 끝인지 모를 곳에 이르렀다. 겨우 한숨을 돌린 노준의는 그제야 정신을 차려 사방을 돌아보았다. 두 눈 가득 들어오는 갈대꽃 너머로 망망한 호수가 펼쳐져 있었다. 노준의는 하늘을 우러러보며 길게 탄식했다.

"내 남의 말을 듣지 않다가 오늘 이 같은 화를 당하는구나!"

그때 갈대숲 안에서 고기잡이 등불 하나가 어른거리더니 작은 배 한 척이 저어 나왔다. 그 배에 기대선 고기잡이 사내가 노준의를 보고 놀란 듯 소리쳤다.

"나리께서는 정말 간도 크시구려! 이곳은 양산박 패거리가 나타나는 곳입니다요. 이 깊은 밤에 무슨 일로 예까지 오셨습니까?"

너무도 천연덕스레 걸어오는 말이라 한창 어려운 처지에 빠져 있던 노준의는 반갑게 받았다.

"내가 그만 길을 잃어 이리되었소. 잘 곳조차 구하지 못하고 헤매는 중이나 나를 구해 주시면 그보다 더 고마운 일이 없겠소."

"이 굽이를 돌면 제법 큰 고을이 나오기는 합니다만 길이 여기서 삼십 리나 됩지요. 게다가 길이 몹시 꼬여 있어 찾기도 아주 어렵구요. 하지만 물길로 가면 오 리도 채 안 됩니다. 나리께서 돈 열 관만 내리신다면 제가 이 배로 모시겠습니다."

뱃삯치고는 좀 과했으나 그 때문에 노준의는 오히려 갑작스레 나타난 그 고기잡이에 대한 의심을 키울 틈이 없었다. 얼른 그가 하는 말을 받아들였다.

"만약 이 물을 건너 그 마을의 객점까지 데려다 주기만 한다면 그보다 더 많은 은자를 줄 수도 있소."

그러자 그 고기잡이 사내는 배를 물가에 대고 노준의를 태웠다.

사내가 삿대로 밀어 다시 물에 뜬 배가 한 서너 마장이나 갔을까, 문득 건너편 갈대숲에서 다시 작은 배 한 척이 나는 듯 저어왔다. 다가오는 그 배에는 두 사내가 타고 있었다. 앞에 선 사내는 벌겋게 벗어부친 몸에 긴 나무 삿대를 짚고 있었고, 뒤에 선 사내는 부지런히 노를 젓는 중이었다. 앞쪽에 나와 선 사내가 삿대를 비스듬히 잡더니 갑자기 소리 높여 노래하기 시작했다.

영웅은 시서(詩書) 읽기를 즐기지 않고
다만 양산박에 모여 지내기만을 바라네
활과 덫을 마련해 사나운 호랑이를 잡고
향기로운 미끼를 갖춰 자라와 고기를 낚으려 하네

그 노래를 들은 노준의는 속으로 뜨끔했다. 노래 가사로 보아 양산박 패거리임이 틀림없는 듯했기 때문이었다. 하지만 놀랄 일은 그뿐만이 아니었다. 다시 왼편 갈대숲에서 작은 배 한 척이 저어 나오는데 그 배에도 두 사내가 타고 있다가 그중에 하나가 소리 높이 노래했다.

비록 막돼먹은 이 몸이라지만
처음부터 사람 죽이려 나선 도둑은 아니라네
손은 가슴의 청표자(靑豹子)를 두드려도
눈은 배 안의 옥기린(玉麒麟)을 노린다네

　바로 자신의 별명까지 들먹이는 게 결코 우연히 나타난 것 같지 않았다. 노준의가 속으로 괴로운 신음을 삼키고 있는데 다시 세 번째 배가 나타났다.
　세 번째 배에도 뱃머리에 한 사내가 쇠로 된 삿대를 비껴들고 서서 어디서 많이 들은 듯한 가사를 노래로 불러 젖혔다.

갈대꽃 핀 물가에 뜬 배 한 척
뛰어난 호걸이 저물녘을 혼자 노니네
의로움 다한 곳 원래가 운명이라
재난에서 달아나니 오히려 근심 없으리

　노준의가 가만히 들어 보니 바로 가짜 점쟁이가 자기 집 벽에 써놓게 한 그 점괘였다. 그제야 노준의는 덫에 걸려도 단단히 걸렸음을 깨닫고 다시 한번 이를 사리물었다.
　노래를 끝낸 세 척의 배는 저희끼리 무어라고 두런거리더니 한꺼번에 노준의가 탄 배를 향해 몰려들었다. 가운데 배에 타고 노래를 부른 사람은 바로 완소이였고, 왼쪽 배는 완소오, 오른쪽 배는 완소칠이었다.

노준의는 자신이 물에 익숙하지 못함을 잘 아는 터라 급한 소리로 고기잡이 사내만을 재촉했다.

"어서 빨리 나를 물가에 내려 주시오."

그러자 그 고기잡이 사내가 껄껄 웃으며 노준의를 보고 말했다.

"위로는 푸른 하늘이요, 아래로는 깊은 물이로다. 나는 심양강에서 태어나 양산박에 든 사람이외다. 열 번 죽인대도 갈지 않을 성과 이름을 가졌으니 별명 혼강룡에, 이름 이준이 바로 이 사람이오. 원외께서는 이만 항복하시오. 자칫하면 목숨을 잃으리다."

그 말을 들은 노준의는 깜짝 놀랐다. 그제야 처음부터 속아 온 걸 알고 후회했지만 이미 때는 늦은 뒤였다. 그러나 노준의는 아직도 항복할 마음까지는 없었다.

"죽을 놈은 내가 아니고 바로 너다!"

그렇게 소리치며 대뜸 박도를 집어 들고 이준의 가슴을 찔렀다. 이준은 노준의가 덤비는 걸 보자 들고 있던 노를 집어던지고 몸을 뒤집어 물속으로 뛰어들었다.

배 위에 홀로 남겨진 노준의는 치켜든 박도로 헛되이 물속을 찔러 보았으나 이미 이준의 자취는 보이지 않았다. 노준의가 어쩔 줄 몰라 하며 물속을 들여다보고 있을 때 어떤 사람이 배꼬리 쪽 물속에서 솟아오르며 외쳤다.

"나는 낭리백조 장순이오."

그리고 말을 끝내기 바쁘게 뱃전을 잡더니 그대로 배를 뒤집어 버렸다. 노준의는 비록 무예에는 능해도 물질에는 어두웠다. 장순이 배를 뒤집어 버리자 그대로 물에 떨어져 허우적거리기만

했다. 장순은 그런 노준의를 물속에서 잡아 낚아채 물가 언덕으로 끌고 갔다. 언덕에는 이미 곳곳에 횃불이 켜져 있고 오륙십 명이나 되는 사람들이 몰려 기다리고 있었다. 장순이 이미 여러 번 골탕을 먹여 축 늘어지다시피 한 노준의를 이끌고 언덕 위로 오르자 사람들이 우르르 달려들어 노준의를 에워쌌다. 그들은 먼저 노준의가 허리에 찬 칼을 빼앗고 흠뻑 젖은 옷을 벗기더니 밧줄로 묶으려 들었다. 그때 신행태보 대종이 달려와 큰 소리로 외쳤다.

"노 원외의 귀한 몸을 함부로 다치게 하지 말라!"

이어 또 한 사람이 수놓은 비단옷을 가져와 노준의에게 입히고 여덟 명의 졸개가 가마 한 채를 메고 와 노준의를 태웠다.

노준의가 겨우 정신을 차려 살펴보니 저만치 수십 대의 붉은 비단으로 가린 등이 켜져 있고 그 불빛 아래 한 떼의 인마가 서서 북을 울리며 마중을 나와 있었다. 앞선 사람은 송강과 오용, 공손승이요, 그들을 둘러싸고 있는 것도 모두가 양산박의 두령들이었다.

송강을 비롯한 양산박의 두령들은 가마가 다가오는 걸 보고 일제히 말에서 내렸다. 노준의도 황망히 가마를 나왔다. 그런 노준의 앞에 송강이 먼저 무릎을 꿇고 뒤따르던 두령들도 모두 송강처럼 했다.

그 뜻 아니한 응대에 노준의도 그냥 있을 수가 없었다. 역시 마주 무릎을 꿇으며 침울하게 말했다.

"나는 이미 사로잡힌 몸이오. 어서 죽여 주시오."

송강이 빙긋 웃으며 그 말을 받았다.

"원외께서는 어서 가마에 오르기나 하시오."

그렇게 되니 노준의도 그 말을 따르는 수밖에 없었다. 노준의가 가마에 오르자 두령들도 일제히 말에 올라 산 위로 향했다. 지나는 관문마다 흥겨운 가락으로 맞아들이는 가운데 일행은 어느새 충의당에 이르렀다. 말에서 내린 송강은 노준의를 대청으로 부축해 올렸다. 대청 안에는 초와 등불이 환히 밝혀 있었다. 송강이 비로소 죄스러운 듯 노준의를 보고 말했다.

"저는 오래전부터 원외의 크신 이름을 우레처럼 들어 왔습니다. 오늘 다행히 만나 뵙게 되었으니 평생에 더한 영광이 없습니다. 혹시라도 우리 형제들이 욕되게 한 것이 있다면 그저 엎드려 용서를 빌 뿐입니다."

"제가 얼마 전 형님의 명을 받들고 원외 댁을 찾아갔던 오 아무개입니다. 거짓 점괘로 원외를 속여 이리 모셔 온 것은 뭉쳐 하늘을 대신해 올바른 일을 해 보자는 뜻에서였습니다."

오용도 노준의 앞으로 나아가 사죄 비슷이 말했다. 이미 그 지경에 이른 노준의라 더는 성내고 자시고 할 것이 없었다. 어두운 얼굴로 말없이 서 있는데 송강이 다시 노준의를 맨 윗자리에 앉도록 권해 왔다. 그제야 노준의가 크게 웃으며 뱃심 좋게 말했다.

"이 노 아무개는 집 안에 있을 때도 죽을죄를 지은 적이 없었소. 그러나 오늘 여기 이르고 보니 살기를 바랄 수도 없겠구려. 죽이려면 어서 죽일 일이지 어찌하여 사람을 이리 놀리는 거요."

송강을 비롯한 두령들이 자신을 놀리는 줄 알고 뻗대 본 셈이었다. 송강이 가만히 웃으며 부드럽게 그 말을 받았다.

"저희가 어찌 감히 귀한 분을 놀리려 들겠습니까? 원외 어른의 높은 덕을 사모한 지 하루이틀이 아니라 이렇게 계책을 꾸며 보았습니다. 원외를 산채로 모셔 주인으로 받들고 그 명을 따르는 게 저희들의 간절한 바람이었을 뿐입니다."

"그런 소리 마시오. 이 노준의는 죽기는 쉬워도 남 앞에 몸을 굽히지는 않을 것이오."

여전히 송강의 말을 믿지 못한 노준의가 그렇게 뻣뻣이 받았다. 오용이 곁에서 송강의 지나친 서두름을 막았다.

"그 일은 내일 다시 의논하시지요."

그렇게 말하고는 노준의를 미리 차려 둔 술상 앞으로 이끌었다.

이미 사로잡힌 몸이라 노준의는 어쩌는 수가 없었다. 말없이 술자리에 앉아 권하는 대로 몇 잔을 받아 마셨다. 이윽고 졸개들이 노준의를 뒤채 깨끗한 방으로 안내해 그날 밤을 쉬게 했다.

다음 날이 밝았다. 송강은 소와 말을 잡아 크게 잔치를 열고 노준의를 청했다. 노준의가 마지못해 나가자 송강은 억지로 가운데 자리에 그를 앉히고 술을 권했다. 몇 차례 술잔이 돈 뒤 송강이 몸을 일으켜 따로이 술 한 잔을 올리며 말했다.

"간밤에는 여러 가지로 괴로움을 많이 끼쳐 드렸습니다. 부디 너그럽게 보아주십시오. 그리고 한 가지 청하는 바는 이 송강의 자리를 받아 주십사 하는 것입니다. 우리 산채가 비록 좁고 보잘 것없으나 충의(忠義) 두 글자에 의지해 마다하지 않으시면 그보다 더한 기쁨이 없겠습니다."

그제야 노준의도 송강이 그저 해 보는 소리가 아님을 깨달았다. 황망히 손을 내저으며 송강의 말을 받았다.

"그 무슨 말씀이오? 두령께서는 잘못 생각하셨소이다. 이 노아무개는 한 몸에 지은 죄가 없을뿐더러 한 집안을 거느린 몸이오. 살아서는 대송(大宋)의 사람이요, 죽어서도 대송의 귀신이 될 뿐이외다. 만약 충의 두 글자를 내걸지 않는다면 오늘 이 자리에서 술 한잔을 할 수는 있겠으나 충의를 내세운다면 설령 목숨을 잃는다 해도 더는 이 자리에 앉아 있을 수가 없소!"

노준의의 완강한 대답을 듣고 있던 오용이 다시 끼어들었다.

"원외께서 이미 허락하지 않으시는데 어떻게 억지로 권할 수야 있겠습니까? 원외의 몸은 잡아 둘 수 있다 해도 마음까지는 잡아 둘 수가 없을 겁니다. 하지만 이곳의 여러 형제들은 원외께서 어렵게 오셨으니 우리와 함께 일하지는 않으시더라도 며칠간만 묵어 가시기를 바라고들 있습니다. 이 청만 들어주시면 그 뒤에는 반드시 무사히 댁으로 돌려보내 드리겠습니다."

"두령께서 이미 나를 잡아 두려 하심이 아니라면 어찌하여 내려보내 주지 않으시오? 집안사람들이 소식을 몰라 걱정할까 두렵소이다."

노준의는 오용의 말조차 선뜻 들어주려 하지 않고 그렇게 받았다. 오용이 여전히 좋은 말로 달랬다.

"그 일이야 어렵지 않습니다. 먼저 이고와 수레들을 돌려보낸다면 원외께서 이곳에 며칠 머무신다 한들 안 될 게 무어 있겠습니까?"

오용은 노준의에게 그렇게 말해 놓고 그 자리에 와 있던 이고를 불러 물었다.

"당신네 수레며 짐이 모두 있소?"

"없어진 건 하나도 없습니다."

이고가 겁먹은 얼굴로 그렇게 대답했다. 그러자 송강은 노준의의 대답을 기다리지도 않고 졸개들에게 소리쳐 금은을 내오게 했다. 이고에게는 큰 은덩이 둘을 주고 그를 따르는 일꾼들에게는 작은 은덩이 둘을 주었으며 그 밖에 열 명의 마부와 일꾼들에게 모두 백은 열 냥씩을 주었다.

일이 그렇게 되자 노준의는 오용의 청까지 거절하지는 못했다. 은덩이를 얻고 기뻐하며 돌아가는 이고에게 그저 당부할 뿐이었다.

"내 괴로움은 네가 잘 알 것이다. 집으로 돌아가거든 마님께 너무 걱정하지 말라 하여라. 죽지 않는다면 반드시 돌아갈 것이다."

"산채의 두령들께서 이렇게 주인어른을 생각해 주시니 무어 걱정할 게 있겠습니까? 두 달을 이곳에서 묵는다 한들 아무런 일도 없을 겝니다."

이고는 그렇게 노준의를 위로하고 충의당을 나갔다. 왠지 꺼림칙해하는 노준의의 속마음을 읽은 듯이 오용이 다가와 말했다.

"원외께서는 안심하고 앉아 기다리십시오. 제가 나가서 이 도관이 산을 내려가는 걸 돌봐 주고 돌아오겠습니다."

그러고는 말에 올라 금사탄으로 내려갔다.

오래잖아 챙길 것 다 챙긴 이고와 일꾼들이 금사탄에 이르렀다. 오용은 먼저 오백 명의 졸개들로 하여금 그들을 에워싸게 한 뒤 버드나무 그늘에 앉아 이고를 따로 불렀다.

"당신네 주인과 우리가 의논이 잘 맞으면 당신네 주인은 이곳의 둘째가는 두령이 될 것이오. 이것은 이미 산에 오를 때 당신 주인이 집 안의 벽에 써 놓은 대로외다. 그 네 구절에는 구절마다 맨 앞에 한 자씩 뜻있는 말이 들어 있는데 내가 풀어 주면 이렇소. 첫 구절 '갈대꽃 핀 물가에 뜬 배 한 척[蘆花灘上有扁舟]'에서 갈대꽃[蘆]은 노(盧)와 같고, 둘째 구절 '뛰어난 호걸이 저물녘을 혼자 노니네[俊傑黃昏獨自游]'에서는 준(俊) 자가 나오며, 셋째 구절 '의로움 다한 곳 원래가 운명이라[義到盡頭原是命]'에서는 의[義]가 나오며, 넷째 구절 '재난에서 달아나니 반드시 근심 없으리[反躬逃難必無憂]'에서는 반(反) 자가 나오게 되오. 곧 '노준의반(盧俊義反)' 넉 자가 되니 이는 노준의가 반역한다는 뜻이 될 게요. 이리 되고 보면 오늘 당신 주인이 우리 산채에 어찌하여 오게 되었는지 알겠소? 원래는 당신네들을 모두 죽여 이 말이 밖으로 새 나가는 걸 막으려 했으나 일이 잘 풀려 당신들은 살아가게 된 거요. 우리가 일부러 놓아주는 것이니 도성으로 돌아가거든 주인이 결코 돌아오지 않을 것이라고 널리 알리시오."

오용을 믿을 수밖에 없는 이고는 그 말에 식은땀을 흘렸다. 오용은 노준의가 돌아갈 길마저 그렇게 끊어 버린 뒤에야 이고 일행을 양산박 밖으로 보내 주었다. 물을 건너자 이고를 비롯한 노준의의 일꾼들은 뒤도 돌아보지 않고 북경성으로 되돌아갔다.

오용은 아무런 내색 없이 충의당의 술자리로 돌아가 다시 술잔을 들었다. 그러나 노준의가 아직도 마음을 바꾸지 않아 술자리는 절로 무거워질 수밖에 없었다. 모두 말없이 잔을 기울이다가 밤이 깊어서야 흩어졌다.

다음 날이 되었다. 산채에서는 또 술자리가 벌어졌다. 노준의가 참지 못하고 나서서 말했다.

"여러 두령께서 나를 죽이지 않은 것은 고마우나 내게는 이곳의 하루가 일 년이나 다를 바 없소이다. 다른 별일이 없으면 오늘은 이만 떠났으면 하오."

그러자 송강이 좋은 말로 받았다.

"제가 비록 재주 없으나 이렇게 운 좋게 원외를 알게 되었는데, 어찌 그냥 보내 드릴 수 있겠습니까? 내일 한 상 조촐하게 술자리를 보아 마음을 털어놓고 한잔하고 싶으니 부디 이 간절한 청을 물리치지 마십시오."

송강이 그렇게 나오는 데는 노준의도 어쩌는 수가 없었다. 쓴 술잔을 들이켜며 산채에서 하루를 더 묵었다. 다음 날이 되자 송강은 전날의 말처럼 자신의 이름으로 잔치를 열어 노준의를 청했다. 하지만 노준의는 그다음 날도 양산박을 떠날 수가 없었다. 오용이 다시 제 이름으로 잔치를 벌여 노준의를 청해 왔기 때문이었다. 그다음 날은 또 공손승이 잔치를 열고 다음 날은 또 누가 하는 식으로 서른 명이 넘는 두령들이 매일같이 번갈아 잔치를 열어 노준의를 청해 댔다. 누구 잔치에는 가고 누구 잔치에는 아니 갈 수 없어 한바퀴를 돌다 보니 그사이 한 달이 지나 버렸다.

꾹 참고 있던 노준의도 그렇게 되자 더 견딜 수 없었다. 터질 듯한 속을 억누르며 떠나고 싶다는 뜻을 송강에게 전했다. 송강이 천연덕스레 받았다.

"원외를 이곳에 잡아 두려는 것도 아닌데 어찌 그리 급하게 돌아가려 하십니까? 내일 충의당에서 하찮은 술이나마 한잔 올리고 보내 드리도록 하지요."

이에 노준의는 하루를 더 참고 양산박에 머물렀다.

다음 날 송강은 정말로 노준의를 보내려는 듯이 작별의 술자리를 열었다.

그러나 다른 두령들이 문제였다. 아직 한 번도 노준의를 대접하지 못한 두령들이 모두 입을 모아 말했다.

"송강 형님도 원외 어른을 존경하지만 우리는 그보다 더합니다. 형님의 대접만 받고 떠나려 하시니 형님은 뭐고 우리는 또 뭐란 말이오!"

그중에서도 이규는 더했다. 그 질그릇 깨지는 것 같은 목소리로 외쳐 댔다.

"나는 이것저것을 다 참고 북경까지 가서 당신을 모셔 오지 않았소? 그런데 어찌하여 내 대접은 아니 받고 가신단 말이오? 나와 당신은 이미 한몸처럼 엮어졌는데 어찌 이럴 수가 있소?"

그러자 오학구가 빙긋이 웃으며 노준의를 보고 말했다.

"저렇게 모시기를 원하는 사람이 많으니 어찌하겠습니까? 하찮으나마 저들의 뜻을 받아들이시어 며칠 더 머물다 가시지요."

그렇게 되자 노준의는 또다시 주저앉는 수밖에 없었다. 이 두령 저 두령이 차린 잔치를 오가는 사이에 다시 네댓새가 지났다.

이제는 더 머뭇거릴 수가 없어 노준의도 마음을 굳게 먹고 떠날 채비를 했다.

노준의가 막 작별 인사를 하고 떠나려는데 신기군사 주무가 또 한 떼의 두령들을 데리고 충의당으로 올라와 말했다.

"우리가 비록 동생이기는 하나 이 산채를 위해 힘을 써 오기는 매한가지였소. 그런데 우리가 내는 술에는 독약이라도 들었단 말씀이오? 만일 노 원외께서 우리가 올리는 술을 받지 않으시겠다면 비록 내가 나서지 않는다 해도 여러 아우들이 가만히 있지 않을 것이오!"

이건 숫제 손님을 청하는 것이 아니라 협박이었다. 오용이 기다렸다는 듯 몸을 일으켜 그들을 말리는 척했다.

"자네들은 너무 그리 서운하게 생각하지 말게. 자네들과 내가 다시 원외께 며칠 더 머물러 달라고 한다면 안 될 게 뭐겠나? 옛말에도 술잔 들어 권하는 데는 나쁜 뜻이 있을 수 없다지 않는가?"

그렇게 해서 다시 노준의를 붙들었다.

집으로는 돌아가도

여럿의 청을 물리칠 수 없어 노준의는 다시 며칠을 더 머물렀다. 그리되고 보니 어느덧 양산박에 머문 지가 사오십 일이나 되었다. 북경을 떠난 지는 두 달이 훨씬 넘어 계절은 어느새 가을도 깊어 있었다.

이제는 더 참을 수 없게 된 노준의가 송강을 찾아보고 떠날 결심을 밝혔다. 송강도 더는 붙잡지 않았다.

"그리하십시오. 내일 금사탄까지 바래다드리겠습니다."

송강이 담담히 웃으며 그렇게 대답하자 노준의는 몹시 기뻤다. 다음 날이 새기 바쁘게 처음 올 때 입었던 옷과 병기를 갖춰 들고 떠나기를 서둘렀다. 여러 두령들이 산 아래까지 배웅을 나갔다. 송강이 한 쟁반의 금은을 내놓으며 노자에 보태 쓰라 일렀다.

노준의가 껄껄 웃으며 말했다.

"산채의 재물이 어떤 것인데 이 노 아무개가 함부로 받을 수가 있겠습니까? 돌아갈 노자는 넉넉합니다. 북경까지만 가면 남아도 소용없으니 그냥 두십시오."

이에 송강도 더는 권하지 않고 여러 두령들과 함께 금사탄까지 내려가 작별을 했다.

양산박을 떠난 노준의는 밤낮을 가리지 않고 걸음을 재촉해 집으로 돌아갔다. 열흘이 지나 북경성에 이르렀다. 그러나 벌써 날이 저물어 성안으로는 들어가지 못하고 성 밖의 객점에 들어 하룻밤을 묵게 되었다.

다음 날이었다. 노준의는 새벽같이 객점을 떠나 성안으로 들어갔다. 그런데 아직 성이 한 마장쯤 남은 길 위에서 마주 달려오는 사람이 하나 있었다. 찢어진 두건에 추레한 차림으로 맥을 놓고 걸어오던 그는 노준의를 보자마자 그대로 땅바닥에 엎드리며 목을 놓아 울었다. 노준의가 보니 그 사람은 다름 아닌 낭자 연청이었다.

"이거 소을(小乙) 아니냐? 네가 이 꼴로 웬일이냐?"

노준의가 놀라 물었다. 연청이 눈물을 훔치며 대답했다.

"이곳은 이야기하기에 마땅한 곳이 못 됩니다. 저리로 가시지요."

그러고는 노준의를 흙담 한쪽으로 끌고 갔다. 거기서 연청이 들려준 이야기는 실로 믿기지 않는 것뿐이었다.

"주인께서 떠나시고 보름도 안 되어 이고란 놈이 돌아왔더군요. 놈은 마님께 말하기를 주인께서는 양산박의 송강 밑으로 들어가 둘째 두령의 자리에 앉았다는 겁니다. 그러고는 그길로 관가에 달려가 그 일을 모두 고해바치더군요. 내가 보니 놈은 전부터 마님과 그렇고 그런 사이로 지낸 것 같았습니다. 놈은 거리낌 없이 마님과 한방을 쓰면서 저를 미워하더니 끝내는 알몸으로 성안에서 내쫓아 버리지 않겠습니까? 거기다가 친척이며 아는 사람들에게까지 으르기를, 만약 이 연청을 받아들이는 이가 있으면 그 사람까지도 관가에 잡혀갈 거라고 했습니다. 그러니 제가 어딜 가겠습니까? 성안에는 머물지를 못하고 성 밖으로 나와 며칠 동안 비렁뱅이로 버텼습니다. 이 몸이 달리 갈 곳이 없어서가 아니라 워낙에 주인님을 잘 알기 때문입니다. 주인님께서는 결코 도둑패에 떨어지지 않을 분이라는 걸 믿었기에 잠시 분을 참고 이곳에서 주인님을 기다린 것입니다. 주인님께서 정말로 양산박에서 오시는 길이라면 이놈의 말을 들어주십시오. 다시 양산박으로 돌아가셔서 그곳 사람들과 의논을 해 보시는 게 좋을 듯합니다. 이대로 성안으로 들어가셨다가는 반드시 이고란 놈의 그물에 떨어지고 말 겁니다."

그 말이 하도 믿기지 않아 노준의는 대뜸 연청을 꾸짖었다.

"내 안사람은 그런 사람이 아니다. 그런데 무슨 해괴한 소리냐?"

"주인께서 뒷머리에 눈이 없는데 어찌 뒤에서 일어난 일을 다 알 수 있겠습니까? 주인께서는 평소에 무예와 힘겨루기만 좋아할 뿐 여자를 가까이하지 않으셨지요. 제 보기에 마님께서는 이미 그전부터 이고와 사사로이 정을 통하고 있었음이 분명합니다. 그러다가 오늘 같은 일이 벌어지자 드러내 놓고 부부 행세를 하게 된 거지요. 그냥 돌아가시면 반드시 그것들의 독한 손에 당하고 말 겁니다."

연청이 조금도 움츠러드는 기색 없이 그렇게 받았다. 그래도 노준의는 믿지 못하고 연청만 꾸짖었다.

"내 집안은 북경에서 오 대째를 살아 모르는 사람이 없을 만큼 이름이 있다. 그런데 이고란 놈이 도대체 머리가 몇 개이기에 감히 그따위 짓을 한단 말이냐? 혹시 네가 무슨 못된 짓을 하고 도망쳐 와 거꾸로 나에게 거짓말하는 게 아니냐? 집에 돌아가 허실을 알아보고 만약 조금이라도 네 말에 거짓이 있을 때는 죽을 줄 알아라!"

노준의의 그 같은 소리에 연청은 다만 소리 내어 울 뿐이었다. 그러다가 노준의가 기어이 성안으로 들어가려 하자 그의 옷깃을 잡고 늘어졌다. 하지만 노준의는 아무래도 연청의 말을 믿을 수가 없었다. 한 발길질로 연청을 차 넘기고 성큼성큼 성안으로 들어갔다.

노준의가 집 안으로 들어가자 집 안의 여러 일꾼들이 깜짝 놀란 얼굴로 맞았다. 이고도 황망히 달려와 노준의를 대청 위 높은 자리로 안내하며 절을 올렸다. 모두가 전과 크게 다르지 않은 행동거지였다. 노준의가 그런 이고에게 가만히 물었다.

"연청은 어디 있는가?"

이고가 천연스레 대답했다.

"그 일이라면 묻지 마십시오, 주인님. 실로 한마디로 대답하기가 어렵습니다. 하도 어지러운 사연이 많아 우선 쉬신 뒤에 천천히 들으시는 게 좋을 겝니다."

그때 노준의의 아내 가씨가 병풍 뒤에서 울며 나왔다. 노준의
가 그런 아내에게 물었다.

"당신은 알겠지? 연청의 일이 어찌 된 거요?"

"묻지도 마십시오. 그 일은 한마디로 말하기가 어렵습니다. 다
하려면 사연이 기니 우선 편히 쉬신 뒤에 말씀드리도록 하지요."

아내 가씨도 이고와 똑같은 소리를 했다.

노준의는 마음속으로 한층 더 의심이 들었다. 금세 무슨 일이
라도 낼 듯한 표정으로 연청의 일을 거듭 캐물었다. 그러자 이고
가 대답했다.

"주인께서는 먼저 옷을 갈아입으시고 사당에 참배부터 하십시
오. 아침 요기라도 하신 뒤에 들어도 늦지 않을 것입니다."

그러고는 밥상부터 차려 올렸다. 노준의가 궁금증을 억누르며
막 수저를 들려는데 갑자기 집 앞뒤에서 함성이 크게 일었다. 얼
른 내다보니 어느새 왔는지 수백 명의 포졸들이 집을 에워싸고
집 안으로 들이닥쳤다. 하도 얼떨결이라 노준의는 손 한번 써 보
지 못하고 포졸들에게 꽁꽁 묶이는 신세가 되고 말았다. 포졸들
은 꽁꽁 묶인 노준의를 사정없이 매질하며 곧바로 유수(留守)에
게 끌고 갔다.

그때 마침 북경 유수 양중서(梁中書)는 관아에 나와 있었다. 칠
팔십 명의 공인을 두 줄로 늘여 세우고 앉아 있는 양중서 앞에
노준의가 끌려왔다. 그 한편에는 이고와 가씨가 함께 와서 무릎
을 꿇고 있었다. 대청에 높이 앉은 양중서가 큰 소리로 꾸짖었다.

"너는 북경의 명망 있는 집안의 후손으로서 어찌하여 양산박 도둑 떼와 한패가 되었느냐? 그곳의 둘째 두령 자리에 앉았다면서 이제 이렇게 성안으로 돌아온 것은 안팎으로 호응해서 우리 북경성을 치려는 수작이렸다? 어디 할 말이 있거든 해 보아라!"

노준의가 너무도 어이가 없어 성도 못 내고 대꾸했다.

"제가 어리석어 양산박의 오용이란 자에게 속은 것은 사실입니다. 그가 점쟁이를 가장하고 하도 끔찍한 점괘를 말하는 바람에 거기에 넘어가 집을 나섰다가 양산박에 붙들려 두어 달 있었던 것도 틀림없습니다. 하지만 그 뒤는 다릅니다. 그들의 온갖 권유를 물리치고 오늘에야 겨우 몸을 빼서 집으로 돌아왔는데 이 무슨 일입니까? 결코 도둑과 한패가 되거나 딴 뜻이 있어 돌아온 것이 아니니 상공께서는 밝게 살펴 주십시오."

"이놈, 무슨 말로 나를 속이려 드는 거냐? 네가 만약 그 도둑들과 뜻이 맞지 않았다면 어떻게 그토록 오래 양산박에 묵을 수 있었단 말이냐? 여기 네 계집과 이고가 낸 고소장이 있다. 그렇다면 이게 거짓말이란 말이냐?"

양중서가 그렇게 노준의를 꾸짖고 이고가 곁에서 거들었다.

"주인께서는 일이 이쯤 되었으니 이제 모든 걸 털어놓으시지요. 집 안의 벽 위에 써 두신 반역의 시도 증거가 될 겁니다. 여러 말 말고 바로 자복하십시오."

"저희가 당신을 해치려는 게 아니에요. 다만 당신의 죄에 저희까지 말려들까 겁이 나서 이러는 겁니다. 한 사람이 모반을 하면 구족(九族)이 모두 도륙당한다는 걸 모르세요?"

아내 가씨도 그렇게 이고의 말에 맞장구를 쳤다. 터질 듯한 분노를 참지 못해 노준의가 고함과 함께 몸을 일으키려 했다. 이고가 빈정거리듯 말했다.

"주인 나리, 발버둥쳐도 소용이 없습니다. 옳은 것은 지우기가 쉽지 않고 거짓은 감추기가 어려운 법입니다. 어서 빨리 털어놓으셔서 고생이나 면하도록 하시지요."

"여보, 없는 일이 관가에 알려지는 법이 없고 있는 일은 우긴다고 없어지지 않는 법이에요. 당신이 일을 이렇게 끌고 가면 제 목숨까지 잃게 되고 말아요. 살에는 정이 있어도 몽둥이에는 정이 없으니 매질 끝에 털어놓느니보다는 좋을 때 어서 털어놓으세요."

이제는 아내가 아니라 악귀같이 보이는 가씨가 또 이고를 편들고 나섰다. 게다가 이고는 이미 아래위 관원들에게 듬뿍듬뿍 돈을 뿌린 뒤였다. 하나같이 이고의 편이 된 관원들이 노준의를 도와줄 턱이 없었다. 장 공목(孔目)이란 자가 유수를 보고 아뢰었다.

"저놈을 보니 뼈와 살집이 모두 단단해 보입니다. 웬만해서는 불지 않을 듯합니다."

"그도 그렇군."

양중서가 고개를 끄덕이면서 좌우를 둘러보며 소리쳤다.

"여봐라, 무엇들 하느냐? 이놈을 매우 쳐라."

그러자 좌우에 늘어서 있던 공인들이 기다렸다는 듯 노준의를 끌어 눕히고 매타작을 시작했다. 잠깐 동안에 살갗이 갈라지고 살이 터져 노준의의 몸은 피투성이가 되었다. 그래도 매질은 그치지 않아 노준의가 깨었다 기절하기를 서너 차례나 했다. 매 앞에 장사 없다고 마침내 매질을 이겨 내지 못한 노준의가 땅에 엎드리며 그들이 원하는 대로 자복을 했다.

"죽을죄를 지었습니다. 이제 모든 걸 바른대로 털어놓겠습니다."

그러면서 묻는 대로 대답하는 노준의의 말을 장 공목은 일일이 적어 서류를 꾸몄다. 꼼짝없이 양산박과 한패가 되어 반역을 꾀한 죄인이 되고 만 노준의는 문초가 끝나자 백 근이나 되는 칼을 쓰고 감옥으로 내려졌다. 사형수가 갇히는 감옥이었다. 그 꼴이 어찌나 참혹한지 관청 안의 사람들이 차마 눈뜨고 못 볼 지경이었다.

노준의가 감옥으로 끌려오자 옥졸들은 노준의를 뜰 아래 무릎 꿇려 놓고 압로절급(押牢節級)을 불러왔다. 그 절급의 이름은 채복(蔡福)으로 대대로 북경에 살아온 사람인데 무예 솜씨가 좋아 철비박(鐵臂膊, 쇠팔뚝)이란 별명을 따로 가지고 있었다. 그런 채복 곁에는 친동생인 압옥이 하나 서 있었는데 그는 늘 꽃 한 송이를 지니고 있다 해서 하북 사람들에게는 일지화(一枝花) 채경(蔡慶)이라 불렸다. 채복이 수화곤(水火棍)을 들고 있는 아우 채경을 보고 말했다.

"너는 이 죄수를 죽을죄를 지은 자들을 가두는 감옥으로 데려가거라. 나는 집에 잠깐 다녀와야겠다."

이에 노준의는 거기서는 별 고통 없이 감방 안에 들 수 있었다.

채복이 감옥 문을 막 나서려는데 어떤 사람이 담장을 돌아오는 게 보였다. 손에는 음식이 든 보퉁이가 들려 있고 얼굴에는 눈물이 줄줄이 흘러내렸다.

채복은 그 사람이 낭자 연청임을 알아보고 물었다.

"연청 아우, 이게 어찌 된 셈인가?"

이에 연청이 땅바닥에 무릎을 꿇으며 눈물 가득한 얼굴로 말했다.

"절급 형님, 저희 주인 노 원외를 불쌍히 보아주십시오. 관청에 잡혀가도 밥 한 그릇 넣어 줄 돈이 없어 제가 성 밖에서 구걸해 왔습니다. 얼마 안 되는 음식이지만 우리 주인어른 허기나 면할 수 있게 전해 주셨으면 좋겠습니다. 절급 형님 부디…… ."

연청이 미처 말을 끝내지 못하고 땅바닥을 뒹굴며 울음을 토해 냈다. 채복이 측은한 마음이 들어 좋은 말로 허락했다.

"나도 이 일을 어느 정도는 알고 있네. 자네가 직접 가서 밥을 먹여 드리게나."

그 말에 연청은 두 번 세 번 절해 감사하고 감옥 안으로 들어가 노준의에게 밥을 먹였다.

연청과 헤어진 채복은 집으로 향했다. 그런데 채복이 막 주교(州橋)를 건너려는데 가까운 찻집의 일꾼 하나가 다가와 낮은 소리로 전해 주었다.

"절급 나리, 어떤 손님이 저희 찻집 안에 있는 누각에서 절급님을 기다리고 계십니다. 드릴 말씀이 있다고 합니다."

그 말에 채복이 찻집 안으로 들어가 보니 기다리고 있는 것은 다름 아닌 이고였다. 서로 인사를 나눈 뒤에 채복이 물었다.

"이 주관이 무슨 일로 나를 찾으셨소?"

이고가 은근한 소리로 대답했다.

"제가 무얼 더 속이고 무얼 더 감추려 들겠습니까? 모든 걸 절 급게 털어놓을 테니 제 청을 한번 들어주십시오. 오늘 밤 안으로 이번 일을 매듭지었으면 좋겠습니다. 흔적을 남기지 않고 노 원외를 죽이는 일 말입니다. 대단치는 않으나 여기 황금 오십 냥을 가져왔습니다. 다른 관원들에게는 제가 알아서 손을 쓸 테니 절 급게서는 이 돈을 거두시고 저를 위해 힘써 주십시오."

"당신은 관아에 있는 계석(戒石)의 글귀도 보지 못했소? '아래 백성은 마구 대할 수 있어도 나라님은 속일 수 없다.'지 않습니까? 당신은 어떤 마음으로 그러는지 모르지만 나도 알 건 다 알고 있소이다. 당신은 지금 그의 재산과 아내까지 몽땅 가로채려 하면서 나한테는 겨우 황금 오십 냥이란 말이오? 내가 그를 죽였다가 뒷날 암행어사라도 뜨는 날이면 나는 어쩌란 말이오?"

채복이 빙긋 웃으며 그렇게 받았다. 이고가 급하게 뇌물을 올렸다.

"절급 나리, 그 돈이 적다면 제가 오십 냥을 더 올리지요."

"이 주관, 당신이 하는 일은 마치 고양이 꼬리를 잘라 고양이 밥에 섞어 두는 것과 같구려. 북경에서도 이름난 노 원외기 겨우 황금 일백 냥밖에 되지 않는단 말이오? 당신이 털어놓고 말하니 나도 속이려 하지 않겠소. 이 일을 하려면 황금 오백 냥은 내게 가져와야겠소."

채복이 그 같은 대답으로 다시 값을 올렸다. 급한 것은 이고라 그걸 받아들이지 않을 수가 없었다.

"좋습니다. 오십 냥은 여기 있고 나머지는 곧 절급께 보내 드리도록 하지요. 다만 그 일을 오늘 밤 안으로 끝내 주십시오."

이고가 그렇게 말하자 채복은 비로소 금을 거두고 몸을 일으키며 나지막이 일러 주었다.

"내일 아침에 시체나 찾아가도록 하시오."

그 말에 이고는 기쁨을 감추지 못하고 몇 번이나 채복에게 절한 뒤에 물러났다. 이고와 헤어진 채복은 곧 집에 이르렀다. 채복이 문을 열고 들어서는데 어떤 사람이 발을 걷고 따라 들어서며 큰 소리로 말을 걸었다.

"채 절급을 뵈러 왔소!"

채복이 보니 그 사람은 한눈에도 돈 많은 귀인의 차림이었다. 비단과 보석으로 몸을 치장하고 문 안으로 들어서며 채복을 보고 절을 올렸다. 채복이 황망히 답례하며 물었다.

"나리의 성함은 어떻게 되십니까? 무슨 가르침이 있어 저를 찾아오셨습니까?"

"집 안으로 들어가 조용히 드릴 말씀이 있는데 그래도 좋겠습니까?"

채복은 그 사람의 알지 못할 위엄에 눌려 집 안으로 맞아들이고 손님 자리를 내주었다. 둘이 조용히 마주 앉게 되자 그 사람이 입을 열었다.

"절급, 놀라지 마시오. 여기 이 사람은 창주 횡해군의 시진이란 사람이오. 대주(大周) 황제의 적파(嫡派) 자손으로 별명은 소선풍이라고 하오. 재물을 가볍게 보고 널리 천하의 호걸들과 사귀기를 좋아하다가 불행히도 죄를 지어 지금은 양산박에 몸을 담고 있소이다. 이번에 송공명 형님의 명을 받들고 노 원외의 소식을 알아보러 나왔다가 그분이 탐관오리와 음탕한 계집 및 그 간부(奸夫)의 모함에 걸려 감옥에 갇혔다는 걸 알게 되었지요. 이제 노 원외의 한목숨은 모두 당신 손에 달렸다기에 죽고 살기를 돌보지 않고 이렇게 특별히 찾아왔소이다. 만약 노 원외의 목숨이 붙어 있게 해 준다면 천지신명에게 걸고 그 은혜를 잊지 않을 것이오. 그러나 일이 잘못되어 우리 양산박 군사들이 북경성 아래 이르게 된다면 그때는 어리석고 어질고 늙고 젊고를 가리지 않고 성이 깨지는 대로 목이 잘려질 것이외다."

그러고는 뭔가 묵직한 것이 든 듯한 꾸러미를 내밀며 말을 이었다.

"나는 전부터 당신이 의기 있는 호걸이란 말을 들어왔소. 호걸과는 물건을 주고받는 게 아니라 하지만 오늘 특히 황금 일천 냥을 가지고 왔으니 정표로 받아 주시오. 그러나 만약 이 시진을 사로잡고 싶다면 망설일 것 없이 밧줄을 내리시오. 결코 눈썹 한 번 까딱하지 않을 것이오!"

시진의 그 같은 말을 들은 채복은 온몸으로 식은땀을 흘렸다. 말로만 듣던 양산박의 두령이 눈앞에 서 있는 것도 그렇지만 일천 냥의 황금도 한낱 절급을 놀라게 하기에는 넉넉했다. 채복이 무어라고 대답해야 할 줄을 몰라 한참을 말없이 서 있자 시진이 몸을 일으키며 다시 말했다.

"호걸은 일을 당해 망설이지 않는 법이라 했소. 어서 빨리 마음을 정하시오."

그제야 채복이 겨우 정신을 가다듬어 대답했다.

"장사께서는 우선 그냥 돌아가십시오. 모든 것은 제가 알아서
처리해 보겠습니다."

"그렇게 승낙해 주시니 고맙기 그지없소. 크신 은혜에 반드시
보답할 것이오."

채복의 엉거주춤한 대답을 응낙한 걸로 몰아붙인 시진이 금덩
이를 채복에게 넘겨주고 데리고 온 사람과 함께 재빨리 사라졌
다. 시진이 데려온 사람은 다름 아닌 신행태보 대종이었다.

시진이 돌아간 뒤에도 채복은 한동안이나 생각에 잠겼다가 감
옥으로 되돌아갔다. 아직도 마음을 온전히 정하지 못했는지 거기
서 일 보는 아우 채경을 불러 시진이 한 말을 자세히 들려주고
의논했다. 듣고 난 채경이 시원스레 말했다.

"형님은 평생 일을 당해 맺고 끊기를 아주 잘하셨는데 이 대수
롭지 않은 일을 가지고 무얼 그리 어려워하십니까? 옛말에 이르
기를 사람을 죽이려면 피를 봐야 하고 사람을 구하려면 삼년상
까지 보살펴야 한다고 하지 않습니까? 이미 천 냥의 황금이 있으
니 나와 형님이 아래위로 골고루 뿌리면 안 될 일도 없습니다.
양중서나 장 공목은 모두가 탐욕이 많은 것들이라 뇌물을 받으
면 노준의를 죽이려 들지는 않을 겝니다. 노준의를 구해 내고 못
하고는 양산박 호걸들이 할 일이지 우리 일은 아닙니다. 노준의
의 목숨만 지켜 주면 우리가 맡은 일은 끝나는 것 아닙니까?"

"네 말이 옳다. 너는 우선 노 원외가 편한 곳에서 지내도록 손

을 쓰고 좋은 술과 음식을 넣어 주도록 해라. 그리고 아울러 양산박에서 그를 구하러 나섰다는 소식도 귀띔해 주는 게 좋겠다."

아우의 말에 힘을 얻은 듯 채복도 그렇게 결정을 내렸다.

마음이 정해지자 형제는 곧 손을 쓰기 시작했다. 시진이 가져다준 금을 뿌려 아래위 벼슬아치들을 달래니 금세 관가의 분위기가 달라졌다.

다음 날이 되었다. 이고는 날이 밝아도 아무런 소식이 없자 채복의 집으로 찾아와 빨리 노준의를 죽여 달라고 재촉했다. 채복은 없고 채경이 나와 천연스레 말했다.

"우리 형제야 노 원외를 죽이려 하지만 상공께서 허락하지 않으시는구려. 이미 아랫것들에게 영을 내려 그 목숨을 붙여 두게 하신 모양이오. 그러니 당신이 아래위로 힘을 써서 어떻게 해 보시오. 내 보기엔 그리 어려울 것 같지도 않구려."

그 말을 들은 이고는 채경이 시킨 대로 했다. 중간에 사람을 넣어 돈을 바치고 양중서에게 다시 청을 넣었다. 양중서가 어물어물 대답했다.

"그런 일이야 옥졸이나 절급이 아는 일 아닌가? 나로선 이래라저래라 하기 어렵네. 한 이틀 지난 뒤에 절로 죽게 하는 수밖에 없지."

그러면서 아랫사람에게 일을 미루어 버렸다.

그때에는 장 공목도 이미 채복의 돈을 듬뿍 얻어먹은 뒤였다. 문서를 끌어안고 날만 끌고 있다가 마침내 양중서를 찾아보고 문서가 다 갖춰졌음을 아뢰었다.

"이 일을 어떻게 처리하면 좋겠는가?"

양중서가 흘긋 문서를 살펴본 뒤 장 공목에게 물었다. 장 공목이 기다렸다는 듯 대답했다.

"제가 보니 노준의가 비록 고소를 당한 자이기는 하나 실제로 한 짓이 없습니다. 양산박에 오래 머물렀던 것은 사실이지만 정말로 도둑 떼와 뜻을 같이하여 한패가 되었는지는 아직 밝혀지지 않았습니다. 등허리에 매 사십 대를 때리고 얼굴에 먹자를 넣은 뒤 삼천 리 밖으로 귀양을 보내는 정도면 넉넉할 듯합니다. 상공의 뜻은 어떠하십니까?"

양중서도 얻어먹은 게 있어 장 공목의 말에 반대하지 않았다.

"공목이 아주 잘 보았네. 내 뜻도 바로 그렇네."

그런 말과 함께 채복을 불러 감옥에 있는 노준의를 끌어 오게 했다. 노준의가 끌려 나오자 양중서는 목에 쓴 칼을 벗기게 한 뒤 판결문을 읽어 주고 곧 그대로 시행하게 했다. 등허리에 매 사십 대를 때린 뒤 귀양 가는 죄수가 쓰는 스무 근짜리 칼을 씌우고 동초와 설패란 공인을 딸려 멀리 사문도(沙門島)로 귀양 보내게 한 것이었다. 원래 이 동초와 설패는 개봉부(開封府)의 공인들로서 전에 임충을 창주로 압송한 적이 있었다. 그때 가는 도중에 임충을 죽이려 했으나 그 일에 실패하고 되돌아갔다가 고 태위의 노여움을 사 북경으로 귀양살이를 오게 되었다. 그러나 양중서가 그들의 유능함을 보고 다시 공인의 일을 맡겼다. 이번에 그 둘이 노준의를 또 호송하게 된 데는 그 같은 곡절이 있었다.

명을 받은 동초와 설패는 노준의를 독방에 가둬 놓고 각기 집으로 돌아가 보따리를 꾸려 길 떠날 채비를 했다. 그 소식을 들은 이고는 일이 그렇게 돌아간 것이 화도 나고 겁도 났다. 가만히 앉아 있을 수가 없어 동초와 설패에게 손을 써 보기로 했다. 사람을 시켜 그 둘을 한적한 술집으로 부른 이고는 그들에게 술과 밥을 한 상 가득 대접한 뒤 은근하게 말했다.

"내 속이지 않고 말하리다. 노 원외는 바로 나의 원수요. 이번에 사문도로 귀양을 가지만 길은 멀고 그자에게는 돈 한 푼이 없소. 공연히 두 분이 노자만 축내고 빨리 돌아온다 해도 서너 달을 고생하시게 될 거요. 내가 비록 대단치는 않으나 두 덩이 큰 은을 드릴 테니 나를 위해 중간에서 손을 써 주시오. 가다가 적당한 곳에서 그놈을 죽여 달란 말이오. 그런 다음 그놈의 뺨에 새겨진 먹자를 벗겨 증표로 내게 보여 주신다면 나는 다시 두 분께 오십 냥의 금을 더 드리겠소. 그놈이 죽은 일에 대해서는 적당한 구실을 붙여 문서를 꾸민 뒤 유수사(留守司)에 올려 주면 그 뒤는 내가 알아서 하겠소."

그 말을 들은 동초와 설패는 다시 마음이 동했다. 서로 얼굴을 마주 보며 눈길을 맞추다가 동초가 설패를 보고 말했다.

"만약 그대로 되지 않으면 어쩌지?"

그러자 설패가 서슴없이 받았다.

"형님, 이분은 이름깨나 있는 대장부요. 이번 일로 이런 분과 사귀어 놓으면 앞으로 급한 일이 있을 때 큰 도움이 될 거외다."

이고도 다짐하듯 설패의 말을 받았다.

"나는 결코 은혜를 입고 의리를 저버리는 그런 놈이 아니오.

두고두고 두 분에게 보답하리다.”

이에 완전히 마음을 굳힌 동초와 설패는 이고가 내놓은 은덩이를 거두고 각기 돌아가 그날 밤으로 길을 떠나려 했다. 그 같은 서두름에 못 견딘 노준의가 사정조로 말했다.

“저는 오늘 형을 받았습니다. 매 맞은 등허리가 몹시 아프니 내일 떠나시면 어떻겠습니까?”

그러나 속셈이 따로 있는 동초와 설패가 그 말을 순순히 따라 줄 리 없었다. 설패가 대뜸 욕설로 노준의의 말을 받았다.

“아가리 닥쳐! 이 어르신네는 너 같은 비렁뱅이를 데리고 가야 하는 것만으로도 속이 뒤집힐 지경이란 말씀이야! 사문도까지는 왕복이 육천 리인데 노자는 또 얼마나 들겠어? 그런데 네놈은 돈 한 푼 없으니 우리더러 어쩌란 말이냐?”

“제가 아무 죄 없이 이리된 걸 헤아리시어 잘 보아주시면 그보다 더 고마운 일이 없겠습니다.”

노준의가 그렇게 한 번 더 사정해 보았으나 아무 소용이 없었다. 이번에는 동초란 놈이 나서서 욕질을 했다.

“너희 부자 놈들은 평소에는 남을 위해 터럭 하나 뽑아 주려 하지 않더니 이제 하늘의 벌을 받는구나. 끽소리 말고 달게 받아라. 모함이니 한이니 떠들 것 없다. 우리들이 네가 걸어가게 도와주마.”

동초가 그렇게 나오는 걸 보고 노준의는 더 사정을 해 보았자 소용이 없음을 알았다. 터질 듯한 속을 억누르며 발길을 떼어 놓는 수밖에 없었다.

걷는 걸 도와 주겠다던 말과는 달리 동초와 설패는 동문을 나서기 바쁘게 옷가지며 우산 따위를 노준의의 목에 쓴 칼에 걸쳤다. 그러잖아도 무거운 칼이 더 무거워질 수밖에 없었다. 게다가 길이 나쁘건 좋건 무턱대고 가자고 몰아대는 바람에 노준의에게는 처음부터 괴로운 길이 되고 말았다.

한 사오십 리를 가니 날이 저물어 왔다. 동초와 설패는 가까운 마을의 주막을 찾아들었다. 주막 일꾼이 나와 그들을 맞고 뒷방으로 안내했다. 방 안에 짐을 풀어 놓으면서 동초가 노준의를 보고 말했다.

"우리는 오늘 걷느라고 고생도 했거니와 명색이 공인이다. 공인이 거꾸로 죄인을 시중드는 법이 어디 있느냐? 밥을 먹고 싶거든 네놈이 가서 밥을 짓도록 해!"

이에 노준의는 하는 수 없이 목에 칼을 쓴 채 부엌으로 내려가 밥을 짓게 되었다. 나무 한 단을 얻어 불을 지피는 노준의가 보기에 안됐던지 주막 일꾼이 쌀도 일어 주고 그릇도 씻어 주며 거들었다.

하지만 노준의는 원래가 부자로 지내던 사람이라 불 때는 일조차 제대로 될 리가 없었다. 게다가 나무까지 덜 마른 것이라 애써 불을 지펴 놓아도 이내 꺼져 버렸다. 그래서 불을 살린다고 힘껏 불자 이번에는 눈에 재가 날아들어 앞을 볼 수가 없었다. 동초가 부엌으로 내려와 그런 노준의를 개 꾸짖듯 꾸짖었다.

그럭저럭 밥이 익자 동초와 설패는 그 밥을 둘이서만 몽땅 가져가 버렸다. 이미 그들에게 시달릴 만큼 시달려 온 노준의는 그런 두 놈에게 따라붙을 엄두가 나지 않았다.

두 놈은 저희끼리만 실컷 먹은 뒤에야 남은 밥과 식은 국을 노준의에게 주었다. 그나마 설패란 놈에게 한바탕 욕을 들은 뒤에야 겨우 늦은 저녁을 마치자 설패가 다시 노준의를 불렀다. 몸 씻을 물을 데우라는 소리였다.

이번에도 노준의는 말없이 물을 데웠다. 뜨거워진 물을 방 안으로 들여가자 두 놈은 먼저 저희 발부터 씻은 뒤 노준의를 방 안으로 불러들였다. 핑계는 발을 씻어 준다는 것이었으나 그 또한 노준의를 괴롭히려는 수작에 지나지 않았다. 노준의의 신과 버선을 벗긴 뒤 끓는 물을 가져와 다리께부터 퍼부어 버린 것이었다. 노준의의 살가죽이 돌이나 쇠로 되지 않은 바에야 아프지 않을 수가 없었다. 얼굴을 찌푸리며 신음 소리를 내자 설패가 시치미를 떼며 꾸짖었다.

"이 어르신네는 잘 모신다고 발까지 씻어 올리는데 네놈은 어째서 오만상을 찌푸리고 야단이냐?"

동초와 설패의 못된 짓거리는 그걸로 그치지 않았다. 뒤이어 잠을 자는데 저희 두 놈은 따뜻한 구들 위에 자면서 노준의는 방문 밖에 쇠사슬로 묶어 두어 밤새 떨게 했다.

사경 무렵이 되자 눈을 뜬 두 놈은 곧 주막 일꾼을 불러 아침밥을 가져오게 했다. 노준의에게는 먹어 보란 말도 없이 저희들 배만 채운 두 놈이 보따리를 챙겨 들며 길 떠나기를 재촉했다.

그때 노준의의 발은 부르트고 데어 물집투성이였다. 한 발 한 발 움직이기가 괴롭기 그지없었으나 두 놈의 험한 기세에 눌려

기를 쓰고 억지로 걸음을 떼어 놓았다. 때마침 가을비가 내려 길까지 미끄러우니 걷기가 한층 어려웠다. 그러나 노준의가 조금이라도 늑장을 부리면 설패의 몽둥이가 사정없이 허리께를 후렸다. 동초가 짐짓 말리는 척했지만 기회가 오면 노준의를 괴롭히는데 결코 설패 못지않았다.

주막을 떠나 한 십 리를 가니 큰 숲이 하나 나왔다. 노준의가 두 놈을 보고 사정했다.

"저는 정말로 더 걸을 수가 없습니다. 가엾게 여기시어 이곳에서 잠시만 쉬어 가도록 해 주십시오."

그러나 두 놈은 무슨 생각을 했는지 아무 말 없이 노준의를 끌고 그 숲속으로 들어갔다.

양산박, 옥기린을 구하러 나서다

워낙 일찍 길을 떠난 터라 그때서야 동쪽 하늘이 훤히 밝아 오고 있었다. 오가는 사람이 아무도 없는 걸 살핀 설패란 놈이 뜻밖의 소리를 했다.

"우리 두 사람이 모두 너무 일찍 일어나 몹시 졸리는구나. 이 숲속에서 한숨 자고 가고 싶지만 네놈이 달아날까 봐 걱정이다."

"제게 날개가 있은들 어찌 달아날 수 있겠습니까!"

어쨌든 쉬게 된 게 반가워 노준의가 얼른 그렇게 받았다. 그러나 설패란 놈은 그래도 안 되겠다는 듯 말했다.

"턱없는 수작 부리려 들지 마라. 네놈을 잠시 묶어 두어야겠으니 그렇게 기다리도록 해!"

그러고는 어디서 삼으로 꼰 밧줄을 가져와 노준의를 거기 있

214

는 소나무에 묶었다. 어깨에서 발끝까지 꼼짝할 수 없게 노준의를 묶은 뒤에야 설패가 갑작스레 본색을 드러냈다.

"형님은 숲 밖에서 망이나 보시오. 만약 사람이 오면 휘파람을 불어 알리도록 하고."

설패가 그같이 말하자 동초가 기다렸다는 듯 받았다.

"아우, 그럼 어서 그놈을 없애게."

그러는 걸로 보아 두 놈 사이에는 진작부터 짜 둔 계획이 있었던 듯했다.

"마음 놓고 가서 망이나 잘 봐주시오."

설패가 그런 대답과 함께 수화곤(水火棍)을 꼬나들고 노준의에게로 다가갔다. 너무도 갑작스러운 변화라 할 말도 잊고 멍하니 둘을 바라보기만 하고 있는 노준의에게 설패가 이죽거리듯 말했다.

"우리 두 사람을 너무 섭섭하다 여기지 마라. 너희 집 주관으로 있던 이고가 도중에 너를 죽여 달라고 부탁했다. 사문도에 가 봤자 역시 죽을 몸이니 일찌감치 여기서 끝장을 본다 해서 더 나쁠 것도 없지 않느냐? 죽어 저세상에 가더라도 부디 우리를 원망하지는 마라. 내년 오늘이 네 제삿날이라는 것만 알면 된다."

그제야 노준의에게도 모든 게 뚜렷해졌다. 그러나 다치고 시달린 데다 몸까지 꽁꽁 묶인 터라 어찌해 볼 수가 없었다. 원통한 눈물을 줄줄이 쏟으며 죽기만을 기다렸다.

설패가 두 손으로 몽둥이를 높이 쳐들고 노준의의 머리통을 겨누었다. 하지만 그다음은 그의 뜻 같지가 못했다.

숲 바깥에서 망을 보던 동초는 안에서 나는 이상한 소리를 듣
자 설패가 일을 다 끝낸 줄로만 알았다. 얼른 숲속으로 되돌아가
결과를 살폈다. 그런데 이게 어찌 된 일인가. 머리가 터져 죽어
있어야 할 노준의는 그대로 멀쩡하게 소나무에 묶여 있고, 설패
가 오히려 나무 곁에 쓰러져 있지 않은가!

"거참, 알 수 없는 일이네. 너무 힘을 주어 치려다 오히려 자네
가 넘어지기라도 했는가?"

동초가 그렇게 중얼거리며 설패를 두 손으로 부축해 일으키려
했다. 그런데 어찌 된 셈인지 설패는 꿈쩍도 하지 않았다.

그제야 섬뜩한 느낌이 든 동초가 설패를 자세히 살폈다. 설패
의 입에서는 피가 흐르고 가슴에는 길이가 서너 치밖에 안 되는
짧은 화살이 박혀 있었다. 놀란 외마디 소리를 내지르려는 동초
의 눈에 문득 한 사내의 모습이 들어왔다. 동북쪽에 있는 어떤
나뭇가지 위에 화살 먹인 활을 들고 올라앉은 사내였다.

"받아라!"

그런 외침과 함께 사내가 활시위를 놓았다. 화살은 어김없이
동초를 맞혀 동초는 비명조차 제대로 지르지 못하고 그 자리에
고꾸라졌다. 활을 쏜 사내는 동초가 쓰러지는 걸 보고서야 앉았
던 나뭇가지에서 뛰어내렸다. 소나무 곁으로 달려온 사내는 노준
의를 얽고 있는 밧줄을 끊고 그 목에 걸린 칼을 부순 뒤 노준의
를 끌어안고 목 놓아 울었다.

눈을 감은 채 죽음만을 기다리던 노준의가 비로소 눈을 떠 그
사내를 살폈다. 그는 다름 아닌 낭자 연청이었다.

"소을아, 이게 어찌 된 일이냐? 내가 이미 죽어 귀신으로 너와 만나기라도 했다는 것이냐?"

연청이 울먹이며 대답했다.

"저는 유수사 앞에서부터 줄곧 저 두 놈을 뒤쫓다가 이곳까지 따라오게 되었습니다. 그런데 뜻밖에도 이 숲에 이르자마자 저놈들이 주인님을 해치려 들지 않겠습니까? 급한 김에 활로 두 놈을 모두 죽여 버렸습니다만 주인 나리께서는 괜찮으신가요?"

그때까지도 부호로 살던 시절의 품성을 버리지 못하고 있던 노준의는 연청의 충성스러움에 감격하면서도 관가 걱정부터 먼저 했다.

"네가 힘으로 나를 구해 내기는 했다마는 나랏일을 보는 공인을 둘씩이나 죽였으니 이를 어찌하면 좋으냐? 죄가 전보다 더 무거워졌으니 어디로 가야 할지 모르겠구나."

"이 모든 일은 처음부터 송공명 때문에 이리된 것입니다. 이제 양산박을 빼고는 달리 갈 데가 없겠습니다."

연청이 생각해 볼 것도 없다는 듯 그렇게 대답했다. 노준의도 고개를 끄덕이다 문득 탄식처럼 말했다.

"하지만 나는 매 맞은 자리가 덧난 데다 발은 터지고 데어 한 발짝도 움직일 수가 없구나!"

"그렇다고 여기서 머뭇거려서는 아니 됩니다. 제가 주인님을 업고 가지요."

연청은 그런 대답과 함께 재빨리 두 시체를 치우고 활을 매더니 노준의를 둘러업었다. 그렇지만 연청이 젊다 해도 그 힘에는 한계가 있었다. 몸집이 큰 노준의를 업고 뛰다 보니 십 리도 못 가 움직이기 어려울 만큼 지쳐 빠지고 말았다.

때마침 멀지 않은 곳에 주막이 보여 연청은 우선 그리로 들어 갔다. 방을 정하고 밥을 시켜 먹고 나니 둘 모두 온몸이 나른해 왔다. 이에 둘은 잠시 쉬어 가기로 하고 주막 방에 드러누웠다.

하지만 그때는 이미 둘 모두 그렇게 편안히 쉬고 있을 처지가 아니었다. 연청이 노준의를 구해 낸 숲을 오래잖아 지나게 된 나 그네가 있어 두 공인의 시체를 보고 근처의 사장(社長)에게 알렸 다. 사장은 또 이정(里正)에게 알려 이정은 그 일을 북경 대명부 에 알렸다. 관원이 그 숲으로 가 보니 죽은 자들은 유수사의 공 인인 동초와 설패였다.

관원은 돌아가기 바쁘게 양중서에게 그 사건을 아뢰었다. 양중 서는 대명부의 즙포관찰(緝捕觀察)을 불러 기한을 정해 주며 범 인을 잡아들이라 일렀다. 시체를 자세히 살피고 돌아온 즙포관찰 이 다시 양중서를 찾아보고 말했다.

"두 사람에게 꽂힌 화살을 자세히 살펴보니 모두 틀림없이 낭 자 연청의 것이었습니다. 서둘러 그놈을 잡아야겠습니다."

그러고는 몇백 명의 공인을 풀어 두 사람의 생김이며 죄목이 적힌 방을 근처의 여러 마을에 붙이게 했다.

연청과 노준의가 쉬고 있는 주막 마을에도 어김없이 그 방문 이 나붙었다. 그러나 노준의는 매 맞은 자리가 덧나 금세 그 주 막을 떠날 수가 없었다. 며칠 그곳에 묵는 사이에 그 방문을 본 일꾼 녀석이 동네의 사장을 찾아가 일러바쳤다.

"저희 주막에 두 사람이 들었는데 아무래도 수상합니다. 관가에서 찾고 있는 범인들이 아닌지 모르겠습니다."

그 말을 들은 사장은 곧 관가로 달려갔다. 한편 일이 그렇게 돌아가고 있는지를 알 길이 없는 연청은 그날도 자리에 누운 노준의를 방에 남겨 놓고 주막을 나왔다. 활로 반찬거리라도 장만하러 나선 것인데 돌아오니 마을이 이상스레 떠들썩했다.

연청은 근처 수풀 속에 몸을 숨기고 가만히 주막 쪽을 살펴보았다. 어떻게 알고 왔는지 백 명도 넘는 포졸들이 창칼을 들고 에워싼 가운데 꽁꽁 묶인 노준의가 수레에 끌어올려지고 있었다.

연청은 당장 달려 나가 주인을 구하고 싶었으나 그 많은 포졸들과 맞서 싸울 만한 무기가 없었다. 괴로운 신음을 삼키며 속으로 가만히 생각해 보았다.

'아무래도 양산박을 찾아가 봐야겠다. 송공명이 와서 구해 주지 않는 한 주인님은 목숨을 잃고 말 것이다.'

이에 연청은 그 자리에서 당장 양산박을 향해 길을 떠났다.

주인을 구하겠다는 마음 하나로 뛰듯이 가다 보니 어느새 밤이 되었다. 연청은 몹시 배가 고팠으나 주머니에는 돈 한 푼 없었다. 주막에는 들 생각을 못하고 가까운 산기슭의 작은 숲에 들어가 나무 그늘에서 날이 밝기를 기다리기로 했다.

하지만 걱정이 많아선지 알맞은 나무둥치에 기대고 잠을 청해 보아도 잠은 얼른 와 주지 않았다. 그래서 한숨만 내쉬고 있는 연청의 귀에 문득 까치가 깍깍거리는 소리가 들려왔다. 연청은 속으로 생각했다.

'저거라도 잡을 수만 있다면 마을로 내려가 간장을 얻어 삶아 먹겠는데. 그래야 이 지독한 허기라도 면할 수 있지 않겠는가!'

연청이 슬그머니 몸을 일으켜 숲을 나가 보았다. 그 까치는 멀지 않은 나무 위에서 연청을 내려다보며 짖어 대고 있었다. 연청은 가만히 활을 꺼내 들며 하늘을 향해 빌었다.

"제게는 화살이 한 대밖에 없습니다. 만약 하늘이 제 주인의 목숨을 구해 주실 뜻이 계시면 저 까치가 이 화살에 맞아 떨어지게 해 주시고, 제 주인을 버리시려거든 저 까치가 그냥 날아가게 하시옵소서."

연청은 그래 놓고 다시 화살에게 빌며 시위를 당겼다 놓았다.

"언제나 내 뜻대로 맞혀 주었던 화살아, 이번에도 부디 맞아 다오!"

화살은 용케 까치의 꼬리께에 맞았으나 까치는 땅에 떨어지지 않고 화살을 꽂은 채 언덕 아래로 날아갔다.

연청은 얼른 몸을 일으켜 까치를 뒤쫓았다. 그러나 언덕 아래 이르러 아무리 찾아봐도 까치는 보이지 않았다. 연청이 맥이 빠져 주저앉으려 할 때 갑자기 두 사내가 뛰어들듯 나타났다. 하나는 검은 옷에 긴 몽둥이를 들었고, 하나는 갈색 옷에 짧은 몽둥이를 든 데다 허리에는 칼까지 차고 있었다.

두 사내는 연청의 어깨를 치듯 하며 바쁘게 지나갔다. 그러나 그들의 차림이 돈푼깨나 있어 뵈는 게 연청의 마음을 바뀌게 했다.

'나는 지금 노자 한 푼 없이 먼 길을 가야 한다. 저 둘을 때려

눕히고 보따리를 털어 안 될 게 무어 있는가? 노자가 넉넉하면 양산박에도 빨리 이를 수 있겠지.'

그런 생각에 연청은 활을 버리고 살금살금 그 두 사람을 따라 갔다. 두 사람은 무엇이 그리 바쁜지 앞만 보고 정신없이 내닫고 있었다.

그런 둘을 뒤쫓아간 연청은 먼저 전립 쓴 사내의 등판을 뒤에서 세게 내질러 땅바닥에 쓰러뜨렸다. 손쉽게 하나를 쓰러뜨린 연청은 뒤이어 남은 하나에게로 덮쳐 갔다.

하지만 이번에는 그쪽이 더 빨랐다. 사내가 몽둥이로 연청의 왼쪽 허벅지를 호되게 내리쳐 땅바닥에 쓰러뜨려 버린 것이었다. 그때 연청의 한주먹을 맞고 먼저 쓰러졌던 사내가 일어나 연청의 가슴을 밟으며 칼을 빼 들었다. 금세라도 머리통을 쪼개 놓을 듯한 기세였다. 연청이 급한 김에 소리쳤다.

"이보시오 호걸님들, 나 하나 죽는 것은 아깝지 않으나 가여운 우리 주인님 소식을 전할 사람이 없어지는 게 한이구려!"

그러자 사내는 내려치려던 칼을 거두고 연청을 부축해 일으키며 물었다.

"너 같은 놈이 소식은 무슨 소식이란 말이냐?"

"그걸 물어서 무엇하시려오?"

연청은 사내가 칼을 거둔 것에 안도의 숨을 내쉬며 되물었다. 그때 저편에 있던 사내가 무슨 생각이 났던지 문득 연청에게 다가와 팔을 비틀고 소매를 젖혔다. 연청의 팔에 먹물로 새겨진 꽃무늬가 그대로 드러났다.

"당신은 노 원외 댁에서 일 보던 낭자 연청이 아니시오?"

사내가 말투까지 달라지며 연청에게 물었다. 그러나 연청은 그들이 자기를 뒤쫓고 있는 사람들이라 지레 짐작하고 가슴이 철렁했다.

'이리 가도 저리 가도 죽음뿐이로구나. 이렇게 된 바에야 바른대로 털어놓고 잡혀가 죽은 뒤의 넋이라도 주인과 한곳에 있게 하자.'

이윽고 모든 것을 체념한 연청은 그런 결심으로 서슴없이 밝혔다.

"그렇다, 내가 바로 노 원외 댁의 낭자 연청이다."

그러자 찬찬히 연청을 살피던 두 사람이 뜻밖의 말을 했다.

"당신을 안 죽이기를 잘했군. 알고 보니 바로 연소을 형이었구려. 형은 우리를 알아보시겠소? 나는 병관삭 양웅이고 저 사람은 반명삼랑 석수요. 우리 두 사람은 송강 형님의 명을 받들어 북경으로 가는 길이오. 노 원외의 소식을 알아보라고 말씀하셨소. 군사와 대 원장도 뒤따라 산을 내려올 것이외다. 소식을 몹시 기다리고들 있을 게요."

양웅과 석수를 알아본 연청은 그 둘을 잡고 그동안 노준의에게 일어났던 일을 모두 이야기해 주었다. 듣고 난 양웅이 말했다.

"일이 그렇게 되었다면 나와 소을 형은 산채로 돌아가 형님께 모든 걸 아뢰고 무슨 수를 내 봐야겠다. 너는 홀로 북경으로 가 소식을 더 알아보고 돌아오너라."

"그렇게 하지요."

석수는 선선히 그렇게 대답하고 보따리에서 구운 떡과 말린 고기를 꺼내 연청에게 주었다. 연청의 주린 기색을 알아차린 듯했다.

눈치 빠른 석수 덕분에 궁한 소리 않고도 배를 채운 연청은 곧 양웅과 함께 양산박으로 향했다.

양산박에 이르러 송강을 만난 양웅은 그간 노준의에게 일어났던 일을 모두 전했다. 듣고 난 송강은 짐짓 놀라워하며 그 자리에서 모든 두령들을 불러 모아 노준의를 구할 계책을 의논했다.

한편 홀로 북경으로 떠난 석수는 해 질 무렵 하여 북경성 밖에 이르렀다. 하지만 저문 뒤의 성문 출입은 아무래도 좋지 않을 것 같았다. 그날 밤은 성 밖 주막에서 묵고 다음 날 아침 일찍 성안으로 들어갔다.

그런데 알 수 없는 것은 성안 사람들이었다. 사람마다 한숨이요, 표정마다 상심한 기색이 뚜렷했다. 이상히 여긴 석수는 거리 가운데로 들어가 그 까닭을 알아보았다. 어떤 늙은이 하나가 그 까닭을 일러 주었다.

"손님, 아시는지 모르지만 우리 북경성에는 노 원외라는 부자 양반이 있었소. 그 양반이 양산박 도둑 떼에게 붙잡혀 갔다 오는 바람에 관가에 잡혀가 사문도란 곳으로 귀양을 가게 되었지요. 그런데 어찌 알았겠소? 가는 도중에 호송하던 두 공인을 죽이고 어젯밤 다시 붙들렸다는 게요. 오늘 정오 삼각에 저잣거리로 끌려 나와 목이 잘릴 거라니 손님도 궁금하시거든 한번 구경하시구려."

그 말을 들은 석수는 머리에 찬물을 뒤집어쓴 기분이었다. 얼른 그 늙은이가 말한 저자로 달려가 보았다. 마침 거기에는 알맞은 술집 하나가 있었다. 석수는 거리가 내려다보이는 누각 창가에 자리를 잡고 앉았다. 술집 심부름꾼이 와서 물었다.

"손님, 혼자 드시겠습니까? 아니면 누구를 불러 함께 드실 겁니까?"

"술잔은 큰 걸루 하고 고기도 큼직하게 썰어 가져오기나 해! 쓸데없는 거 묻지 말고."

석수가 엄하게 눈을 부릅뜨고 죄 없는 그 심부름꾼을 노려보며 퉁명스레 대답했다. 깜짝 놀란 심부름꾼 녀석은 얼른 술 두 각과 썬 쇠고기 한 쟁반을 내왔다. 석수가 큰 잔으로 술을 비우고 큼직하게 썬 고기를 우적우적 씹으며 급한 마음을 달랬다.

오래지 않아 거리 쪽이 시끌벅적해졌다. 석수는 일어나 거리가 내려다보이는 창가로 가 보았다. 어찌 된 셈인지 집들은 모두 대문을 닫고 가게들도 걷어치우는 중이었다. 석수가 일어난 걸 보고 심부름꾼이 다가와 말했다.

"손님, 취하셨습니까? 바깥에 무슨 일이 있는 모양이니 이만 셈을 치르고 피하시죠."

석수가 다시 엉뚱한 곳에다 화풀이를 했다.

"내가 어떤 놈이 무서워 피한단 말이냐? 이 어르신네에게 얻어 터지고 싶지 않거든 어서 꺼져!"

그러자 겁을 먹은 일꾼 녀석은 대꾸조차 제대로 하지 못하고 아래층으로 내빼 버렸다.

얼마 후, 갑자기 거리에서 북소리, 징 소리가 요란하게 울렸다. 석수가 다시 창밖을 보니 네 갈래 길 가운데를 빙 둘러 형장이 마련되고 창칼을 든 망나니 여남은 명에게 앞뒤로 둘러싸인 노준의가 끌려 나왔다.

그날 형을 맡아 노준의 목을 자르기로 된 것은 철비박 채복인 듯했다. 일지화 채경이 노준의가 쓴 칼을 벗기며 나지막하게 말했다.

"노 원외, 잘 아실 테지만 우리 형제는 당신을 구해 보려고 몹시 애를 썼소. 하지만 일이 고약하게 꼬여 결국 이리되고 말았구려. 요 앞 오성당(五聖堂)에 이미 당신의 위패 자리를 마련해 두었으니 넋이라도 그곳으로 가 편히 쉬시오."

그때 둘러싼 망나니들 가운데서 누가 외쳤다.

"오시(午時) 삼각(三刻)이오!"

그러자 채경은 칼을 벗긴 노준의 목을 길게 늘이게 했고 채복은 사형수의 목 베는 데 쓰는 칼을 움켜잡았다. 사건을 맡은 공목이 소리 높여 노준의 앞에 걸린 팻말의 죄상을 읽어 나가자 거기 있던 옥졸들도 모두 목소리를 합쳤다.

술집 창가에서 그 광경을 보고 있던 석수는 허리에 찬 칼을 빼 들고 마치 그 소리에 화답하듯 소리쳤다.

"양산박 호걸들이 모두 여기 와 있다!"

그 외침을 들은 채복과 채경은 마침 잘됐다는 듯 뒤도 돌아보지 않고 달아나 버렸다. 술집 누각에서 뛰어내린 석수는 형장 가운데로 달려가 미처 달아나지 못한 옥졸들을 호박이나 무 베어 넘기듯 베어 던졌다.

잠깐 사이에 여남은 명의 목이 달아나자 길이 열렸다. 석수는 한 손으로는 칼을 휘두르고 한 손으로는 노준의를 부축한 채 남쪽으로 달아났다.

하지만 석수는 북경 거리의 길을 잘 몰랐다. 게다가 길을 잘 아는 노준의도 놀란 나머지 제정신이 아니어서 길을 제대로 일러 주지 못했다. 둘이 끼고 이리저리 헤매는 동안 어느새 성문은 굳게 닫히고 모든 길목은 막혀 버렸다. 그사이 기별을 들은 양중서가 군사를 풀어 한 짓이었다.

꼼짝없이 독 안에 갇힌 쥐 꼴이 된 석수와 노준의는 마침내 북경을 벗어나지 못하고 양중서가 풀어 놓은 군사들에게 에워싸이고 말았다. 공인들이 갈고리 창이며 밧줄을 마구 던져 둘을 옭아 양중서에게로 끌고 갔다.

비록 사로잡혀 끌려갔지만 석수는 조금도 겁내지 않았다. 험한 눈을 부릅뜨고 양중서를 노려보며 소리소리 외쳐 댔다.

"이 덜돼먹고 덜돼먹은 종놈 중에서도 가장 덜돼먹은 놈아! 나는 우리 송강 형님의 명을 받들어 여기 왔다. 머지않아 형님께서는 몸소 군사를 이끌고 이 성을 쳐서 평지를 만들고 네놈들은 세 토막 네 토막으로 갈라 놓으실 게다. 이 어르신네는 그걸 먼저 네놈들에게 알리란 분부를 받들고 온 몸이다!"

그 소리에 놀란 벼슬아치들은 모두가 얼이 빠진 듯 말이 없었다. 양중서도 한동안이나 말없이 생각에 잠겼다가 겨우 입을 열었다.

"이 두 놈에게 큰칼을 씌우고 사형수를 가두는 감옥에 처넣어라!"

그리고 채복에게 특히 이르기를 둘을 잘 지켜 행여라도 잘못되는 일이 없게 하라 하였다.

채복은 이미 양산박 호걸들과 인연을 맺은 터였다. 석수와 노준의를 감옥 안 조용한 곳에 옮기고 좋은 술, 좋은 고기로 정성껏 대접했다. 그 덕분에 두 사람은 별 큰 어려움 없이 양산박의 구원을 기다릴 수 있었다.

한편 양중서는 새로 온 왕 태수를 불러 이번 일로 죽거나 다친 사람의 수를 헤아려 보게 했다. 왕 태수가 알아보니 죽은 자만도 칠팔십 명이나 되고 머리가 터지거나 다리를 저는 자는 헤아릴 수가 없을 정도였다.

양중서는 관아의 돈과 곡식을 풀고 의원을 내주어 죽은 자를 장사 지내고 다친 자는 치료를 받을 수 있도록 해 주었다. 제 딴에는 한껏 너그러움을 보인다고 보인 것이었다. 어쩌면 장차 벌어질지도 모르는 양산박과의 싸움을 위해 성안 백성들의 환심을 사는 짓인지도 몰랐다.

그런 다음 날이었다. 성안 성 밖에서 빗발치듯 날아드는 보고가 있었다.

"양산박 패거리들이 수십 장의 포고문을 뿌렸습니다. 감히 숨길 수 없어 이렇게 올려 보냅니다."

양중서는 놀라 그런 보고와 함께 보내 온 글을 펼쳐 보았다. 양산박이 낸 그 포고문의 내용은 대강 이러했다.

양산박의 의사 송강은 대명부의 벼슬아치들에게 알리노라. 원외 노준의는 천하가 다 아는 호걸로 나는 그를 우리 산채로 청해 함께 하늘을 대신해 의를 펼치려 하였다. 그런데 어찌하여 그대들은 요망한 개 같은 놈의 더러운 뇌물을 받아먹고 죄 없는 사람을 죽이려 하느냐? 이에 나는 석수에게 명을 내려 그 뜻을 전하게 하였던바 뜻밖에도 석수가 오히려 사로잡히고 말았다. 이제 다시 이르거니와 노준의, 석수 두 사람의 목숨을 살려 주고 음탕한 계집과 그 샛서방 놈을 우리에게 잡아 올려라.

이와 같이 우리가 많은 것을 구하는 것이 아니니 행여라도 가벼이 듣지 말라. 만약 손발 같은 우리 형제를 해치는 날이면 대군을 일으켜 북경성을 치고 그 한을 씻으리라. 한번 대군이 그곳에 이르면 옥과 돌이 가려지지 않고 함께 타게 되리라. 간사하고 못된 무리를 없애는 일이며 어리석고 고집 센 것들을 죽이는 일이니 하늘과 땅도 우리를 돕고 귀신도 우리 편에 서리라. 그러나 의리 있는 장부와 절개 있는 아낙, 효도하고 공손한 자손들이며 제 본분을 다하는 착한 백성과 깨끗하고 삼가는 관리는 해치는 일이 없을 것이다. 모두 조금도 놀라지 말고 각기 자기가 맡은 바 일에 힘을 다하라.

북경성 안의 여러 백성들에게 알리노라.

그 같은 글을 읽은 양중서는 놀란 나머지 얼굴이 흙빛이 되었다. 당장 어찌해야 할 바를 몰라 왕 태수를 불러들이고 의논조로 물었다.

"이 일을 어찌하였으면 좋겠는가?"

왕 태수는 원래가 착하고 겁이 많은 사람이었다. 양중서의 이 야기를 듣고 난 뒤 얼른 제 뜻을 밝혔다.

"양산박의 도둑 떼는 조정에서도 여러 번 군사를 보내 쳤으나, 아직껏 잡지 못할 만큼 강성합니다. 그런데 우리 한 군(郡)의 힘으로 어떻게 당해 낼 수 있겠습니까? 만약 그것들이 군사를 이끌고 쳐들어오면 조정의 구원병은 늦어 그때는 이미 후회해도 소용없을 겁니다. 제 어리석은 소견으로는 우선 두 사람의 목숨을 붙여 두는 것이 좋겠습니다. 그런 다음 한편으로는 조정에 이 일을 알리어 구원을 청하고 다른 한편으로는 채 태사에게도 글을 올려 이 일을 알려 드리도록 하십시오. 그리고 마지막으로는 이곳의 군마를 모두 모아 성 밖에 진채를 치게 하고 만약을 대비케 하면 크게 걱정하지 않아도 될 것입니다. 제 생각으로는 우리 대명부도 일없이 지킬 수 있고 백성들도 상하지 않게 할 수 있는 길은 그뿐일 듯합니다. 만약 저 둘을 한꺼번에 죽였다가 적병이 이 성으로 쳐들어오면 첫째로는 구원을 올 군사가 없고, 둘째로는 조정도 괴이쩍게 여길 것이며, 셋째로는 백성들이 놀라 성안에서 소란이 일 것이니 그때는 어찌하시겠습니까?"

양중서도 생각해 보니 그 같은 왕 태수의 말이 옳은 것 같았다.

"지부의 말씀이 맞는 것 같소. 그리하리다."

그러고는 먼저 압로절급 채복을 불러 말했다.

"그 두 역적 놈은 가벼이 다루어서는 아니 된다. 너는 그들을 단단히 가두어 두되 행여라도 목숨을 잃게 되는 일이 없도록 하여라. 하지만 또한 그들이 달아나게 해서는 안 된다. 너희 형제 둘은 서두를 때는 서두르고 늦출 때는 늦추며 죌 때는 죄고 풀어 줄 때는 풀어 주어 때가 올 때까지 시간을 끌도록 해라. 잠시라 도 소홀함이 있거나 게을리해서는 아니 된다.”

그 말을 들은 채복은 속으로 은근히 기뻤다.

‘그거야말로 내가 바라는 바다.’

속으로 그렇게 중얼거리며 양중서 앞을 물러난 뒤 감옥으로 가 두 사람을 안심시켰다.

채복이 나간 뒤 양중서는 다시 병마도감인 대도(大刀) 문달(聞 達)과 천왕(天王) 이성(李成)을 불렀다. 모든 걸 왕 태수가 말한 대로 따르기 위함이었다. 문달과 이성이 불려 오자 양중서는 먼 저 양산박에서 온 글을 내보이고 그간에 있었던 일을 모두 이야 기했다. 노준의의 일에서부터 석수가 사로잡힌 것까지 자세히 이 야기한 뒤 양중서는 다시 왕 태수가 올린 계책을 들려주었다.

둘 다 힘깨나 쓰는 무장이라서 그런지 문달과 이성은 왕 태수 처럼 그리 겁내는 기색이 아니었다. 양중서의 말이 끝나자마자 이성이 씩씩한 목소리로 말했다.

“그 하찮은 도둑놈들이 어찌 감히 소굴을 빠져나올 수 있겠습 니까? 또 그것들이 온다 한들 상공께서 걱정하실 게 무어 있습니 까? 제가 비록 재주 없으나 여러 해 나라의 녹을 먹고도 그 은덕 에 보답할 공을 세운 적이 없으니 바라건대 제게 그것들을 막게 해 주십시오. 군사를 이끌고 성 밖으로 나가 진채를 치고 기다리 겠습니다. 그 좀도둑놈들이 쳐들어오지 않으면 다시 따로이 의논을 드리도록 하지요. 그러나 그것들이 운이 다해 목숨을 재촉하느라 소굴을 떠나 떼지어 몰려든다면 그때는 갑옷 한 조각 제대로 찾아 돌아가지 못하게 하겠습니다. 소장(小將)이 결코 큰소리치는 게 아니니 상공께서는 부디 믿어 주십시오!"

이성의 그 같은 대답에 양중서는 몹시 기뻐했다. 그 자리에서 금실로 수놓은 비단을 상으로 내려 두 장수의 기세를 돋워 주었다. 문달과 이성은 그런 양중서에게 감사하고 각기 자신의 영채로 돌아갔다.

다음 날이었다. 이성은 군막을 차리고 대소의 군관들을 불러들여 적을 막을 의논을 시작했다. 그 군관들 중에 한 사람 위풍이 늠름하고 생김이 당당한 장수가 있었다. 바로 급선봉(急先鋒) 삭초(索超)였다. 이성이 삭초에게 영을 내렸다.

"송강 그 하찮은 도둑놈이 곧 우리 성으로 와 대명부를 치려 하는 모양이다. 너는 먼저 군사를 이끌고 성 밖 삼십 리 되는 곳에 진채를 내리도록 하라. 나도 곧 대군을 이끌고 뒤따를 것이다."

명을 받은 삭초는 이튿날 자기가 이끄는 군사를 데리고 성 밖 삼십리쯤 되는 비호욕(飛虎峪)에 진을 쳤다. 그다음 날 이성도 여러 장졸을 이끌고 성 밖 이십오 리 되는 괴수파(槐樹坡)란 곳에 진채를 열었다. 진채 뒤를 창칼로 둘러싸고 사방에는 든든한 나무 울타리를 두른 위에 세 곳에는 또 깊은 구덩이를 파서 방비를 엄하게 했다. 우두머리 장수인 이성이 겁을 내지 않으니 그 아래 장졸들도 사기가 떨어질 리 없었다. 모두 힘을 합쳐 싸울 태세를 갖추고 양산박의 인마가 이르기만을 기다렸다.

원래 그 포고문은 오학구가 써서 퍼뜨리게 한 것이었다. 연청과 양웅으로부터 노준의가 위태롭게 되었다는 소식을 들은 데다다시 대종으로부터 석수까지 함께 잡혀갔다는 말을 듣자 우선두 사람의 목숨이라도 살려 두게 하기 위해서였다. 대종은 그 포고문을 사람이 없을 때 다리나 큰길가에 붙여 양중서를 놀라게하고 양중서의 결정까지를 탐지한 뒤 양산박으로 돌아가 여러두령들에게 그 사실을 알렸다. 송강은 몹시 놀라워하며 북을 울려 대소 두령들을 충의당으로 모았다. 두령들이 그 서열에 따라자리에 앉자 송강이 오학구를 보고 말했다.

"이번 일은 군사께서 노 원외를 우리 산채로 끌어들이기 위해세운 계책에서 비롯됐소. 그런데 이제 뜻밖에도 노원외를 괴롭히게 된 데다 석수까지 사로잡히게 하고 말았구려. 다시 어떤 계책이 있어 저들을 구해 내시겠소?"

걱정스러운 나머지 나무람의 기색까지 있는 물음이었다. 그러나 오용은 조금도 걱정하는 기색이 없었다.

"형님, 마음 놓으십시오. 제가 비록 재주 없으나 이번 기회에대명부에 있는 돈과 곡식을 거두어 우리 산채의 살림살이에 보탬이 되도록 하겠습니다. 마침 내일이 아주 일진이 좋은 날이니형님께서는 두령들을 나누어 절반은 산채를 지키게 하고 그 나머지는 모두 북경성을 치는 데 데려가도록 합시다."

송강도 오학구가 전혀 흔들림 없이 나오자 다시 믿음을 되찾은 듯했다. 아무런 반문 없이 그 뜻을 따르기로 하고 그 자리에서 철면공목 배선에게 군사를 낼 준비를 하게 했다. 산채에 남아 있을 군사와 북경성을 치러 갈 군사를 가르고 또 군사가 멀리 나가는 데 필요한 식량이며 무기를 갖추는 일이었다.

싸움이라면 가만히 못 있는 흑선풍 이규가 나서서 말했다.

"내 이 도끼 두 자루가 오랫동안 거리 구경을 못 했소. 이번에 우리가 산채를 내려가 고을을 치고 성을 빼앗는다니 그 말만 듣고도 이 도끼들이 좋아서 어쩔 줄을 모르는구려. 형님, 내게 졸개 오백 명만 내려 주시오. 그러면 대명부로 밀고 들어가 성이고 뭐고 묵사발을 만든 뒤에 노 원외와 석수를 구해 오겠소. 그들을 구해 내는 것도 또한 뜻있는 일이 아니겠소?"

"아우가 비록 용맹하다고는 하나 지금 가려고 하는 곳은 다른 곳이 아닌 주부(州府)야. 바로 대명부가 있는 북경성이란 말이야. 게다가 양중서는 동경 채 태사의 사위이고 그 밑에는 이성, 문달 같은 장수가 있어. 둘 다 혼자서 만 명을 능히 대적해 낼 만한 장수들이니 가볍게 맞서서는 아니 된다."

송강이 그렇게 받았다. 이규가 갑자기 목소리를 높였다.

"형님, 정말 왜 그러시오? 저번에는 내가 말하기 좋아하는 걸 뻔히 아시면서도 벙어리 시늉을 하게 하시더니 이번에는 또 내가 사람 죽이기 좋아하는 걸 잘 아시면서 싸움의 앞장은 서지 말라시는구려. 도대체 그따위로 사람을 쓰는 법이 어디 있소? 이 철우란 놈이 속 터져 죽는 꼴이라도 보실 작정이오?"

곁에서 보고 있던 오용이 이번에는 웬일인지 이규를 편들어 말했다.

"그렇게 가고 싶다면 선봉을 맡게. 군사 오백을 골라 데리고 자네가 앞장을 서는 것도 좋지. 내일 산채를 내려가도록 하게."

송강도 오용이 그런 결정을 내리자 더는 이규를 말리지 않았다. 선봉을 이규로 삼기로 하고 싸움에 나갈 나머지 사람을 골랐다.

송강과 오용이 결정한 것을 배선이 적어 산채 곳곳에 돌리니 두령 졸개 할 것 없이 그에 따라 빈틈없이 채비를 갖추었다.

때는 늦가을에서 초겨울로 접어들 무렵이라 싸움하기에는 모든 게 좋은 계절이었다. 장졸들은 갑옷을 껴입어도 덥지 않고 싸움에 쓸 말은 알맞게 살쪄 있었다. 게다가 오랫동안 싸움을 하지 않은 터라 산채의 사기 또한 드높았다. 모두가 오히려 그 싸움이 있게 된 걸 기뻐하며 창칼을 벼르고 말안장을 여몄다. 그리하여 어느 가을 바람 스산한 날을 골라 산채를 나가는데 그 배치는 대강 이러했다.

맨 먼저 나선 부대는 선봉인 흑선풍 이규가 이끄는 오백 명이었다. 두 번째로는 양두사 해진, 쌍미갈 해보, 모두성 공명, 독화성 공량이 거느린 일천 명이었고 세 번째로는 여자 두령인 일장청 호삼랑에 모야차 손이랑과 모대충 고대수가 부장(副將)으로 따르는 일천 명이었다. 네 번째로는 박천조 이응이 대장이 되고 구문룡 사진과 소울지 손신이 부장이 되어 거느린 일천 명이었다. 중군의 주장은 송강이 되고 군사는 오용이며 그 밖에 소온후 여방, 새인귀 곽성, 병울지 손립, 진삼산 황신 네 두령이 호위 장수가 되었다. 전군은 벽력화 진명이 대장이 되고 백승장 한도, 천목장 팽기가 부장이 되었으며, 후군은 표자두 임충이 대장이요,

철적선 마린, 화안산예 등비가 부장이었다. 좌군은 쌍편 호연작에 마운금시 구붕과 금모호 연순이 부장으로 따랐으며 우군은 소이광 화영에 도간호 진달과 백화사 양춘이 부장으로 따랐다. 포수 굉천뢰 능진도 함께 나아갔으며, 식량과 말먹이 풀을 대는 일과 멀고 가까운 군정(軍情)을 살피는 일은 신행태보 대종이 맡았다.

각 부대는 날이 밝기 바쁘게 정한 순서에 따라 출발했다. 남아서 산채를 지키게 된 것은 부군사 공손승과 유당, 주동, 목홍 네 두령이었다. 세 관문과 물가의 진채는 이준이 졸개들을 거느리고 도맡아 지키기로 정해졌다.

그 무렵 삭초는 비호욕에 진을 치고 양산박의 군사가 이르기만을 기다렸다. 며칠 안 되어 유성보마(流星報馬)가 급하게 달려와 알렸다.

"송강이 이끈 인마가 몰려오고 있는데 그 수가 얼마인지 헤아리기 어려울 만큼 많습니다. 지금 이곳에서 이십 리 남짓한 곳까지 몰려왔습니다. 오래잖아 여기까지 들이닥칠 듯합니다."

그 말을 들은 삭초는 얼른 괴수파(槐樹坡)에 진을 치고 있는 이성에게 알렸다. 이성은 그 소식을 성안에 알리는 한편 자신은 싸울 채비를 단단히 하고 말에 올라 삭초에게로 달려갔다. 삭초가 이성을 맞아 자세한 형편을 설명하고 서로 힘을 합쳐 싸울 준비를 갖추었다.

다음 날 새벽이었다. 일찌감치 군사들에게 밥을 지어 먹게 한 이성과 삭초는 날 밝기 바쁘게 진채를 거두고 유가탄(庾家疃)이란 곳으로 나아가 진을 쳤다. 그들이 벌여 세운 군사는 일만오천이나 되었다. 두 사람은 갑옷을 걸치고 말에 올라 문기 아래로 나아갔다. 멀리 동쪽을 바라보니 한 군데 자욱이 먼지가 일며 오백 명 남짓한 적이 달려오고 있었다. 앞선 것은 다름 아닌 흑선풍 이규였다.

이규가 쌍도끼를 나눠 진 채 큰 소리로 외쳤다.

"이놈들, 양산박의 흑선풍을 알아보겠느냐!"

말 위에서 그런 이규를 보고 있던 이성이 삭초를 돌아보며 껄껄거리다 말했다.

"양산박 호걸들이 어쩌고저쩌고하는 소리를 신물나게 들었더니 겨우 저까짓 하찮은 좀도둑 떼였구려. 더 말할 것 무에 있겠소? 선봉, 어서 나가 저 도둑 떼를 잡지 않고 무얼 하시오?"

"보기에는 제가 나갈 것도 없겠습니다. 딴 사람이 나가도 얼마든지 공을 세울 수 있을 것 같습니다만."

삭초도 천둥벌거숭이마냥 떼지어 몰려드는 이규를 비웃듯 그렇게 대답했다.

삭초의 그 같은 말이 미처 끝나기도 전에 등 뒤에서 왕정(王定)이란 장수 하나가 달려 나왔다. 왕정은 장창을 내휘두르며 다른 명을 기다릴 것도 없이 마군 일백 기를 거느리고 이규를 향해 마주쳐 갔다.

이규가 이끈 보군은 왕정의 마군을 만나자 사방으로 흩어졌다. 삭초는 그 기세를 타고 군사를 휘몰아 그대로 유가탄을 휩쓸어 버리려 했다. 그때 산비탈 쪽에서 북소리, 징 소리가 요란하더니 두 갈래의 인마가 뛰쳐나왔다. 왼쪽의 장수는 해진과 공량이요, 오른쪽은 해보와 공명이었는데, 각기 오백의 군사를 거느리고 있었다. 삭초는 갈가마귀같이만 보이던 이규의 보군에게도 따로이 응원하는 군사가 있음을 보고 놀랐다. 감히 그대로 밀고 나갈 생각을 못하고 말 머리를 돌려 저희 진채로 돌아갔다.

"왜 그 도둑 떼를 잡지 않았소?"

이성이 그냥 돌아온 삭초를 보고 물었다. 삭초가 웃음기 없는 얼굴로 받았다.

"저쪽 산비탈에서 막 저것들을 잡으려는데, 응원군이 나타났습니다. 처음부터 그곳에 군사를 숨겨 놓고 우리를 유인하려던 술책 같아 함부로 손을 쓸 수가 없더군요."

그러자 이성이 삭초를 나무라듯 소리쳤다.

"저것들은 한낱 좀도둑 떼에 지나지 않는다. 두려워할 게 무어 있단 말인가?"

그러고는 전부의 군마를 모두 이끌고 유가탄으로 밀고 들었다. 오래지 않아 이성 앞에 다시 한 떼의 인마가 깃발을 흔들고 함성을 지르며 나타났다. 앞장선 말 위에 있는 장수는 뜻밖에도 여자였다. 그 장수의 머리 위로는 붉은 깃발이 펄럭이는데 그 깃발에는 '여장 일장청(女將一丈靑)'이라고 쓰여 있었다. 그 일장청 곁에는 고대수와 손이랑이 좌우로 늘어서 있었다. 그들이 이끄는 인마는 천 명쯤 되는데, 모두가 크고 험상궂은 남자들이었다. 적장이 여자인 것을 깔본 이성이 삭초를 보고 명했다.

"저따위 군사로 무얼 하겠소? 선봉은 나와 함께 밀고 들어가 적을 치도록 합시다. 군사를 나누어 사방에서 들이치면 저런 좀도둑떼는 모조리 잡을 수 있을 것이오!"

명을 받은 삭초는 아무런 주저 없이 따랐다. 뽐내듯 도끼를 휘두르며 말 배를 차 앞으로 달려 나갔다.

그런데 알 수 없는 것은 일장청이었다. 이성과 삭초가 밀고 들자 한번 싸워 보지도 않고 산그늘로 달아나기 시작했다. 이성은 인마를 풀어 사방으로 그런 일장청의 군사들을 쫓았다. 그때 갑자기 이성 앞에 한 떼의 인마가 함성을 지르며 나타났다.

박천조 이응이 사진과 손신을 좌우로 거느리고 달려 나온 것이었다. 그제야 이상한 낌새를 느낀 이성은 군사를 돌려 유가탄 쪽으로 물러나려 했다. 하지만 그것도 뜻 같지가 못했다. 다시 왼편에선 해진과 공량이, 오른편에선 해보와 공명이 각기 인마를 이끌고 이성을 덮쳐 왔다. 달아나던 세 여장수도 말 머리를 돌려 이성에게 덤벼들었다.

거꾸로 몰리게 된 이성은 허둥지둥 저희 진채 쪽으로 달아났다. 그러나 진채 부근에 이르렀을 때 이번에는 흑선풍 이규가 쌍도끼를 휘두르며 길을 막았다. 이성과 삭초는 힘을 다해 길을 열고 겨우 자기 진채로 돌아갈 수 있었으나 군사는 이미 태반이나 꺾인 뒤였다. 송강의 인마가 뒤쫓아오지 않아 그런대로 흩어진 군사를 모으고 진채를 수습할 수 있게 된 것도 다행이었다.

양산박을 치는 대도 관승

싸움에 크게 진 이성과 삭초는 급히 사람을 뽑아 성안으로 들여보내 그 일을 양중서에게 알리게 했다. 양중서는 그날 밤으로 다시 문달을 뽑아 군사를 딸려 보냈다. 이성과 삭초를 도우라는 뜻이었다.

이성은 문달을 맞아들이고 괴수파에 있는 진채로 데려갔다. 적을 물리칠 의논을 시작하는데 문달은 몇 마디 듣지도 않고 비웃음과 함께 말했다.

"놈들이 일으키는 분란은 옻이나 옴같이 하찮은 병에 지나지 않소이다. 그런 것들을 무에 그리 걱정하시오?"

그러고는 깊이 의논하는 법도 없이 자리를 털고 일어났다.

다음 날이 밝았다. 문달은 새벽같이 군사들에게 아침밥을 먹인 뒤 날 샐 무렵에는 벌써 갑옷 투구를 갖추고 군사를 모았다. 북소리 세 번에 진채를 거두고 나아간 문달의 군사는 오래잖아 유가탄에 이르렀다. 송강이 이끈 인마도 지지 않고 달려 나와 맞섰다. 문달은 군사를 넓게 벌여 세우고 강한 활과 쇠뇌를 쏘아붙이게 했다.

그때 송강의 진중에서 한 장수가 달려 나왔다. 붉은 바탕에 은박으로 '벽력화 진명'이라고 크게 쓴 깃발을 앞세우고 있었다. 진명이 말을 몰고 진 앞으로 나와 큰 소리로 외쳤다.

"대명부의 더럽고 썩은 벼슬아치들은 들어라. 우리는 이미 오래전부터 이 북경성을 쳐부수려 했으나 혹시라도 죄 없는 백성들이 상할까 보아 여지껏 미루어 왔다. 노준의와 석수를 풀어 주고 그 음탕한 계집과 샛서방 놈을 함께 묶어 우리에게 넘긴다면 우리는 당장이라도 군사를 물리고 싸움을 그칠 것이다. 그러나 어리석은 고집으로 버틴다면 더 말해 본들 무슨 소용 있겠느냐? 모두 길게 목을 늘이고 칼을 받을 채비나 하여라!"

그 말을 들은 문달은 몹시 성이 났다. 진명에게는 대꾸도 않고 주위를 둘러보며 소리쳤다.

"누가 가서 저 건방진 도둑놈을 잡아오겠느냐?"

그러자 미처 그 말이 끝나기도 전에 삭초가 말을 타고 달려 나왔다. 저희 진채 앞으로 나선 삭초가 진명을 향해 욕을 퍼부었다.

"너는 조정의 명을 받고 내려온 벼슬아치로서 나라가 너를 저버린 적이 없거늘 어찌하여 나라를 저버리고 풀숲에 몸을 숨긴 도적떼가 되고 말았느냐? 만약에 너를 사로잡으면 천 토막 만 토막을 내 놓을 테니 그리 알아라!"

원래가 성미 급한 진명은 그 말을 듣자 물불을 못 가릴 만큼 화가 났다. 타는 불에 기름을 끼얹은 격이랄까, 이것저것 따져 볼 것도 없이 강철 가시 돋친 방망이를 휘두르며 삭초를 향해 달려 나왔다. 삭초도 겁내지 않고 말을 몰아 진명과 부딪쳤다.

양편 군사들의 함성 속에 두 사람의 말이 엇갈리며 한바탕 불 같은 싸움이 벌어졌다. 그러나 스무남은 합을 싸워도 승패는 가려지지 않았다. 그때 양산박의 전군에 있던 한도가 갑자기 말을 몰아 나가며 화살 한 대를 시위에 먹여 삭초를 향해 쏘았다. 화살은 그대로 싸움에 정신이 팔린 삭초의 왼팔에 가서 꽂혔다. 그렇게 되니 아무리 삭초라 해도 더 싸울 수가 없었다. 큰 도끼를 거두고 말 머리를 돌려 저희 진채로 달아나기 시작했다.

때가 왔다고 본 송강은 손에 쥐고 있던 채찍을 힘껏 내저었다. 그러자 양산박의 여러 갈래 인마가 일시에 밀고 나아갔다. 멍석을 말듯 하는 그 기세에 관군은 감히 대항할 엄두조차 내지 못했다. 들을 시체로 덮고 피로 내를 이루며 그대로 쫓겨 달아나기에 바빴다. 양산박의 군사들은 유가탄을 지나 괴수파에 있는 관군의 진채까지도 짓밟아 버렸다.

그날 밤 문달은 비호욕까지 쫓긴 뒤에야 겨우 인마를 수습할 수 있었다. 군사를 헤아려 보니 셋 중에 하나가 제대로 남아 있지 않았다.

한편 송강은 괴수파에 있는 관군의 진채를 빼앗아 그곳에 자리를 잡았다. 오용이 송강에게 권했다.

"적의 군사가 싸움에 지고 달아났으니 틀림없이 마음속으로는 겁을 잔뜩 먹었을 것입니다. 만약 승세를 타고 뒤쫓지 않는다면 적이 다시 기운을 차릴지도 모릅니다. 그때는 쉽게 적을 이기기 어려울 것이니 얼른 뒤쫓도록 하십시오."

"군사의 말씀이 옳은 듯하오."

송강도 오용의 말을 받아들이고 그날 밤으로 날랜 장졸을 뽑아 네 갈래로 관군을 뒤쫓게 했다. 그때 비호욕으로 쫓겨 간 문달은 겨우 한숨을 돌리고 장막 안에 앉아 쉬고 있던 참이었다. 낮은 군교 하나가 와서 알렸다.

"동쪽 산 위에 불길이 일고 있습니다."

그 말을 들은 문달은 약간의 군사를 이끌고 말 위에 올라 동쪽으로 가 보았다. 그쪽의 산과 들이 온통 벌겋게 불타고 있었다. 그런데 다시 서쪽 산 위에서도 불길이 일기 시작했다. 문달은 급히 군사를 이끌고 이번엔 서쪽으로 향했다. 그때 등 뒤에서 크게 함성이 일며 한 떼의 인마가 쏟아져 나왔다. 앞선 장수는 소이광 화영이었고 그 뒤로 양춘과 진달이 부장으로 따르고 있었다. 그들이 동쪽의 불길 뒤에서 쏟아져 나오자 문달은 당황하여 얼른 군사를 모아 비호욕으로 되돌아갔다.

서편의 불길 뒤에서도 한 떼의 인마가 쏟아져 나왔다. 앞선 장수는 쌍편 호연작이었고 뒤따르는 것은 구붕과 연순이었다. 그들은 화영의 군사들과 더불어 두 갈래로 문달을 뒤쫓았다.

하지만 문달을 뒤쫓는 양산박 군사는 그 두 갈래뿐만이 아니었다. 달아나는 문달의 등 뒤에서 또 한차례 함성이 크게 일더니 불빛 아래 다시 벽력화 진명이 이끄는 군사들이 몰려나왔다. 진명은 한도와 팽기를 부장으로 데리고 군사를 몰아 덮쳐 오는데 사람의 함성과 말 울음소리가 어찌나 큰지 그 수를 헤아리기 어려울 정도였다.

그렇게 되자 문달의 군사들은 크게 어지러워지고 말았다. 싸움이고 뭐고 급히 진채를 거두어 달아나기 바빴다. 엎친 데 덮친 격으로 그런 문달의 길을 막듯 다시 함성과 함께 불길이 솟았다. 문달은 군사를 이끌고 길을 앗아 달아날 길을 열어 보려고 기를 썼다. 그때 다시 하늘과 땅을 뒤흔들 듯한 대포 소리가 들렸다. 굉천뢰 능진이 샛길에 숨어 비호욕에 대고 쏜 화포였다. 그 포 소리에 이어 한 줄기 불길이 솟으며 그 불길 뒤에서 또 한 갈래 인마가 뛰쳐나와 앞을 막았다. 이번에 마린과 등비를 데리고 문달이 달아날 길을 끊은 것은 표자두 임충이었다.

사방의 북소리는 요란하고 뜨거운 불길은 다투어 치솟으니 문달의 관군은 더 어찌해 볼 수 없을 만큼 어지러워졌다. 명령이고 규율이고 따질 것도 없이 각기 흩어져 제 한목숨 구하기에 바빴다.

문달은 들고 있던 큰 칼을 춤추듯 휘두르며 어렵게 길을 열었다. 한참을 가다 보니 역시 어렵게 길을 앗아 달려오는 이성이 보였다. 이성과 문달은 군사를 한데 합친 뒤 한편으로는 싸우고 한편으로는 달아났다.

밤새 쫓긴 관군은 날이 밝을 무렵에야 겨우 북경성 아래에 이를 수 있었다.

양중서는 관군이 다시 싸움에 졌다는 말을 듣자 놀란 나머지 얼이 다 빠졌다. 되는 대로 긁어모은 군사로 성을 나가 쫓겨 오는 관군을 거두어들인 뒤 굳게 성문을 닫아걸었다.

다음 날이 되었다. 송강이 대군을 이끌고 성 아래에 이르렀다. 송강은 동문 아래 진채를 내리고 북경성을 들이칠 준비에 들어 갔다.

일이 그 지경이 되자 양중서는 더욱 급해졌다. 유수사에 모든 벼슬아치들을 모아 놓고 어떻게 하면 이 어려움에서 벗어날 수 있을지를 의논했다. 이성이 나와 말했다.

"적병이 성벽 아래 이르렀으니 일인즉 위급하게 되었습니다. 여기서 더 능장을 부린다면 마침내는 적에게 성이 함락되는 꼴을 당하고 말 것이니 얼른 무슨 수를 내어야 합니다. 상공께서는 이곳의 위급함을 알리는 글을 쓰시어 믿을 만한 사람에게 주어 도성으로 보내십시오. 채 태사께 이곳의 일을 알려 조정에 상주하면 조정은 가려 뽑은 군사를 내어 우리를 구해 주실 것입니다. 이것이 가장 상책이요, 둘째로는 급한 공문을 가까운 주와 현에 보내시어 얼른 우리를 구하게 하는 것입니다. 셋째로는 북경성 안에서 백성들을 가려 뽑아 힘을 합쳐 성을 지키는 것입니다. 통나무와 바위를 성벽 위에 쌓아 두고 강한 활과 쇠뇌를 마련하고 기름 솥과 찻물 가마를 여기저기 걸어 밤낮없이 적의 침입에 대비하면 그리 걱정할 일은 없을 것입니다."

"장인어른께 보내는 글을 쓰는 거야 쉽지만 누가 그걸 가지고 간단 말인가?"

이성의 말을 들은 양중서가 걱정스러운 듯 그렇게 물었다. 하지만 북경성 안이라고 사람이 아주 없는 것은 아니었다. 왕정(王定)이란 장수가 그 일을 맡고 나섰다.

왕정은 좋은 갑옷으로 단단히 몸을 싸맨 뒤 몇 기의 군사를 이끌고 양산박 쪽이 예측하기 어려운 시간에 갑자기 성문을 연 뒤 적교를 내렸다. 너무 뜻밖이라 제대로 앞길을 막는 사람이 없자 밀서를 품은 왕정은 그대로 에움을 헤치고 동경을 향해 달렸다. 말할 것도 없이 양중서가 써 준 밀서를 가슴에 품은 채였다.

나머지 계책들도 이성이 말한 대로 착착 진행되었다. 가까운 고을에도 북경성의 급보가 전해졌고 왕 태수는 성안의 건강한 백성들을 끌어모아 성을 지키는 데 큰 힘이 되게 했다.

한편 송강은 여러 두령들에게 각기 장수로서 할 일을 정해 준 뒤 군사를 이끌고 성을 에워쌌다. 그러나 동서북 세 곳에만 진채를 세우고 남문은 막지 않아 언제든 관군들이 달아날 수 있도록 길을 열어 놓았다.

송강은 매일같이 군사를 몰아 성을 들이치는 한편 산채로 사람을 보내어 군량과 말먹이 풀을 더 보내게 하였다. 대명부를 쳐 부수고 노 원외와 석수 두 사람을 구할 때까지 오래도록 군사를 머물게 할 작정이었다.

이성과 문달은 날마다 관군을 이끌고 성을 나와 양산박 군사와 맞붙었으나 이길 수가 없었다. 게다가 삭초는 화살 맞은 자리가 아직 낫지 않아 싸움을 거들 수조차 없으니 그만큼 성안의 관군이 이길 희망은 적어졌다.

한편 북경성을 빠져나간 왕정은 데리고 간 세 기의 군졸과 더불어 동경의 태사부에 이르렀다. 문지기에게 자신이 온 곳과 까닭을 대강 밝히자 태사는 왕정을 안으로 불러들였다. 집 안에 이르러 채 태사를 만난 왕정은 공손히 절을 올린 뒤 양중서가 써 준 밀서를 바쳤다.

글을 뜯어본 채 태사가 깜짝 놀라 상세한 경과를 물었다. 왕정은 노준의의 일부터 하나하나 설명한 뒤 덧붙였다.

"지금 송강은 군사를 이끌고 북경성을 에워싸고 있는데 그 세력이 아주 커서 맞서기가 어렵습니다. 유가탄과 괴수파, 비호욕 세 곳에서 싸웠으나 한결같이 저희 관군들이 이롭지 못했습니다."

모든 걸 듣고 난 채경이 한 나라의 태사답게 놀란 가슴을 진정시키고 말했다.

"먼 길을 오느라 고단할 테니 너는 잠시 객관으로 물러나 쉬어라. 내가 입궐하여 이 일을 의논한 뒤 다시 부르마."

그런 채경에게 왕정이 한 번 더 간곡히 말했다.

"태사 나리, 지금 북경 대명부는 달걀을 쌓아 놓은 것처럼 위태롭습니다. 언제 부서질지 모르니, 혹시라도 일이 그릇되어 성이 적의 손에 떨어지기라도 한다면 하북의 여러 고을은 어찌 되겠습니까? 바라건대 부디 서두르시어 군사를 내고 도적의 무리를 없애 주옵소서."

"여러 말 할 것 없다. 내가 다 알아서 할 것이니 너는 어서 물러가 있거라."

채경은 그렇게 왕정을 내보낸 뒤 급히 사람을 추밀원으로 보내 군사에 관한 중요한 의논이 있음을 알리게 했다.

오래지 않아 동청추밀사(東廳樞密使) 동관(童貫)이 삼아(三衙)의 태위를 이끌고 태사를 만나러 왔다. 채경은 대명부가 떨어질 위급한 처지를 낱낱이 일러 준 뒤 걱정스레 물었다.

"자, 이제 어떤 계책으로 어떤 좋은 장수를 써서 이 도적 떼를 물리치고 북경성을 보존할 수 있겠소?"

그러나 그곳에 온 벼슬아치들은 서로 겁먹은 눈길로 쳐다볼 뿐 얼른 대답을 못했다. 그때 보군태위(步軍太尉)의 등 뒤에서 한 사람이 나섰다. 아문방어보의사(衙門防禦保義使) 자리에 있는 선찬(宣贊)이란 장수였다.

선찬은 얼굴 생김이 검고 넓적한 게 솥 밑바닥 같고 콧구멍은 하늘을 향해 뚫려 있으며 곱슬머리에 붉은 수염을 가졌는데, 키는 여덟 자요, 한 자루 강철로 벼린 칼을 잘 썼다. 무예가 남달리 뛰어나 전에 왕부(王府)의 군마(郡馬, 왕의 사위)였던 적이 있었으므로 사람들은 그 호칭에다 그의 못생긴 외모를 얹어 추군마(醜郡馬, 못생긴 부마)라 불렀다.

선찬이 군마가 된 것은 그의 놀라운 활 솜씨 덕분이었다. 어떤 시합에서 그가 연주전(連珠箭)으로 번(番) 안의 모든 장수를 이기자 왕은 그를 아껴 사위로 삼았다. 그러나 공주는 그의 못생긴 외양을 끝내 받아들이지 않고 상심하다 죽으니 그 바람에 그는 더 높이 쓰이지 못하고 그때까지도 한낱 병마보의사(兵馬保義使)로 있었다.

별것 아닌 도둑 떼의 분탕질에 도성의 내로라하는 벼슬아치들이 벌벌 떠는 걸 보고 참지 못해 달려 나온 선찬이 채 태사에게 말했다.

"제가 고향에서 살 때부터 잘 알고 지내는 사람이 하나 있는데 그는 천하가 셋으로 나누어졌던 한나라 말기 의용무안왕(義勇武安王, 관우)의 적파 자손입니다. 이름은 관승(關勝)이라고 하는바 생긴 모습은 그의 조상 관운장과 비슷하고 청룡언월도를 잘 쓰는 것 또한 그렇습니다. 사람들은 흔히 그를 대도(大刀) 관승이라 부르지요. 그러나 벼슬자리는 보잘것없어 포동(蒲東)의 순간(巡簡)으로 남의 밑에서 욕되게 지내고 있습니다. 이 사람은 어려서부터 병서를 읽었을 뿐만 아니라 무예도 깊이 통달하여 홀로 만 명을 당해 낼 만한 용맹이 있습니다. 예로써 그를 청하고 상장(上將)으로 세우면 물가에 있는 도둑의 소굴을 쓸고 미친 무리를 쳐 없애 나라와 백성을 평안케 할 것입니다. 바라건대, 태사께서는 얼른 뜻을 정하시어 그를 불러 쓰도록 하십시오."

당장에 아무런 대책이 없던 채경은 그 같은 선찬의 말을 듣자 몹시 기뻐했다. 선찬을 바로 사신으로 삼고 문서와 예물을 갖추어 포동의 관승을 부르러 보냈다. 도성으로 와서 도둑을 칠 계책을 세우라는 분부와 함께였다.

채경으로부터 문서와 예물을 받은 선찬은 서너 명의 졸개들을 거느리고 말에 올랐다. 그날 마침 관승은 학사문(郝思文)과 함께 관아에서 마주 앉아 예와 이제의 흥하고 망한 일에 대해 이야기를 나누는 중이었다. 동경에서 사신이 왔다는 말을 듣자 관승은 학사문과 함께 황망히 마중을 나왔다. 서로 예를 마친 뒤 자리를 정하고 앉자 관승이 물었다.

"이 친구, 오래 보지 못하였더니 오늘은 무슨 일로 이렇게 몸소 달려왔는가?"

선찬이 그 말을 받아 바로 용건을 밝혔다.

"양산박의 하찮은 도둑 떼들이 대명부를 들이쳐 떠들썩하다는구려. 마침 태사 어른 밑에서 일보다 그 말을 듣고 내가 형님을 힘껏 천거했소. 형님이야말로 이 나라 이 땅을 평안히 할 계책을 지닌 분이요, 적장을 베고 그 병졸로부터 항복 받을 만한 재주를 가지신 분이라고 했더니 조정에서 특히 조서를 내리어 예로 형을 부르시는구려. 형님, 부디 그 같은 조정의 뜻을 저버리지 마시고 나와 함께 도성으로 가도록 합시다."

그 말을 들은 관승은 은근히 기뻐했다. 드디어 세상이 자신을 알아준다는 느낌에 흐뭇한 얼굴로 곁에 있던 학사문을 선찬에게 소개했다.

"이 사람은 학사문이라 하는데 나와는 의형제를 맺은 사일세. 이 사람의 어머님이 정목안(井木犴, 별 이름)을 밴 꿈을 꾼 후에 이 사람을 잉태했다 하여 태어난 뒤에는 정목안으로 불린다네. 열여덟 가지 무기 중에 못 다루는 것이 없을 만큼 무예에 뛰어났으나 애석하게도 아직껏 이렇게 벼슬 없이 지내고 있지. 이번에 함께 데려가서 나라를 위해 그 힘을 쓰게 하면 좋겠는데 자네 생각은 어떤가?"

선찬이 그같이 좋은 일을 마다할 리 없었다. 오히려 뜻하지 않게 학사문까지 얻게 된 것을 기뻐하며 함께 도성으로 오는 것을 허락했다. 관승은 자기가 없을 동안에 해야 할 일들을 집안 가족들에게 엄히 일러 준 뒤 학사문과 다른 여남은 명의 관서 호걸들을 데리고 짐을 쌌다. 그날 밤으로 선찬을 따라 길을 떠난 관승 일행은 동경에 이르기 바쁘게 태사부를 찾아갔다. 문지기가 관승이 온 걸 알리자 채 태사는 얼른 그들을 들이게 했다. 선찬은 관승과 학사문을 데리고 채 태사가 있는 방으로 들어갔다. 일행이 절을 마치고 계단 아래 늘어서자 채 태사는 찬찬히 관승을 살폈다.

과연 듣던 대로 관승의 생김은 늠름했다. 키는 여덟 자하고도 대여섯 치가 더했고 올올이 늘어진 수염은 세 갈래로 멋있게 드리워져 있었다. 봉의 눈은 위로 치켜져 있었으며 얼굴빛은 잘 익은 대추 같고 입술은 주사(硃沙)라도 칠한 듯 붉었다. 옛적의 관운장이 다시 살아 오기라도 한 듯한 느낌이었다. 채 태사는 몹시 기뻤다.

"장군은 올해 나이가 얼마나 되오?"

채 태사가 그렇게 묻자 관승이 우렁우렁한 목소리로 대답했다.

"이제 서른하고도 둘입니다."

채 태사가 잔뜩 바라는 눈치로 다시 물었다.

"양산박의 도적 떼가 대명부를 에워쌌다기에 장군을 불렀소. 어찌하면 그것들을 흩어 버릴 수 있겠소?"

"오래전부터 좀도둑들이 물가를 차지하고 앉아 이웃 고을의 백성들을 놀라게 한다는 말을 들어 왔습니다. 그런데 이제 그것들이 저희 굴을 떠나 멀리까지 나왔으니 스스로 죽을 곳을 찾아 온 셈이지요. 대명부를 구하려면 쓸데없이 사람의 힘을 들이지 마시고 제게 날랜 병사 몇만 명만 주십시오. 먼저 양산박을 빼앗은 뒤에 적의 등을 후려치면 그것들은 머리와 꼬리가 서로 돌아볼 수 없는 처지에 빠지고 말 것입니다."

관승이 그렇게 대답했다. 채 태사가 들어 보니 과연 비범한 계책이었다. 기쁜 기색을 감추지 못하며 선찬을 보고 감탄한 듯 말했다.

"이것은 바로 옛적 손빈(孫臏)이 위나라를 포위해 조나라를 구한 것과 같은 계책이다. 내 뜻과 똑같으니 한번 그대로 행하도록 하라."

그러고는 추밀원의 벼슬아치를 불러 산동과 하북의 날랜 군사 만오천 명을 뽑아 주게 했다. 관승은 영병지휘사(領兵指揮使)로 주장이 되고 학사문은 선봉이 되었으며 선찬은 뒤를 맡고 보군태위(步軍太尉) 단상(段常)은 군량과 말먹이 풀을 대게 했다.

삼군을 배불리 먹인 관승은 그날로 군사를 일으켜 양산박으로 달려갔다.

한편 북경성을 에워싼 송강은 여러 두령들과 함께 매일같이 성을 들이쳤다. 그러나 이성과 문달은 그 기세에 밀려 감히 맞설 엄두를 내지 못했다. 게다가 삭초는 화살을 맞은 자리가 덧나 아직 일어나지 못하였으니 아무도 나가 싸울 사람이 없었다.

송강은 연일 성을 들이쳐도 깨뜨리지 못하자 마음속으로 걱정이 되기 시작했다. 산채를 떠난 지 이미 오래되었는데 아직 싸움에 이기지 못했으니 이쪽저쪽이 모두 불안하지 않을 수가 없었다. 이에 밤늦도록 잠을 이루지 못하고 홀로 등불 아래 현녀(玄女)가 준 천서를 읽고 있는데 문득 한 작은 두령이 달려와 알렸다.

"군사께서 뵙고자 하십니다."

그 말에 이어 오용이 송강의 장막으로 찾아들었다.

"저희들이 성을 에워싼 지도 오래되었는데 어찌 된 셈인지 구원군도 오지를 않고 성안에서도 나와 싸우려고 않는군요. 전에 세 필의 말이 성을 빠져나간 게 아무래도 마음에 걸립니다. 양중서가 사람을 시켜 이곳의 일을 도성에 알린 것이 틀림없습니다. 아시다시피 양중서의 장인은 바로 그 채 태사가 아닙니까? 채 태사는 날랜 군사와 씩씩한 장수를 뽑아 옛적에 손빈이 조나라를 구하던 그 계책을 쓰려 들 것입니다. 이곳의 위태로움을 구해 주려고 오히려 양산박의 대채를 치고 나서면 형님께서도 걱정을 아니 하실 수 없을 겝니다. 우리가 먼저 군사를 수습해 거기에 대비하는 게 좋겠습니다."

오용이 송강을 보고 그렇게 말했다. 그런데 미처 오용의 말이 다 끝나기도 전에 신행태보 대종이 달려와 헐떡이며 알렸다.

"동경의 채 태사가 관운장의 후손인 포동의 대도 관승을 불러 군사를 주고 양산박을 치게 했습니다. 우리 산채에는 주장이 정해져 있지 않으니 형님께서 얼른 군사를 물리고 돌아가 보셔야겠습니다. 먼저 양산박의 위태로움부터 풀어야 되지 않겠습니까?"

자신이 걱정한 대로 일이 터졌으나 오용은 그리 걱정하는 눈치를 보이지 않았다. 송강을 바라보며 차분히 말했다.

"일이 그렇게 되었다 하더라도 너무 급하게 서둘러 가서는 아니 됩니다. 오늘 밤에 먼저 보병을 돌아가게 하되 두 갈래 인마를 비호욕 양쪽에 숨겨 두도록 합시다. 성안에서 우리가 군사를 물리는 줄 알면 반드시 뒤쫓아올 것입니다. 그리되면 우리 군사들이 먼저 어지러워지고 말지 않겠습니까?"

"군사의 말씀이 옳소."

송강도 달리 길이 없다는 듯 오용의 뜻을 따랐다.

송강은 먼저 소이광 화영에게 오백 군사를 주어 비호욕 왼편에 매복하게 하고 다시 표자두 임충에게 오백 군사를 주어 비호욕 오른편에 매복하게 했다. 그리고 또 쌍편 호연작을 불러 스물다섯 기의 마군과 함께 능진을 데리고 성에서 십여 리 떨어진 곳에서 기다리게 했다. 뒤쫓는 적병이 있으면 능진으로 하여금 풍화포를 쏘게 하여 숨어 있던 두 갈래의 복병에게 알리려 함이었다.

모든 채비가 끝나자 송강은 다시 영을 내려 전대부터 군사를 돌리기 시작했다. 조용조용히 물러가면서 적을 만나도 싸우지 말라는 명과 함께였다. 보군들은 밤이 깊기를 기다려 진채를 뽑았다. 그리고 차례차례 돌아가니 다음 날 새벽이 되었을 때는 이미 북경성 근처에는 양산박 군사들이 한 명도 남아 있지 않았다.

날이 밝자 성안에서도 송강의 군사들이 모두 진채를 뽑아 돌아가고 있음을 알았다. 자세히 살핀 군관 하나가 양중서에게 달려가 알렸다.

"이상합니다. 양산박의 군마가 오늘 모두 돌아가고 있습니다."

그 말을 들은 양중서는 이성과 문달을 불러 어찌해야 될지를 의논했다. 문달이 짐작을 앞세워 말했다.

"아마도 도성에서 낸 구원병이 양산박을 친 것 같습니다. 그 바람에 저것들이 저희 소굴을 잃을까 봐 황망히 돌아가고 있는 거겠지요. 지금 이 기세를 타고 뒤쫓으면 반드시 송강을 사로잡을 수 있습니다."

그때 다시 성 밖에서 보마(報馬)가 들어와 동경에서 보낸 문서를 전했다. 군사를 내어 적의 소굴을 치고 있으니 만약 적이 물러나거든 얼른 뒤쫓으란 말이 적혀 있는 문서였다. 이에 양중서는 더 생각할 것도 없다는 듯 이성과 문달에게 각기 한 갈래 군사를 내어주고 동서 두 길로 송강의 군사를 뒤쫓게 했다.

한편 군사를 이끌고 양산박으로 돌아가던 송강은 성안에서 뒤쫓는 적병이 나온 걸 보고 더욱 길을 재촉했다. 그러나 이성과 문달이 거느린 관군은 잠깐 사이에 비호욕까지 따라왔다. 이긴 기세를 타고 뒤쫓는 길이라 거침없이 골짜기로 밀고 드는 이성과 문달의 귀에 갑자기 화포 터지는 소리가 들렸다. 이성과 문달은 깜짝 놀라 말고삐를 당기며 주위를 살폈다. 뒤쪽 깃발이 휘날리는 곳에서 북소리가 요란하게 들리더니 두 갈래 인마가 쏟아져 나왔다. 왼쪽은 소이광 화영이 이끄는 인마요, 오른쪽은 표자두 임충이 이끄는 인마였다. 이성과 문달은 자기들이 적의 계략에 빠졌음을 알고 얼른 군사를 돌렸다. 그때 다시 호연작이 한 갈래 인마를 이끌고 나타나 길을 막았다. 그 바람에 이성과 문달은 싸움다운 싸움 한번 제대로 못해 보고 성안으로 쫓겨 들어갔다. 갑옷 투구조차 제대로 꿰지 못한 볼품사나운 꼴이었다.

더 이상 뒤쫓는 적병이 없자 송강의 인마는 아무런 어려움 없이 양산박을 향해 길을 재촉했다. 군사가 양산박 근처에 이르자 추군마 선찬이 관군을 이끌고 나와 길을 막았다. 이에 송강도 더 나아가지 못하고 그곳에 진채를 내린 뒤 샛길로 사람을 보내 산채에 그들이 이르렀음을 알리게 했다. 물과 뭍에서 아울러 군사를 내어 관군을 물리치자는 계책도 보냈다.

그때 양산박 수채 안에서는 선화아 장횡과 낭리백조 장순이 마주 앉아 의논 중이었다.

먼저 장횡이 아우 장순을 보고 말했다.

"우리 형제는 이 양산박으로 들어온 이래 이렇다 할 공을 세운 게 없다. 이번에 대도 관승이 세 갈래 인마를 이끌고 우리 산채를 치러 왔는데 이때 만약 우리 형제가 먼저 관군의 진채를 들이치고 관승을 사로잡을 수 있다면 그거야말로 큰 공이 아니겠느냐? 여러 형제들에게도 한번 낯을 세우는 일이 되니 어렵더라도 그리 해보자."

그러나 장순은 그런 형의 말을 선뜻 받아 주지 않았다. 오히려 걱정스러운 얼굴로 조용히 말했다.

"형님, 저와 형님은 산채의 수군을 모두 맡아 거느리고 있습니다. 만약 일이 잘못되면 다른 사람의 비웃음을 면치 못할 것입니다."

"그렇게 꼼꼼히 따지다가 언제 한번 공을 세워 보겠느냐? 네가 가지 않으려면 그만두려무나. 나는 오늘 밤 한번 가 볼 테다!"

장횡이 장순을 나무라듯 그렇게 고집을 부렸다. 장순은 그런 형을 몇 번이나 말렸으나 끝내 장횡은 들어주지 않았다.

그날 밤 장횡은 작은 배 오십여 척을 끌어모은 뒤 배마다 네댓

명씩을 태우고 수채를 떠났다. 배 위에는 서너 명의 졸개가 탔는데 하나같이 손에는 대창을 들고 허리에는 작고 날카로운 비수를 품었다. 으스름한 달빛 속으로 배들이 수채를 떠난 것은 밤 이경 무렵이었다.

그때 관승은 장막 안에서 불을 켜 놓고 책을 읽는 중이었다. 길가에 매복해 있던 젊은 군교 하나가 달려와 알렸다.

"갈대꽃 사이로 사오십 척의 배가 떠내려 다가오는데 배에 탄 것들은 저마다 긴 창을 들고 갈대숲 뒤에 두 갈래로 숨어들었습니다. 무얼 하려는 건지 알 수 없어 이렇게 달려와 아룁니다."

그 말을 들은 관승은 작게 웃으며 고개를 끄덕이다 곁에 있는 장수를 불렀다. 관승이 무어라 낮게 명하는 이야기를 다 들은 장수가 군막을 나갔다.

한편 관군 쪽의 그 같은 대비를 알 리 없는 장횡은 미리 짜 둔 대로 계책을 시행했다. 데려간 이삼백 졸개를 이끌고 갈대숲에 몸을 숨긴 채 관군의 진채로 다가간 뒤 그대로 울타리를 열어젖히고 중군을 덮친 것이었다. 장횡의 패거리가 중군의 장막에 이르러 보니 촛불이 휘황한 가운데 관승이 수염을 쓰다듬으며 책을 읽고 있는 게 보였다. 그걸 본 장횡은 속으로 몹시 기뻤다.

이제 관승은 사로잡은 것이나 다름없다는 생각으로 긴 창을 꼬나든 채 장막 안으로 뛰어들었다. 그때였다. 갑자기 장막 한쪽에서 징 소리가 울리더니 수많은 군사가 함성과 함께 벌 떼처럼 쏟아져 나왔다.

산이 무너지고 땅이 뒤집힐 듯한 관군의 기세에 놀란 장횡은 싸울 엄두조차 내지 못하고 돌아서서 달아나기 바빴다. 그러나 사방에서 몰려드는 관군 때문에 그것조차 뜻대로 되지 않았다. 몰이꾼에 쫓기는 멧돼지처럼 이리저리 내몰리다가 끝내는 모두 사로잡히고 말았다. 장횡을 비롯해서 따라갔던 삼백 명 가운데 단 한 명도 빠져나오지 못한 것이었다. 장횡을 비롯한 양산박 졸개들이 꽁꽁 묶여 끌려가자 관승이 높은 곳에서 내려다보며 껄껄 웃었다.

"이 하찮은 도둑들이 겁도 없구나! 어찌 감히 나를 넘보았느냐?"

그렇게 꾸짖고는 장횡을 죄수 싣는 수레에 가두게 했다. 나머지 졸개들도 모조리 한 우리에 쓸어 넣고 송강을 사로잡으면 함께 도성으로 끌고 가리라 별렀다.

장횡이 관승에게 사로잡힐 무렵 수채 안에서는 완씨 삼 형제가 머리를 맞대고 앉아 의논에 빠져 있었다. 송강이 있는 곳에 사람을 보내어 어찌할까를 물어보려 함이었다. 그때 장순이 수채로 찾아와 뜻밖의 소식을 전했다.

"우리 형님이 내 말을 듣지 않고 관승의 영채를 치러 갔다가 뜻밖에도 거꾸로 사로잡히고 말았소. 지금 죄수를 싣는 수레에 갇혀 있다는구려."

그 말을 들은 완소칠이 벌떡 몸을 일으키며 소리쳤다.

"우리 양산박의 여러 형제들은 살아도 함께 살고 죽어도 함께 죽기로 하였소. 좋은 일이든 궂은 일이든 서로 돕고 구해 주어야 하는데 당신은 바로 친동생이면서 어찌 장 형이 혼자 가도록 내버려 두었단 말이오? 이제 관군에 사로잡혔다니 만약 당신이 가서 구하지 않겠다면 우리 삼 형제라도 가서 장 형을 구해 내야 겠소!"

"아직 송강 형님의 장령이 이르지 않아 가볍게 움직이지 못하고 있습니다."

완소칠의 격한 말투에도 불구하고 장순이 차분히 받았다. 친형이 적에게 사로잡힌 사람 같지 않은 장순의 그 같은 침착에 완소칠이 한층 더 격해서 떠들었다.

"만약 송강 형님의 장령만 기다리고 있다가는 당신 형님은 끝장나고 말 거요. 못된 관군 놈들에게 먼저 다져진 고깃덩이가 된단 말이오!"

완소이와 완소오도 완소칠과 생각이 같았다.

"그렇소. 그건 아마도 아우의 말이 맞을 거요."

그러면서 장횡을 구하는 일을 서둘렀다. 완씨 삼 형제가 그렇게 팔을 걷고 나서는 바람에 장순도 더는 차분하게 생각할 수 없었다. 그들과 함께 형 장횡을 구하러 나서게 되었다.

그날 밤 사경 무렵이었다. 완씨 삼 형제와 장순은 수채에 남아 있는 크고 작은 두령들과 백여 척 배를 긁어모아 관승의 진채를 덮쳐 갔다. 물가 언덕에서 망을 보던 관군은 양산박의 싸움배가 벌 떼처럼 밀고 나오는 걸 보자 급히 관승에게 달려가 알렸다. 관승이 차게 비웃으며 말했다.

"머리라고는 도무지 쓸 줄 모르는 하찮은 것들이구나."

그러고는 고개를 돌려 곁에 있는 장수들에게 다시 무어라고 나지막이 영을 내렸다.

전날 밤 장횡이 관군의 진채를 급습했을 때와 비슷한 일이 또 벌어졌다. 완씨 삼 형제가 앞장을 서고 장순이 뒤를 맡아 양산박 군사들이 함성을 지르며 관군의 진채로 뛰어든 것까지는 좋았다. 그러나 진채 안에는 횃불만 대낮같이 밝을 뿐 사람은 하나도 보이지 않았다. 그제야 뭔가 일이 심상찮음을 느낀 완씨 삼 형제는 얼른 몸을 돌려 달아나려 했다. 그때 장막 앞에서 징 소리가 한 번 크게 울리더니 좌우에서 마군과 보군이 여덟 갈래로 길을 나누어 덮쳐 왔다. 관군은 또 양산박 군사를 겹겹이 에워쌌다. 뒤따라가던 장순은 일이 틀어졌음을 알고 얼른 물가로 되돌아가 물속으로 뛰어들었다.

한편 관군에게 에워싸인 완씨 삼 형제는 죽기로 싸워 길을 열고 간신히 물가에 이르렀다. 그러나 뒤따라온 관군이 숨 돌릴 틈을 주지 않고 갈고리 창으로 사람을 낚아채며 밧줄을 던져 옭아맸다. 그 바람에 활염라 완소칠은 끝내 관군에게 사로잡혀 끌려가고 완소이와 완소오만 장순이 데려온 혼강룡 이준과 동위, 동맹 형제의 도움을 받아 겨우 몸을 빼낼 수 있었다.

관승이 새로이 사로잡힌 완소칠 또한 죄수를 가두는 수레에 집어넣게 했다. 역시 송강을 사로잡으면 함께 도성으로 끌고 갈 작정에서였다. 두 번 싸움에 두령 둘과 적잖은 졸개들을 잃은 양산박의 수군은 곧 그 소식을 산 위의 대채로 알렸다. 유당은 장순을 시켜 물길로 그 같은 소식을 송강의 진채에 알리게 했다. 송강은 오용을 불러 어찌하면 관승을 물리칠 수 있을까를 의논했다. 오용이 밝지 못한 얼굴로 말했다.

"내일 한번 결판을 내 보도록 하지요. 그래서 승패가 어찌 될 지를 살펴보도록 합시다."

그러고는 다음 날의 싸움에 쓸 계책을 세우고 있는데 갑자기 장막 밖에서 요란한 목소리가 들려왔다. 송강이 알아보니 관군 쪽의 추군마 선찬이 삼군을 이끌고 그곳까지 밀고 든 것이었다.

송강은 여러 두령들을 이끌고 선찬과 맞서러 나아갔다. 문기 아래 이르러 살펴보니 선찬의 기세가 여간 아니었다.

"누가 한번 나가 싸워 보겠는가?"

송강이 좌우를 돌아보며 물었다. 소이광 화영이 대답도 없이 말 배를 차고 달려 나가 선찬을 덮쳤다. 선찬 또한 춤추듯 칼을 휘두르며 화영에게 맞섰다.

치고받고 밀고 밀리며 싸운 지 십여 합이 지났을 무렵이었다. 화영이 짐짓 밀리는 척하다 말 머리를 돌려 달아나기 시작했다. 선찬이 멋모르고 그런 화영을 뒤쫓았다. 그러자 달아나던 화영은 들고 있던 창을 말안장에 걸고 가만히 활을 꺼냈다.

화영이 말안장에 앉은 채 번뜩 몸을 뒤집으며 화살 한 대를 날렸다. 선찬은 시위 소리와 함께 화살이 날아오는 것을 보자 손에 들고 있던 칼로 날아오는 화살을 후려쳤다. 화살은 날카로운 쇳소리와 함께 선찬의 칼날에 가 맞고 떨어졌다.

화영은 첫 화살이 빗나간 걸 보고 두 번째 화살을 꺼냈다. 선찬이 가까이 다가오기를 기다려 화영은 그 가슴을 겨누어 쏘았다. 그러나 선찬은 이번에도 말안장에 납작 엎드려 화살을 피했다.

두 번의 화살을 피하기는 했으나 선찬도 화영의 활 솜씨가 여간 아님을 알아차렸다. 감히 뒤쫓을 생각을 못하고 말 머리를 돌려 자기 진채로 물러났다.

관승을 사로잡고 다시 북경으로

화영은 선찬이 뒤쫓아오지 못하고 되돌아가는 걸 보자 이때다 생각했다. 얼른 말 머리를 돌려 거꾸로 선찬을 뒤쫓으며 세 번째 화살을 뽑았다. 화영이 선찬의 등판을 향해 다시 화살을 날렸다. 쨍그렁 하는 쇳소리와 함께 화살은 선찬의 등을 가리고 있던 호심경(護心鏡)에 맞고 떨어졌다. 선찬은 더욱 움츠러들었다. 뒤도 돌아보지 않고 저희 진채로 쫓겨 들어가 관승에게 그 일을 알렸다.

"어서 내 말을 끌고 오너라."

선찬이 쫓겨 들어왔다는 말을 들은 관승은 좌우를 돌아보며 소리쳤다. 관승의 말은 털이 불붙은 숯처럼 새빨갰다. 청룡도를 꼬나잡고 그 말 위에 오른 관승은 문기를 열고 나가 진채 앞에 우뚝 섰다.

관승을 본 송강은 그 늠름한 모습에 반했다. 오용을 돌아보며 입에 침이 마르도록 관승을 상찬하다가 문득 고개를 돌려 여러 장수들을 보고 말했다.

"관승 장군은 참으로 영웅이다. 이름이 헛되이 전해지지 않았구나!"

그러자 임충이 벌컥 화를 내며 소리쳤다.

"우리 여러 형제는 양산박으로 들어온 이래 크고 작은 싸움을 오륙십 번이나 했지만 한 번도 날카로운 기세가 꺾여 본 적이 없습니다. 그런데 형님께서는 오늘 어찌하여 우리들의 위풍을 스스로 깎는 말씀을 하십니까?"

그러고는 말이 끝나기 바쁘게 창을 꼬나잡고 말을 박차 달려 나갔다. 관승은 임충이 달려 나오는 걸 보고 큰 소리로 외쳤다.

"물가에 붙어사는 하찮은 좀도둑들아, 내가 공연히 네놈들을 괴롭히러 온 것이 아니라 다만 송강을 불러 묻고 싶은 말이 있어서이니 송강더러 나오라 하여라. 그놈은 왜 조정의 은혜를 저버리고 역적질을 시작했다더냐?"

그 같은 관승의 외침은 송강의 귀에도 들어갔다. 송강은 얼른 임충을 소리쳐 불러들인 뒤 스스로 말에 올라 진채 앞으로 나아갔다.

"운성현의 하찮은 벼슬아치였던 송강이 장군을 뵙습니다."

송강이 말 위에서 몸을 숙여 예를 한 뒤 관승을 향해 공손하게 말했다. 관승이 그런 송강을 꾸짖었다.

"비록 자리가 낮다고는 해도 벼슬아치는 벼슬아치, 그런데도 너는 어찌 감히 조정에 맞서려 드느냐?"

"조정이 밝지 못해 간신들이 권세를 잡고 충성스럽고 어진 선비는 높이 쓰이지 못하고 있습니다. 세상에 널린 것은 더럽고 썩은 벼슬아치뿐이라 백성을 죽이고 해치기를 밥 먹듯 하니 하늘이 노한 지 오랩니다. 이에 저희들은 하늘을 대신해 세상의 도를 바로잡으려 할 뿐 다른 뜻은 전혀 없습니다."

송강이 여전히 공손한 말투로 대꾸했다.

관승이 한층 목소리를 높였다.

"하찮은 좀도둑들이 어찌 하늘을 대신하겠으며 어찌 도를 행한단 말이냐? 천병(天兵)은 이미 이곳까지 이르렀는데 아직도 교묘한 말장난이나 하려 드는가? 어서 빨리 말에서 내려 밧줄을 받지 않으면 네놈을 잡아 갈가리 찢어 놓겠다!"

그러자 송강보다 더 화가 난 것은 성미 급한 벽력화 진명이었다. 진명은 송강의 뜻을 물어볼 것도 없이 한 소리 큰 외침과 함께 가시 방망이를 휘두르며 말을 박차고 나섰다. 임충도 화를 못이겨 고함 소리와 함께 창을 끼고 달려 나갔다.

두 장수가 한꺼번에 관승을 덮쳐 갔으나 관승은 조금도 겁내는 기색이 없었다. 혼자서 둘을 맞아 태연히 싸움을 벌였다. 세 사람이 탄 말이 한데 뒤엉기며 싸움이 막 불붙으려 할 때였다. 송강이 문득 손가락질로 군사를 거두는 징을 급하게 울리도록 했다. 징 소리를 듣고 달려온 진명과 임충이 송강을 향해 소리쳤다.

"이제 막 그놈을 사로잡으려 하는데 형님은 무슨 일로 저희를 불러들이셨습니까?"

그렇지만 상기되어 있기는 송강도 마찬가지였다. 진명과 임충 뿐만 아니라 다른 모든 두령들에게도 들으라는 듯 큰 소리로 말했다.

"여보게 아우들, 우리는 충의 두 글자를 내걸고 모인 사람들일세. 두 명이 하나를 상대하는 것은 거기 맞지 않네. 설령 저 사람을 사로잡는다 해도 마음으로는 우리에게 굽히지 않을 테니 그 일은 어쩌겠는가? 내가 보니 그래도 관승은 의기와 용맹이 넘친 장수요, 대대로 이은 충신 가문의 집 자손일세. 그 조상(관운장)은 신으로 받들어져 집집마다 사당에 모시고 있지 않은가? 만약 저 사람을 우리 산채로 받아들일 수만 있다면 이 송강은 기꺼이 그에게 주인의 자리를 물려주겠네."

그 같은 송강의 말에 진명과 임충은 낯색이 변해 그 앞을 물러났다. 이에 그날은 이렇다 할 싸움이 없이 각기 군사를 물렸다.

한편 진채로 돌아간 관승은 말에서 내려 갑옷을 벗으면서 속으로 생각했다.

'내가 힘껏 싸워도 두 장수를 이기기는 어려웠을 것이다. 그런데 송강이 무슨 뜻으로 군사를 거두었을까?'

몇 번이나 곱씹어 생각해 보았으나 영 까닭을 알 수 없었다. 관승은 문득 곁에 있는 군졸을 시켜 함거에 갇힌 장횡과 완소칠을 불러오게 했다. 혹시 그 둘을 통해서나마 송강의 뜻을 헤아릴 수도 있을지 모른다는 생각에서였다.

"송강은 운성현이라는 작은 고을의 낮은 벼슬아치에 지나지 않왔다. 그런데 너희들은 어찌하여 그에게 몸을 굽히게 되었느냐?"

관승이 넌지시 묻자 완소칠이 대뜸 받았다.

"우리 형님은 산동과 하북 지방에 널리 이름을 떨친 급시우 호보의 송공명이다. 너는 충의로운 사람을 알아보지 못하는 주제에 어찌 우리 형님을 알아볼 수 있겠느냐?"

그 당당한 대꾸에 관승은 말문이 막혔다. 가만히 고개를 끄덕이다가 두 사람을 다시 수레에 가두게 했다.

그날 밤이었다. 관승은 자리에 누워도 마음이 편치 않아 군막을 나온 뒤 진채를 살폈다. 하늘에는 찬 달빛이 그득하고 땅 위에는 서리가 하얗게 피어 있었다. 관승이 까닭 모르게 울적해서 걷고 있는데 매복을 나가 있던 군교 하나가 와서 알렸다.

"머리칼과 수염이 헝클어진 장수 하나가 말 한 필로 달려와 장군을 뵙고자 합니다."

"그가 누구인지 물어보지 않았느냐?"

관승이 그렇게 물었다. 그 군교가 대답했다.

"그는 갑옷도 입지 않고 무기도 들지 않았습니다. 이름을 물었으나 대답은 않고 장군님만을 뵙기를 원하더군요."

"그렇다면 내게로 데려오너라."

관승이 그렇게 허락하자 오래잖아 한 사람이 관승의 군막 안으로 찾아왔다. 절을 올리는 그 장수를 등불 아래서 자세히 살펴보니 어디선가 본 듯도 한 얼굴이었다.

"당신은 누구요?"

관승이 그렇게 물었다. 그 장수가 이름은 밝히지 않고 거북한 듯 주위를 둘러보며 말했다.

"바라건대 좌우의 사람을 좀 물려 주십시오."

그 말에 관승이 껄껄 웃었다.

"대장이 백만 대군 속에 있으면서 군사들과 한마음 한뜻으로 뭉치지 못한다면 어찌 손가락 부리듯 군사를 부릴 수 있겠는가? 내 장막에는 안이든 밖이든 크든 작든 간에 믿지 못할 사람이라고는 없다. 할 말이 있으면 무엇이든 망설이지 말고 하라."

그러자 그 장수가 비로소 입을 열었다.

"저는 바로 호연작이란 사람입니다. 전에 조정의 통령(統領)으로 연환마를 이끌고 양산박을 치러 왔다가 뜻밖에도 도적들의 간세에 실려 대군을 잃고 돌아가지 못하게 되었지요. 어제 장군이 이곳에 이르렀단 말을 듣자 속으로 기쁨을 감출 수 없었습니다. 또 임충과 진명이 장군을 사로잡으려고 나섰을 때 송강이 급히 징을 쳐 군사를 거둔 것은 장군이 다칠까 걱정해서였지요. 송강은 평소부터 조정에 귀순할 마음을 가지고 있으나 다른 두령들이 따르지 않아 그러지 못하고 있습니다. 그래서 저와 몰래 의논을 하고 여럿을 구슬려 조정에 귀순케 하려고 합니다. 장군께서 만약 저희 뜻을 받아 주신다면 내일 밤 가벼운 차림에 빠른 말을 타고 샛길로 적의 진채를 바로 들이치십시오. 임충을 비롯한 도적의 우두머리들을 사로잡아 도성으로 끌고 가신다면 장군께서는 큰 공을 세움은 물론이요, 송강과 저도 그동안 무거운 죄를 씻는 길을 얻게 될 것입니다."

호연작의 말을 들은 관승은 몹시 기뻤다. 호연작을 장막 안에 머무르게 하고 술을 내어 대접했다. 함께 술잔을 나누면서 호연작은 계속해 송강이 얼마나 충의를 귀하게 여기는 사람인가를 말하고 도적의 무리에 떨어진 것도 다만 한때의 불행으로만 돌렸다. 관승은 수염을 쓰다듬으며 듣다가 때로 무릎을 쳐 가며 감탄했다.

다음 날이 되었다. 송강이 군사를 이끌고 와 싸움을 걸었다. 관승이 호연작을 불러 의논했다.

"비록 어젯밤에 세운 계책이 따로 있기는 하나 오늘 일이 이렇게 되고 보니 저것들의 기를 눌러 주지 않을 수가 없구려. 어찌하면 좋겠소?"

그러자 호연작이 선뜻 나섰다.

"제가 나가 보겠습니다. 갑옷이나 한 벌 빌려주십시오."

관승이 허락을 해 주어 갑옷을 빌려 입은 호연작은 말 위에 올라 진 앞으로 달려 나갔다. 송강이 호연작을 알아보고 큰 소리로 꾸짖었다.

"우리 산채에서는 너를 조금도 저버린 적이 없는데 너는 어찌하여 밤중에 몰래 달아났느냐?"

호연작도 짐짓 낯성을 내며 맞받았다.

"무식하고 하찮은 벼슬아치이던 너 따위와 무슨 큰일을 할 수 있겠느냐?"

송강 또한 정말로 화가 난 사람처럼 진삼산 황신에게 나가 싸우라는 영을 내렸다. 황신이 말 배를 차고 달려 나와 호연작과 맞붙었다. 두 말이 엇갈리며 싸우기를 열 합이나 했을까, 호연작이 번쩍 손을 들어 채찍을 휘두르자 거기 맞은 황신이 말에서 굴러떨어졌다. 구경하고 있던 관승은 얼른 삼군에게 한꺼번에 밀고 들 것을 명했다. 되돌아온 호연작이 그런 관승을 말렸다.

"함부로 적을 뒤쫓아서는 안 됩니다. 오용이란 놈이 꽤나 재주가 있어 함부로 뒤쫓다가는 그 못된 꾀에 걸릴 우려가 있습니다."

그 말을 들은 관승은 얼른 군사를 거두고 원래의 진채로 돌아갔다.

호연작 때문에 한판 싸움을 이긴 셈이 된 관승은 더욱 호연작을 마음에 들어하며 다시 술을 마시던 중에 관승이 호연작에게 물었다.

"황신이란 놈은 어떤 놈이었소?"

호연작이 별것 아니라는 듯 대답했다.

"그놈은 원래 조정의 명을 받고 내려온 벼슬아치로서 청주의 도감(都監)이었습니다. 진명, 화영 등과 함께 도적의 패거리가 되어 평소에도 송강과 뜻이 잘 맞지 않았지요. 그래서 오늘 그놈이 나왔기에 죽이려고 별렀더랬습니다."

그리되니 관승은 더욱 호연작을 믿지 않을 수가 없었다. 드디어 전날 호연작이 말한 대로 따르기로 하고 선찬과 학사문을 불러들였다.

관승은 선찬과 학사문에게 각기 한 갈래 군사를 주어 두 길로 뒤를 받치게 하고 자신은 오백의 마군에 가벼운 병기만을 들게 한 채 호연작을 따라 양산박의 진채를 급습하기로 했다. 밤 이경 무렵에 군사를 일으켜 삼경에는 곧바로 송강의 진채를 덮치고 포향을 신호로 자신의 마군과 선찬, 학사문의 군사들이 한꺼번에 밀고 들 작정이었다.

그날 밤은 달이 대낮같이 밝았다. 해 질 무렵부터 싸움 채비를 단단히 갖춘 관승의 군사들은 밤이 되자 말에서 방울을 떼어 내고 입에는 하무[枚]를 물린 채 진채를 떠났다. 그런 군사들의 앞 길을 호연작이 이끌었다. 산굽이를 돌아 반 경쯤 갔을 때 앞길에서 문득 사오십 명의 군사가 나타나 낮은 목소리로 물었다.

"오시는 분은 호연작 장군이 아니십니까?"

호연작이 그들을 알아보고 나직이 꾸짖듯 말했다.

"떠들지 말고 나를 뒤따르라!"

그러자 그들은 아무 소리 않고 호연작을 뒤따랐다. 아마도 진작부터 호연작을 따르기로 내통이 되어 있던 패거리 같았다. 관승은 별 의심 없이 그런 호연작의 뒤를 따라 나아갔다. 다시 한군데 산비탈을 돌자 호연작이 창끝으로 한곳을 가리켰다. 멀리 한 개의 붉은 등이 걸려 있는 게 보였다. 관승이 말고삐를 당기며 물었다.

"저 붉은 등 달린 곳이 어디요?"

"그곳이 바로 송공명의 중군이 있는 곳입니다."

호연작이 태연스레 대답하자 관승은 그대로 믿었다. 급히 인마를 휘몰아 붉은 등이 있는 곳으로 밀고 들었다. 그때 갑자기 한 소리 포향이 들렸다. 군사들은 그 소리에도 아랑곳 않고 관승을 뒤따라 앞으로만 밀고 나아갔다. 관승의 군사들이 붉은 등이 걸린 곳에 이르러 살피니 송강의 중군이란 곳에는 사람이 하나도 보이지 않았다. 그제야 이상한 느낌이 든 관승은 호연작을 불렀다. 그러나 호연작 역시 어디로 갔는지 보이지 않았다.

적의 계략에 빠진 줄 알게 된 관승은 몹시 놀랐다. 황망히 말 머리를 돌리는데 사방의 산 위에서 북소리, 징 소리가 요란하게 울렸다. 그렇게 되니 어느 길로 달아나야 할지 막막해져 관군들은 각기 흩어져 제 목숨을 구하기에 바빴다. 관승이 달아나다 돌아보니 뒤따르는 마군은 몇 기 되지 않았다.

허둥지둥 내닫던 관승이 어떤 산굽이를 돌았을 때였다. 다시 뒤편 숲속에서 한 소리 포향이 들리며 사방에서 갈고리 달린 창과 던지는 밧줄 든 군사들이 쏟아져 나왔다. 그 바람에 관승은 자랑하던 청룡도 한번 제대로 휘둘러 보지 못하고 말과 칼을 잃은 채 땅 위에 굴러떨어졌다. 그런 관승을 덮친 적병들이 관승의 갑옷을 벗기고 밧줄로 얽은 뒤 저희 진채로 끌고 갔다. 그 무렵 관군의 또 다른 갈래인 선찬과 학사문의 군사들도 비슷한 지경에 빠져들고 있었다. 선찬을 맡은 것은 임충과 화영이었다. 밝은 달빛 아래 길을 막고 있던 임충과 화영은 선찬이 군사를 이끌고 오자 한꺼번에 덤볐다. 세 말이 서로 엇갈리며 싸우기를 스무 합이 넘었을 때였다. 선찬은 혼자서는 임충과 화영을 당해 낼 수 없어 말 머리를 돌려 달아나기 시작했다.

그때 등 뒤에서 여장(女將) 일장청 호삼랑이 달려 나와 붉은 비단으로 꼰 밧줄을 던져 선찬을 말 아래로 떨어뜨렸다. 그러자 보군들이 우르르 달려와 선찬을 묶고 저희 진채로 끌고 갔다.

학사문을 맡은 것은 진명과 손립이었다. 진명과 손립이 한 갈래 군사를 이끌고 길을 막자 학사문이 말 배를 걷어차며 꾸짖었다.

"이 하찮은 좀도둑들아, 나에게 맞서는 자는 죽을 것이요, 달아나는 자는 살 것이다."

그러자 성미 급한 진명이 벌컥 화를 내며 가시 방망이를 휘두르며 학사문을 덮쳐 갔다. 두 사람이 한창 어울려 싸우는데 손립이 곁으로 달려와 진명을 거들려 했다. 진명만 해도 힘에 겹던 학사문은 손립까지 덤벼 오자 몹시 당황했다. 칼 쓰는 법이 어지러워지며 허둥대다 진명의 방망이를 맞고 말 아래로 떨어졌다. 양산박 군사들이 함성을 지르며 달려 나와 그런 학사문을 꽁꽁 얽어 버렸다.

관승의 진채도 성하지 못했다. 박천조 이응이 적잖은 군사를 이끌고 관승의 진채를 덮쳐 먼저 장횡과 완소칠 및 잡혀가 있던 수군들을 구해 내고 거기 있던 군량과 말까지 모두 털어 갔다.

싸움에 이긴 송강은 무리를 이끌고 산채로 돌아갔다. 그사이 벌써 날이 밝아오기 시작했다. 송강을 비롯한 두령들이 충의당에 자리를 잡고 앉자 관승과 선찬, 학사문이 하나하나 끌려 들어왔다. 관승이 끌려오는 걸 본 송강은 황망히 마루 아래로 달려 나와 끌고 오던 군사를 꾸짖어 쫓고 그 밧줄을 손수 풀어 주었다. 그리고 관승을 부축해 충의당 한가운데 있는 의자에 앉힌 뒤 절을 올리고는 머리를 조아린 채 빌었다.

"목숨이나 구하자고 달아난 미치광이 무리들이 감히 장군의 호랑이 같은 위엄을 더럽혔습니다. 부디 저희를 용서하여 주십시오."

호연작도 관승 앞에 나와 머리를 조아리며 빌었다.

"제가 형님의 장령을 받아 본뜻이 아니면서도 장군을 속였습니다. 바라건대 부디 제 죄를 용서해 주십시오."

어리둥절한 관승은 가만히 눈길을 돌려 그곳에 늘어선 양산박의 두령들을 하나하나 살펴보았다. 모두 의기에 차 있을 뿐 속이거나 놀리려 드는 것 같지는 않았다. 이윽고 관승은 선찬과 학사문을 돌아보며 무거운 어조로 물었다.

"우리는 이미 이곳으로 잡혀온 몸이다. 어찌하면 좋겠는가?"

"오직 장군의 명을 따를 뿐입니다."

선찬과 학사문도 어찌할 바를 모르겠다는 듯 그렇게 대답했다. 마침내 관승이 길게 탄식하며 말했다.

"이제 도성으로 돌아갈 낯이 없게 되었으니 오직 빨리 죽여 주기를 바랄 뿐이오!"

"그게 무슨 말씀이십니까? 만약에 장군께서 저희들이 하찮고 천하다 해서 버리지만 않으신다면 저희와 함께 하늘을 대신해 세상의 도를 바로잡을 수도 있습니다. 그러나 장군께서 마다하신들 저희가 어찌 감히 억지로 이곳에 붙들어 둘 수 있겠습니까? 당장 도성으로 돌아가시도록 풀어 드리겠습니다."

송강이 머리를 들어 관승을 올려다보며 그렇게 받았다. 아무리 철석같은 마음을 가진 관승이라 해도 송강이 그렇게까지 나오자 감동하지 않을 수 없었다. 문득 어조를 바꾸어 송강에게 말했다.

"사람들이 이르기를 충의로운 송공명이라더니 과연 그렇구려. 사람이 세상을 살아감에 있어 임금이 나를 알아보면 임금에게 보답하고 벗이 나를 알아주면 벗에게 보답해야 하는 법이오. 이제 이미 내 마음이 움직였으니 바라건대 한낱 졸개로라도 나를 거두어 주시오."

그 말을 들은 송강은 기쁨을 감추지 못했다. 한편으로는 크게 잔치를 벌이게 하고 다른 한편으로는 흩어진 관군들을 모아들이게 했다. 그렇게 해서 모아들인 관군이 육칠천 명이나 되었다. 송강은 그 관군들 중에서 너무 늙었거나 어린 사람은 은냥을 주어 각기 집으로 돌아가게 하고 나머지는 산채에 거두어들였다. 새로이 한패가 된 관승과 학사문의 가족들을 돌보는 일에도 소홀함이 없었다. 송강은 설영에게 글을 주고 포동으로 보내 관승과 학사문의 가족들을 모두 양산박으로 데려오게 했다.

싸움에서 이긴 데다 세 장수와 수많은 인마까지 얻게 된 터라 산채의 잔치는 흥겹기 그지없었다. 그런데 술잔을 나누던 송강이 문득 눈물을 흘렸다.

북경의 감옥에 갇혀 있는 노준의와 석수를 생각하다 그리된 것이었다. 오용이 그런 송강의 속마음을 알고 위로했다.

"형님, 너무 걱정하지 마십시오. 오용이 다 준비를 갖추어 놓았습니다. 오늘 밤은 이렇게 보내고 내일 다시 군사를 일으켜 대명부를 치도록 합시다. 이번에는 반드시 우리 뜻대로 될 것입니다."

그때 관승이 문득 몸을 일으켜 말했다.

"이 관 아무개는 여러분의 은혜를 입은 사람이외다. 이번에 앞장을 서서 싸웠으면 하오."

송강은 오용이 이미 계책을 다 세워 놓았다는 데다 관승까지 그렇게 나서자 몹시 기뻤다. 다음 날 군사를 일으키고 관승에게는 학사문을 딸려 선봉을 맡게 했다. 그리고 나머지 두령들은 저번에 정한 그대로 북경성을 치러 갈 사람과 남아서 산채를 지킬 사람으로 나누었다. 다만 변한 게 있다면 전에는 산채를 지키는 측에 남았던 이준과 장순이 이번에는 수전(水戰)에 쓸 기구들과 함께 따라나서게 된 것뿐이었다.

한편 양중서는 겨우 자리를 털고 일어난 삭초와 함께 술을 마시고 있었다.

그런데 그날 돌연 햇빛이 흐려지고 샛바람이 거세게 일더니 탐마(探馬)가 달려와 알렸다.

"관승, 선찬, 학사문은 데리고 간 인마와 함께 송강에게 사로잡혔다고 합니다. 그리하여 도리어 도둑들과 한패가 된 뒤 지금 이리로 몰려들고 있습니다."

그 말을 들은 양중서는 깜짝 놀랐다. 얼이 빠진 나머지 할 말도 잊고 들고 있던 젓가락을 떨어뜨렸다. 그걸 본 삭초가 씩씩하게 말했다.

"지난번에는 그놈들이 몰래 쏜 화살에 욕을 보았습니다. 이제 그 원수를 갚을 때가 왔습니다."

그제야 겨우 정신을 차린 양중서는 삭초에게 술을 따라 주며 말했다.

"어서 인마를 이끌고 나가 적을 막도록 하시오."

이성과 문달도 곧 군사를 수습해 삭초의 뒤를 받쳐 주기로 했다. 때는 한겨울이라 연일 큰바람이 일고 날은 차기 그지없었다.

말발굽은 얼어붙고 몸에 걸친 갑옷은 얼음 같았다. 그러나 삭초는 조금도 망설임 없이 도끼를 울러메고 비호욕으로 달려가 진채를 세웠다.

다음 날이 되었다. 송강은 여방과 곽성을 데리고 높은 산언덕에 올라가 관승이 싸우는 모습을 내려다보았다. 싸움을 알리는 북소리가 세 번 크게 울리며 관승이 말을 박차 나아가자 저쪽에서는 삭초가 달려 나왔다. 삭초는 관승을 얼른 알아보지 못했다. 삭초를 따르던 군졸 하나가 귀띔해 주었다.

"저것은 이번에 조정을 저버리고 도적과 한패거리가 된 대도 관승입니다."

그 말을 들은 삭초는 말 한마디 거는 법 없이 똑바로 관승을 덮쳤다. 관승도 청룡도를 휘둘러 그런 삭초와 맞붙었다. 두 사람이 싸운 지 열 합쯤 되었을 때였다. 이성은 삭초의 도끼가 관승을 이기지 못할 것 같아 스스로 쌍칼을 휘두르며 달려 나갔다. 그러나 이편에서는 선찬과 학사문이 각기 병기를 휘두르며 관승을 편들어 달려 나갔다. 곧 다섯 마리의 말이 한 덩이가 되어 치고받으며 어지럽게 돌아갔다.

높은 곳에서 그 광경을 바라보고 있던 송강은 갑자기 채찍을 들어 한번 휘둘렀다. 그러자 양산박의 대군이 명석을 마는 듯한 기세로 일시에 밀고 나아갔다. 이성이 이끌고 온 군사는 그 기세를 당해 내지 못했다. 싸움다운 싸움도 없이 크게 지고 밤새 쫓기어 성안으로 들어갔다. 송강은 군사들을 재촉해 관군을 뒤쫓다가 북경성 아래에 이르러서야 뒤쫓기를 그치고 영채를 얽었다.

다음 날이었다. 짙은 구름이 싸움터를 덮은 가운데 삭초 혼자서 한 갈래의 인마를 거느리고 성을 뛰쳐나왔다. 그걸 본 오용은 장졸들에게 겉으로만 싸우는 척하다가 삭초가 치고 들면 쫓긴 듯 물러나 주라는 영을 내렸다. 그 바람에 그날 낮 싸움에서 한 판을 이긴 삭초는 몹시 흐뭇해하며 성안으로 돌아갔다.

그날 밤은 구름이 더 짙어지고 바람결이 세졌다. 오용이 군막 밖을 나가 보니 하늘 가득 눈이 내리고 있었다. 그걸 본 오용은 보군들을 보내 대명성(북경성) 밖의 산기슭 개울가 좁은 길목에 함정을 파게 했다. 함정의 덮개 위에 밤새도록 눈이 내려 쌓여 날이 밝은 뒤에 보니 전혀 표시가 나지 않았다

한편 삭초는 날이 밝자 성벽 위로 말을 타고 올라가 송강의 진채 쪽을 살펴보았다. 양산박의 군사들이 이리 몰리고 저리 쏠리며 오락가락하는 게 모두가 겁을 먹은 기색이었다. 이에 힘을 얻은 삭초는 다시 삼백여 기의 군사를 이끌고 성 밖으로 치고 나갔다. 전날과 달리 송강의 군사들은 이번엔 제대로 싸움조차 해 보지 않고 사방으로 흩어져 달아났다. 다만 수군 두령인 이준과 장순이 갑옷도 제대로 갖추지 않은 채 창을 비껴들고 달려 나와 황급히 삭초를 막으려 들 뿐이었다.

하지만 이준과 장순도 싸움에는 별로 뜻이 없어 보였다. 삭초와 몇 번 부딪치기도 전에 창을 버리고 달아나기 시작했다. 전날 오용이 파게 한 함정 쪽을 향해서였다. 삭초 또한 성미가 급하기로는 누구에게도 못지않은 사람이었다. 장순과 이준이 자기를 유인하고 있다고는 생각조차 못하고 말 배를 차 그들을 뒤쫓았다.

함정 가까이 이른 이준은 말까지 버리고 뛰어서 함정 쪽으로 달아나며 앞을 향해 짐짓 다급한 목소리로 외쳤다.

"송공명 형님, 어서 달아나십시오!"

그 소리를 들은 삭초는 더욱 기운이 났다. 잘하면 송강까지 사로잡을 수 있다는 생각에 앞뒤 돌아볼 것 없이 내몰았다. 그때 갑자기 산등성이에서 한 소리 포향이 울리고 삭초는 말과 함께 깊은 구덩이 속으로 떨어졌다. 그와 함께 등 뒤에서 복병이 일제히 일어나니 비록 삭초가 머리 셋에 팔이 여섯이라 한들 어찌 빠져나올 수 있겠는가. 끝내는 양산박 군사들이 던진 밧줄에 멧돼지처럼 옭히는 신세가 되고 말았다.

송강이 때마침 내린 큰 눈을 이용해 삭초를 사로잡아 버리자 그를 따르던 군사들은 대장을 구해 볼 엄두조차 못 내고 성안으로 되쫓겨 들어갔다. 군사들이 삭초가 사로잡혀 갔다는 소식을 전하자 양중서는 더욱 어찌할 줄을 몰랐다. 여러 장수들에게 영을 내려 굳게 성을 지킬 뿐 나가 싸우지 못하게 했다. 마음 같아서는 옥에 갇혀 있는 노준의와 석수를 당장 끌어내 죽이고 싶었지만 그것도 함부로는 할 수 없었다. 조정에서 보낸 구원군은 아직 오지 않은 데다가 그 일로 송강의 화를 돋우게 되면 한층 더 큰 어려움에 빠질 것 같아서였다.

양중서는 할 수 없이 두 사람을 그대로 옥에 가두어 둔 채 또다시 도성으로 사람을 보내어 조속한 구원을 빌 따름이었다.

한편 사로잡힌 삭초는 곧 송강에게로 끌려갔다. 송강은 삭초를 보자 몹시 기뻐하며 그를 끌고 온 군사들을 꾸짖어 물리치고 몸소 밧줄을 풀어 주었다. 그리고 장막 안으로 이끌어들인 뒤 술을 내어 대접하며 부드럽게 달랬다.

"장군께서 보다시피 우리 형제들의 태반은 원래가 조정에서 보낸 벼슬아치들이외다. 장군께서도 이 송강을 어리석다 버리지 마시고 도와주십시오. 함께 하늘을 대신해 이 세상의 뒤틀린 도를 바로잡아 보도록 합시다."

그때 양지가 나서서 송강을 거들었다. 삭초와 헤어진 뒤의 일을 자세히 일러 주며 그리워했던 점을 밝히자 삭초도 양지의 손을 잡고 마주 눈물을 흘렸다. 일이 그쯤에 이르니 삭초 또한 어찌 끝까지 버티겠는가. 곧 송강의 뜻을 받아들이기로 했다. 송강은 몹시 기뻐하며 다시 술상을 크게 차리게 해 삭초가 온 것을 환영했다.

이튿날부터 송강의 군사들은 다시 성을 들이치기 시작했다. 그러나 며칠을 애써 싸워도 성은 쉽게 떨어지지 않았다. 송강은 몹시 걱정이 되었다. 어느 날 밤 홀로 잠을 이루지 못하고 장막 안에 앉았는데 문득 한 줄기 찬 바람이 불어와 등불을 콩알만 하게 줄여 놓았다. 그 어둠 속으로 갑자기 한 사람이 나타났다. 송강이 보니 그는 다름 아닌 천왕 조개였다. 조개가 다가오지는 않고 멀찌감치서 소리쳐 물었다.

"이보게 아우, 자네 여기서 무얼 하는가?"

이미 죽은 사람이 나타나 하는 소리라 송강은 놀라지 않을 수가 없었다. 얼른 몸을 일으키며 조개를 향해 물었다.

"형님은 어떻게 여기를 오셨습니까? 아직도 형님의 원수를 갚아드리지 못해 밤낮으로 마음이 편치 못합니다. 게다가 잇따라 좋지 못한 일이 터지는 바람에 요즈음은 제사조차 제대로 올리지 못하였는데, 오늘 이렇게 모습을 드러내시니 꾸짖으러 오신 거나 아닌지요?"

"아우는 벌써 자네와 내가 마음으로 맺은 형제라는 걸 잊었나? 내가 이렇게 특히 찾아온 것은 자네를 구해 주기 위함일세. 지금 자네의 등 뒤에 큰일이 터져 강남의 지령성(地靈星)이 아니고는 그 화를 면하게 해 줄 사람이 없네. 전에 아우도 말하지 않았나? 모든 계책 중에서 달아나는 것이 제일 좋은 계책이라고. 지금이 바로 그때일세. 어서 빨리 달아나지 않고 여기서 무얼 기다리나? 만약 일이 잘못되기라도 한다면 어쩔 셈인가? 그때는 나를 원망해도 자네를 구해 줄 수 없다네."

조개가 생시처럼 뚜렷이 그렇게 말했다. 그러나 송강은 얼른 그 말 뜻을 알아들을 수가 없었다. 앞으로 다가가며 다시 물었다.

"형님, 이미 돌아가신 넋이 다시 이곳으로 돌아오신 걸 보면 긴한 일이 있어서일 것입니다. 부디 그 자세한 내막을 일러 주십시오."

그래도 조개는 자세하게 일러 주지 않았다.

"아우, 여러 말 하지 말고 얼른 군사를 수습해 돌아가게. 나는 이만 가겠네."

그렇게만 말하고 홀연히 사라졌다. 그제야 송강이 정신을 차려 보니 그야말로 남가일몽(南柯一夢)이었다.

이상한 느낌이 든 송강은 곧 오용을 군막 안으로 불러오게 했다. 송강이 꿈속에서 들은 이야기를 빠짐없이 들려주자 오용이 말했다.

"돌아가신 천왕의 혼령이 나타나 그리 말씀하셨다면 믿지 않을 수가 없습니다. 실은 지금이 몹시 추운 겨울철이라 사람도 말도 바깥에서 오래 머물기는 어렵지요. 잠시 산채로 돌아갔다가 봄이 와서 눈이 녹고 얼음이 풀리거든 다시 오는 것이 좋겠습니다. 이 성은 그때 와서 쳐부수어도 늦지 않을 것입니다."

그렇지만 송강은 선뜻 그 뜻을 따를 수가 없었다.

"군사의 말이 비록 옳다 해도 노 원외와 석수 아우는 어쩌겠소? 지금 감옥에 갇혀 하루를 한 해간이 보내면서 오직 우리가 구해 주기만을 기다리고 있지 않소? 만약 우리가 싸우지 않고 이대로 돌아가 버린다면 저놈들이 그 두 사람을 죽일까 걱정이오. 정말 이러지도 저러지도 못하게 되었으니 이 일을 어찌하면 좋겠소?"

그렇게 말하면서 망설였다. 그 또한 옳은 말이라 오용도 얼른 결단을 내리지 못해 그날 밤은 결국 의논을 끝맺지 못하고 헤어질 수밖에 없었다.

신령스러운 의원 안도전

그런데 그 이튿날이었다. 송강은 갑자기 정신이 어질어질하고 몸이 노곤해지더니 열이 나고 머리가 쪼개지듯 아파 왔다. 송강이 견디지 못해 자리에 눕자 여러 두령들이 송강의 장막으로 찾아왔다. 송강이 그들을 보고 말했다.

"내 등허리에 데인 듯 뜨겁고 아픈 곳이 있소."

그 말을 들은 두령들이 송강의 등을 살펴보니 등허리에 붉은 종기가 넓적하게 자리 잡기 시작하고 있었다. 오용이 걱정스러운 얼굴로 말했다.

"이것은 단순한 등창이 아니라 아주 고약한 악창(惡瘡)입니다. 제가 의술서에서 보니 녹두 가루가 이 악창에서 심장을 보호하고 독기가 스미는 것을 막는다고 하더군요. 어서 녹두 가루를 구해 형님께 드시도록 해야겠습니다. 그렇지만 이곳은 대군이 맞서 있는 싸움터라 급하게 의원을 구할 수가 없으니……."

그러자 낭리백조 장순이 옛 기억을 되살리며 말했다.

"제가 심양강가에서 살 때 어머님께서 등에 이 같은 종기가 나신 적이 있지요. 여러 가지 약을 다 써 보았으나 고치지 못하다가 건강부(建康府)의 안도전(安道全)이란 이를 청해다가 겨우 그 종기를 다스린 적이 있습니다. 그래서 저는 그 은덕을 잊지 못하고 돈푼이라도 생기면 그분에게 보내곤 했지요. 이제 형님의 종기를 보니 전에 어머님의 것과 비슷합니다. 안도전이란 분이 아니고서는 고칠 사람이 없을 듯합니다 다만 그분이 계신 곳은 길이 멀어 급히 모셔 오지 못하는 게 걱정됩니다. 형님을 위하는 길이라면 오늘 밤이라도 떠나 보도록 하지요."

"형님의 꿈에 조 천왕이 강남의 지령성만이 재앙을 다스릴 수 있다고 했는데 혹시 지령성은 그 안도전이란 사람을 가리킨 말이 아닐까요?"

장순의 말을 들은 오용이 그렇게 물었다. 송강도 반가워하며 장순에게 말했다.

"여보게 아우, 그런 사람이 있다면 나를 위해 얼른 가 보게. 고생이 되더라도 밤낮없이 달려가 그분을 청해 오면 그보다 더 고마운 일이 없겠네."

이에 오용은 의원에게 줄 금 백 냥과 여비로 쓸 은자 서른 냥을 내오게 해 장순에게 주며 말했다.

"지금 어서 떠나 되도록 빨리 그분을 모시고 오게. 결코 일에 어긋남이 있어서는 아니 되네. 이제 우리는 진채를 뽑아 양산박으로 돌아갈 것이니 그리로 모셔 와야 하네. 부디 빨리 다녀오게."

금은을 받은 장순은 서둘러 보따리를 싸고 여러 두령들과 작별했다.

장순이 떠나자 오용은 여러 두령들을 불러 모아 급히 군사를 거두어들이게 하고 산채로 돌아갈 채비를 시켰다. 송강을 수레에 싣고 밤이 되기를 기다려 돌아가는데 대명부 안에서는 혹시라도 복병을 감추어 두고 유인해 내려는 계책인가 싶어 감히 뒤쫓지를 못했다. 따라서 양산박의 인마는 아무런 어려움 없이 산채로 돌아갈 수 있었다.

양중서는 송강이 정말로 군사를 거두어 돌아간 걸 알자 그 까닭을 종잡을 수 없었다. 이성과 문달도 알 수 없기는 마찬가지였다.

"오용이란 놈이 아주 속임수가 많은 놈이라 뒤쫓는 것은 좋지 못합니다. 성안에서 굳게 지키기만 하도록 하시지요."

그렇게 양중서에게 권할 뿐이었다.

한편 장순은 송강을 구해 낼 마음 하나로 밤낮없이 강남으로 내달렸다. 때는 겨울도 다해 가는 철이라 비가 아니면 눈이 내려 길 걷기가 여간 어렵지가 않았다. 눈비를 무릅쓰고 죽을 둥 살 둥 달린 장순은 마침내 양자강가에 이르렀다.

물을 건너려고 보니 강가에 배가 한 척도 없었다. 장순은 괴로운 신음을 삼키며 무턱대고 강변을 따라 내달렸다. 그때 갈대숲 사이에서 한 줄기 연기가 피어오르는 게 보였다. 장순이 그쪽을 향해 소리쳤다.

"이보시오 뱃사공, 어서 배를 대어 나를 좀 태워 주시오."

그러자 갈대숲을 헤치는 소리가 나더니 한 사람이 달려 나왔
다. 머리에는 대나무로 얽은 갓을 쓰고 몸에는 도롱이를 걸치고
있었다.

"손님, 어디로 가려고 하십니까?"

그 사내가 장순을 보고 물었다.

"나는 강 건너 건강부에 급한 볼일이 있는 사람이오. 뱃삯은
많이 드릴 테니 어서 나를 건너게 해 주었으면 좋겠소."

장순이 그렇게 대답했다. 그러자 그 뱃사공이 인정 많은 척 받
았다.

"태워 드리는 거야 어렵지 않지만 지금이 밤이라 강을 건넌다
해도 묵으실 만한 곳이 없을 겁니다. 내 배에서 쉬시다가 새벽이
되어 바람이 멎고 눈이 그치거든 건너가도록 하시지요. 제게는
그저 뱃삯이나 두둑이 주시면 됩니다."

"그 말을 듣고 보니 그럴듯도 하오. 그러도록 합시다."

장순은 그러면서 그 뱃사공을 따라 갈대숲 안으로 들어갔다.
가보니 물가에 작은 배 한 척이 묶여 있는데 배 밑창에는 한 비
쩍 마른 젊은이가 불을 쬐며 앉아 있었다. 사공은 장순을 부축해
배에 태운 뒤 젖은 옷을 벗어 말리게 했다. 젊은이가 내어 준 불
가에서 옷을 말리던 장순이 사공을 보며 물었다.

"이곳에 술 살 데가 없소? 조금 사서 한잔 걸쳤으면 꼭 좋겠소
만……."

"술은 살 수가 없지만 밥이라면 한 사발 구해 드릴 수가 있습니다."

사공이 그러면서 밥 한 그릇을 갖다 주었다. 언 몸이 녹고 주린 배가 차자 장순은 곧 배 안에 드러누워 잠을 청했다. 워낙 먼 길을 걸어온 데다 한번 몸과 마음이 풀어지자 장순은 금세 깊은 잠에 빠져들었다.

두 손으로 불을 쬐면서도 끊임없이 장순을 곁눈질하던 말라깽이 젊은이가 장순이 완전히 잠든 걸 보자 사공을 향해 나직이 말했다.

"형님, 이거 보이십니까?"

젊은 녀석이 손가락질해 가리키는 것은 장순의 보따리였다. 사공이 다가와 보따리를 쓸어 보았다. 적지 않은 패물이 들어 있음을 알아차리자 젊은 녀석에게 가만히 손짓하며 말했다.

"가서 밧줄을 풀라구. 강 복판으로 배를 몰고 가서 일을 시작해도 늦지 않을 거야."

그 말을 들은 젊은이는 뱃전에서 몸을 일으켜 물가로 뛰어내렸다. 그리고 배를 묶은 밧줄을 풀더니 다시 배 안으로 돌아와 삿대를 집어 들었다.

배가 강물 안으로 들어서자 노젓기가 시작되었다. 삐걱삐걱 노질해 배가 강 한가운데 이르렀을 무렵이었다. 사공이 뱃전 안에 있던 밧줄로 잠든 장순을 꽁꽁 묶은 뒤 선창으로 내려가 넓적한 칼을 들고 나왔다. 그제야 이상한 느낌이 든 장순이 눈을 떴다. 두 손이 묶여 있어 꼼짝도 할 수가 없었다. 뱃사공이 칼을 들고 그런 장순의 몸 위로 올라탔다.

"여보시오 호걸, 부디 목숨만 살려 주시오. 여기 있는 돈은 모두 바치겠소!"

장순이 그렇게 간절히 빌어 보았다. 사공이 빈정거리듯 받았다.

"돈도 필요하지만 네 목숨도 탐이 난다."

"그럼, 죽은 시체라도 성하게 해 주시오. 그래야만 넋이라도 당신을 괴롭히지 않을 게요."

급해진 장순은 얼른 말을 바꾸어 그렇게 빌어 보았다. 뱃사공도 그것까지는 마다하지 않았다. 꽁꽁 묶인 채로 물속에 던진다면 죽기는 마찬가지일 것이기 때문이었다.

"그거야 들어줄 수도 있지."

뱃사공이 그렇게 말하며 칼을 거두고 장순을 뱃전 밖으로 내던졌다. 장순이 물속으로 가라앉은 뒤 사공은 얼른 장순의 보따리를 풀어 보았다. 뜻밖으로 금은이 많아 새삼 놀라울 지경이었다. 그러다 갑자기 무슨 생각을 했는지 저만치 있는 말라깽이 젊은이를 보고 소리쳤다.

"어이 다섯째, 이리 와 봐. 할 말이 있어."

그 말을 들은 젊은이가 아무런 생각 없이 사공에게로 다가갔다. 그때 사공이 번쩍 손을 내들어 젊은이를 내리쳤다. 사공의 손에는 언제 집어 들었는지 넓적한 칼이 들려 있었다. 불쌍한 젊은이는 비명조차 제대로 지르지 못하고 사공의 칼질에 목숨을 잃었다. 젊은이의 시체마저 물속으로 내던지고 배에 난 핏자국까지 지운 사공은 아무 일도 없었던 양 배를 저어 사라져 버렸다.

한편 장순이 사공에게 몸에 칼질을 못하게 한 것은 다 생각이 있어서였다. 장순은 원래가 물속에서 며칠이고 지낼 수 있는 사람이라 몸만 성하면 살아날 길이 있기 때문이었다. 그날도 장순은 꽁꽁 묶인 채 물속으로 떨어졌으나 물속에서 이빨로 밧줄을 물어 끊고 헤엄쳐서 살아날 수가 있었다. 겨우 강 남쪽 언덕에 이르러 보니 수풀 속에서 은은히 불빛이 새어 나오고 있었다. 장순은 엉금엉금 언덕을 기어올라 그 숲속으로 들어갔다. 불빛이 새어 나온 곳을 자세히 살피니 마침 술집이었다.

장순이 가서 문을 두드리자 한 늙은이가 나왔다. 장순이 머리를 수그리며 절을 하자 늙은이가 물었다.

"당신 혹시 강 복판에서 재물을 빼앗기고 물로 뛰어들어 겨우 목숨을 건진 사람이 아니오?"

"어르신께서 맞게 보셨습니다. 저는 산동에서 왔는데 건강부에 일이 있어 밤중에 건널 배를 찾게 되었지요. 그런데 뜻밖에도 못된 놈들을 만나서 재물은 몽땅 털리고 강에 내던져지고 말았습니다. 다행히 제가 물질을 잘해 겨우 목숨은 구했습니다만 어찌해야 될지를 모르겠습니다. 어르신네 부디 좀 도와주십시오."

장순이 숨기지 않고 모든 걸 털어놓았다. 노인은 그런 장순을 불쌍히 여겼던지 집 안으로 맞아들이고 젖은 옷을 갈아입게 한 뒤 술을 데워 내왔다.

"여보게 젊은이, 이름은 어떻게 되는가? 산동 사람이 무슨 일로 여기까지 왔나?"

술 한 잔을 비운 장순에게 다시 늙은이가 그렇게 물었다. 장순이 이번에도 별로 숨김없이 대답했다.

"제 성은 장가입니다. 건강부의 안 태의(太醫)가 저희 형님이라 이렇게 찾아뵈러 온 것입니다."

그러자 늙은이가 이번에는 좀 뜻밖의 일을 물었다.

"자네가 산동에서 왔다니 양산박을 지나 왔겠지?"

"예, 그렇습니다."

장순이 영문 모르고 그렇게 대답하자 늙은이가 이어서 물어 왔다.

"그 산채에 송 두령은 오가는 객을 털지도 않고 함부로 사람을 죽이지도 않는다면서? 하늘을 대신해서 도를 행한다는데 그게 정말인가?"

"송 두령은 충의를 으뜸으로 치는 분이어서 죄 없는 백성은 해치지 않고 다만 썩은 벼슬아치만 혼내 줄 뿐입니다."

"이 늙은이가 듣기로 송강의 패거리는 인의를 떠받들고 가난한 자를 구하며 약한 자를 돕는다니 어찌 그들을 도적 떼라 할 수 있겠는가? 그들이 이곳에도 와 주면 백성들이 모두 기뻐할 것일세. 그리만 되면 이곳 백성들도 못된 벼슬아치들에게 해침을 당하지 않을 테니 말이네."

거기까지 듣고 난 장순은 더 숨길 필요가 없다 싶어 자신의 본 모습마저 드러냈다.

"어르신네께선 놀라지 마십시오. 제가 바로 낭리백조 장순이라고 합니다. 이번에 우리 형님 송공명이 고약한 등창이 나서 제게 황금 백 냥을 주시면서 의원 안도전을 모셔 오라 하시더군요. 그런데 누가 알았겠습니까? 배 안에서 깜빡 잠이 든 새 그 두 도적 놈들이 제 두 손을 묶어 강물 속으로 던져 버렸습니다. 하마터면 물속의 외로운 넋이 될 뻔하였지만 다행히 제게 약간의 재주가 있어 밧줄을 물어뜯고 겨우 이렇게 살아나온 것입니다."

그 말에 늙은이는 놀람과 기쁨을 아울러 나타냈다.

"당신이 그런 호걸이시라면 이대로 있을 수 없구려. 내 아들놈을 불러내 뵙게 하여야겠소."

그러고는 집 안으로 들어갔다. 얼마 안 있어 몸이 후리후리한 젊은이가 그 늙은이를 따라 나왔다. 젊은이는 장순을 보자마자 넙죽 엎드려 절부터 했다.

"오래전부터 형님의 크신 이름을 들어 왔으나 인연이 없어 여지껏 뵙지 못했습니다. 제 성은 왕이고 항렬은 여섯 번째인 데다 잘 달린다 해서 사람들은 모두 저를 활섬파(活閃婆, 번개 같은 할망구) 왕정륙(王定六)이라고 합니다. 평생 무예를 좋아해 여러 번 스승을 찾아갔으나 제대로 배우지 못하고 지금은 이 강가에서 술을 팔면서 지내고 있습니다."

젊은이는 그렇게 자신을 밝힌 뒤 뜻밖의 이야기를 들려주었다.

"형님을 덮친 두 놈을 모두 압니다. 한 놈은 절강귀(截江鬼, 강, 즉 뱃길 끊는 귀신) 장왕(張旺)이란 놈이고 또 하나 비쩍 마른 젊은 것은 화정현(華亭縣) 놈으로 유리추(油裏鰍, 기름 바른 미꾸라지) 손오(孫五)라고 하지요. 그 두 놈은 항상 짝이 되어 이 강을 건너는 사람들을 털어 왔습죠. 하지만 형님, 마음놓으십시오. 며칠만 기다리면 그놈들이 이곳으로 술을 마시러 올 겝니다. 그때 저와 형님이 힘을 합쳐 원수를 갚도록 합시다."

장순은 그 같은 왕정륙의 말에 새삼 화가 치솟았으나 꾹 눌러 참으며 말했다.

"형의 뜻은 고맙지만 나는 송공명 형님 때문에 하루라도 빨리 산채로 돌아가야 되오. 날이 밝는 대로 성안으로 들어가 안 태의를 모시고 와야 하니 나중에 다시 만나도록 합시다."

그러고는 길을 서둘렀다. 왕정륙은 그런 장순에게 새 옷 한 벌을 내어 주고 닭을 잡아 술과 함께 대접했다.

다음 날은 하늘이 개고 눈이 그쳤다. 왕정륙은 다시 은 십여 냥을 장순에게 내어 건강부를 다녀오게 했다. 성안으로 들어간 장순은 괴교(槐橋)를 지나 안도전의 집으로 갔다.

대문을 들어서니 바로 안도전이 보였다. 장순이 절을 올리자 안도전이 뜻밖이라는 듯 물었다.

"자네, 여러 해 보지 못했는데 오늘은 무슨 바람이 불어 예까지 왔나?"

그러자 장순은 여럿 앞에서 드러내 놓고 용건을 말할 처지가 못되어 안으로 들어갈 때까지 대답을 미루었다.

이윽고 방 안으로 들어가 단둘만 앉게 되자 장순은 비로소 송강의 병과 양산박 산채 일을 하나하나 숨김없이 털어놓고 함께 가 주기를 빌었다. 거기다가 오는 도중 양자강을 건너면서 하마터면 목숨을 잃어버릴 뻔했다는 이야기까지 하자 안도전도 적이 마음이 움직인 듯했다.

"송공명으로 말할 것 같으면 세상이 다 알아주는 의사라 가서

고쳐 주어야 마땅한 일이네. 그러나 마침 집사람이 죽어 이 집안 일을 돌볼 사람이 없으니 멀리 가기는 어렵겠네.”

그렇게 거절은 하면서도 얼굴에는 안됐다는 기색이 역력했다. 장순이 그런 안도전에게 매달렸다.

“만약 형님께서 가 주시지 않는다면 이 장순도 산채로 돌아가지 않겠습니다.”

그렇게 나오자 안도전이 한 발 더 물러섰다.

“정히 그렇다면 다음에 다시 의논해 보세.”

안도전의 마음이 흔들리는 걸 본 장순은 더욱 더 간곡하게 매달렸다. 장순이 갖은 말로 함께 가 주기를 청하니 마침내 이기지 못한 안도전은 함께 가기를 응낙했다.

기실 안도전이 양산박으로 가기를 망설이는 데는 숨은 까닭이 있었다. 그것은 그 무렵 들어 새로 가깝게 지내게 된 기생 이교노(李巧奴) 때문이었다. 안도전은 수시로 이교노의 집을 드나들면서 한창 정분을 내고 있던 참이었다. 그날 밤에도 안도전은 장순과 더불어 이교노의 집으로 갔다. 술판을 벌여 잔을 주고받는 동안에 이교노는 장순을 시동생의 예로 보았다.

술잔이 네댓 순배 돌아 술이 얼큰히 오르자 안도전이 이교노를 보고 말했다.

“나는 오늘 밤 네 집에서 자고 가야겠다. 내일 아침 여기 이 아우와 산동을 다녀와야 할 일이 있어. 길면 한 달쯤 걸릴 것이요, 짧으면 스무남은 날이 될 것인바 돌아오는 대로 다시 너를 보러 오마.”

그러자 이교노가 새침해서 받았다.

"가지 마세요. 만약 제 말대로 하지 않으시면 다시는 저희 집을 찾을 생각을 마세요!"

"이미 약 보따리까지 챙겨 놓았는데 어쩌란 말이냐? 몸만 나서면 되니 내일 갔다가 얼른 돌아오마."

안도전이 그렇게 달랬으나 이교노는 잘 들어주지 않았다. 오히려 안도전의 가슴을 파고들며 더욱 떼를 썼다.

"절 조금도 사랑하지 않으신다면 가세요. 그렇지만 그때는 당신을 그냥 두지 않을 거예요."

이교노가 투정 섞어 말리는 걸 보자 장순은 눈에서 불이 났다. 그 더러운 계집년을 그저 한주먹에 때려죽이지 못하는 게 한이었다.

그사이 밤은 점점 깊어 갔다. 이교노와 실랑이를 벌이면서 술잔을 주고받는 사이에 안도전은 몹시 취해 버렸다. 쓰러진 안도전을 이교노가 제 방으로 데리고 가 침상에 눕혔다. 안도전을 재워 놓고 되돌아온 이교노가 장순을 보고 쌀쌀맞게 말했다.

"당신은 이만 돌아가세요. 저희 집에는 잘 방이 없어요."

그러나 장순은 그대로 물러설 수가 없었다.

"형님이 깨기를 기다려 모시고 가야지요."

그렇게 말하면서 뻗대었다. 이교노는 할 수 없는지 장순을 문간에 있는 작은 방에서 쉬게 했다.

뜻밖에도 이교노가 훼방을 놓는 바람에 장순은 걱정으로 애가 탔다. 방에 드러누웠으나 잠이 오지 않아 이리저리 몸만 뒤채고 있었다. 그런데 초경 무렵이었다. 어떤 사람이 찾아와 이교노의 대문을 두드렸다. 장순이 봉창으로 내다보니 한 사내가 슬그머니 들어오더니 일 보는 할멈과 이야기를 나누었다.

할멈이 그 사내에게 말했다.

"오래 뵈지 않더니 오늘은 웬일이우? 하지만 틀렸소. 오늘 밤은 태의(太醫)께서 취해 아씨의 방에서 자고 있으니 어쩌겠소?"

그러자 그 사내가 으스대듯 말했다.

"내게 금이 열 냥이나 생겨 자네 아씨에게 바칠 선물을 좀 마련해 왔네. 그러니 할멈이 한번 수를 내어 보게. 그녀와 나를 만나게만 해 주면 고맙겠네."

"그렇다면 내 방에 계시우. 가서 아씨를 불러오리다."

사내가 돈이 많다는 말에 혹한 할멈이 그렇게 말하며 집 안으로 들어갔다. 장순은 흐릿한 등불 아래서 오랫동안 그 사내를 살펴보았다. 어딘가 눈에 익다 싶었는데 자세히 보니 바로 절강귀 장왕이었다. 그날 배 위에서 한 재물을 얻자 계집을 보러 온 모양이었다.

장왕을 알아본 장순은 속에서 불같은 것이 치밀었으나 꾹 참고 놈이 하는 짓을 가만히 엿보았다. 얼마 안 있어 할멈이 술상을 내오고 이어 이교노를 불러 장왕과 마주 앉게 했다. 장순의 속 같아서는 당장이라도 뛰어들고 싶었지만 혹시라도 일이 잘못되어 장왕이 달아날까 걱정이 되었다.

치미는 속을 억누르며 엿보는 사이에 삼경이 되었다. 부엌에서 일하던 심부름꾼과 할멈까지도 모두 취했다. 할멈이 비틀거리며 등불 아래로 가 조는 걸 보고 장순은 가만히 몸을 일으켰다. 장순이 문을 열고 방을 나와 부엌으로 가 보니 시퍼런 부엌칼이 도마 위에 놓여 있었다. 그 칼을 집어 든 장순은 먼저 할멈을 찔러 죽이고 나서 심부름꾼을 죽이려 했다. 그러나 부엌칼이 시원찮아 한 사람을 죽이고 나니 벌써 날이 다 빠져 쓸 수 없게 되어 버렸다.

장순이 멈칫 하는 걸 보고 잠에서 깨어난 심부름꾼이 고함을 치려 했다. 그때 마침 가까운 곳에 있는 장작 쪼개는 도끼가 장순의 눈에 들어왔다. 장순은 그 도끼를 집어 들고 한 도끼질로 심부름꾼마저 죽여 버렸다.

장순이 두 사람을 죽이는 동안에 방 안에 있던 이교노도 무슨 소리를 들은 듯했다. 놀라 문을 열고 나오다가 바로 장순과 마주쳤다. 장순이 번쩍 도끼를 들었다 내리치자 계집은 가슴이 쪼개져 땅바닥에 쓰러졌다.

절강귀 장왕은 방을 나가던 계집이 피를 뿜으며 쓰러지는 걸 보자 뒤 창문을 열고 방을 뛰쳐나갔다. 장순이 창밖으로 내다보니 장왕은 이미 담을 넘고 있었다.

장순은 장왕부터 없애지 못한 걸 후회했지만 어쩔 수 없는 노릇이었다. 가만히 생각하다가 전에 무송에게서 들은 이야기를 떠올렸다. 장순은 자신도 무송을 흉내 내기로 하고 옷깃을 찢어 피를 적신 뒤 담벼락에 대고 썼다.

'이 사람을 죽인 것은 나 안도전이다.'

말하자면 죄를 안도전에게 뒤집어씌워 꼼짝없이 양산박으로 가게 만들려는 뜻이었다.

그 담벼락 말고도 몇 군데나 더 살인자가 안도전이란 글귀를 휘갈기고 나니 날이 밝아왔다. 그제야 술에서 깨어난 안도전이 방 안에서 바깥에 대고 소리를 쳤다.

"게, 누구 없느냐?"

"형님, 큰 소리 내지 마십시오. 여긴 지금 형님밖에 없습니다."

장순이 목소리를 죽여 그렇게 안도전의 입을 막았다. 이상한 느낌이 든 안도전은 몸을 일으켜 사방을 둘러보았다. 시체 네 구가 끔찍한 몰골로 흩어져 있었다. 놀란 안도전은 삼나무 떨듯 몸을 떨며 갈팡질팡하기만 했다. 장순이 그런 안도전의 옷깃을 끌며 말했다.

"형님, 이것 좀 보십시오."

안도전이 보니 죄는 고스란히 자신이 덮어쓰게 되어 있었다. 이내 그게 누구 짓인지 짐작된 듯 안도전이 장순을 보며 원망스레 말했다.

"자네가 나를 죽을 곳으로 밀어 넣는구나!"

그러나 장순은 눈썹 하나 까딱 않고 말했다.

"이제 형님이 갈 길은 두 갈래뿐입니다. 만약 소리를 치시면 저는 달아나고 형님은 관가에 잡혀가 목숨을 잃겠지요. 그러나 아무 일 없게 하시려면 지금 조용히 집으로 돌아가 약 보따리를 꾸리시고 양산박으로 달아나는 것입니다. 그게 저를 구하고 형님을 구하는 일이 되지요. 자, 이제 어쩌시겠습니까? 두 길 중 어느 길을 고르시렵니까?"

"아우, 자네 그러다가는 제명에 못 살지."

안도전이 원망인지 탄식인지 모를 말투로 그렇게 받았다. 그 말을 들은 장순은 그 자리를 대강 수습한 뒤 안도전과 함께 안도 전의 집으로 돌아갔다. 안도전도 별수 없다는 듯 약 보따리를 챙겨 장순을 따라나섰다. 장순은 그런 안도전과 함께 날이 밝기 전에 성을 나가 왕정륙의 술집으로 달려갔다. 왕정륙이 장순을 반갑게 맞으며 말했다.

"어제 장왕이란 놈이 지나갔습니다. 형님께서 어제 오셨더라면 그놈을 만날 수 있었을 텐데."

"나도 그놈을 만났지만 손을 쓸 틈이 없어 놓쳐 버리고 말았네. 더 큰일이 있는데 어찌 그런 소소한 원수 갚기에 매달릴 수 있겠나?"

장순이 그렇게 받았다. 그런데 미처 장순의 말이 끝나기도 전이었다. 왕정륙이 문득 목소리를 낮추어 장순에게 알렸다.

"장왕이란 놈이 옵니다."

장순도 낮은 목소리로 일렀다.

"그놈을 놀라게 하지 말고 어디로 가는지 살펴 두게."

이에 왕정륙은 아무런 내색 없이 장왕이 하는 양을 살폈다. 장왕은 물가에서 배를 살피기 시작했다. 왕정륙이 그런 장왕에게 다가가 말을 걸었다.

"장 형, 끌고 온 배가 있으면 우리 두 사람을 좀 태워 주시구려."

장왕이 흠칫하며 보니 평소에 잘 알고 지내던 왕정륙이었다. 안 될 것도 없다 싶어 선선히 승낙했다.

"배를 타야 하면 어서 오게."

장왕의 승낙을 받은 왕정륙은 슬그머니 장순에게 돌아가 그 일을 알렸다. 장순이 안도전을 보고 말했다.

"형님, 잠시 저와 옷을 바꿔 입으십시다. 형님은 제 옷을 입고 배를 타러 가시지요."

"왜 그러나?"

안도전이 알 수 없다는 듯 물었다.

"다 까닭이 있습니다. 지금은 묻지 마십시오."

장순이 그렇게만 대답하고 어서 옷을 바꿔 입기만을 재촉했다. 안도전이 입고 있던 옷을 벗어 장순에게 내주었다. 장순은 머리에 두건을 쓰고 의관까지 갖춘 의원 차림을 하고 왕정륙은 약 보따리를 졌다.

안도전은 장순의 옷을 입고 그들을 따랐다. 세 사람이 배 있는 곳에 가니 장왕이 떠날 준비를 하고 기다리는 중이었다. 세 사람이 배에 오르자 장왕은 강 한가운데로 노를 젓기 시작했다.

난립(暖笠)을 푹 눌러써 되도록 얼굴이 눈에 띄지 않도록 한 채 배 위에 오른 장순은 슬그머니 배 뒷전으로 가 보았다. 거적을 들치니 장왕이 들고 설치던 넓적한 칼이 아직도 거기에 있었다. 장순은 슬며시 그 칼을 집어 들고 선창으로 되돌아갔다.

장왕은 그것도 모르고 흥얼거리며 노를 젓기에만 바빴다. 배가 강 복판에 이르렀을 때 장순이 머리에 쓴 걸 벗어젖히며 소리쳤다.

"뱃사공, 어서 이리로 와 보시오. 당신 배 바닥에 피가 묻은 흔

적이 있소."

"손님, 농담하지 마시오."

장왕이 시치미를 떼며 그렇게 말하고는 어슬렁어슬렁 선창으로 다가왔다.

장순이 그런 장왕의 허리춤을 낚아 쥐며 소리쳤다.

"이 흉악한 도둑놈아, 며칠 전 눈 오던 날에 배를 탄 손님을 알아보겠느냐?"

그 소리에 장왕이 놀라 쳐다보았다. 그제야 장순이 누군지를 알아보고 입이 얼어붙은 듯 멍하니 쳐다보기만 했다. 장순이 그런 장왕을 꾸짖었다.

"이놈, 내 황금 백 냥을 삼키고도 모자라 목숨까지 해치려던 나쁜 놈아, 그때 그 비적 마른 젊은 놈은 어디로 갔느냐?"

하도 놀란 나머지 숨길 생각도 못하고 장왕이 술술 털어놓았다.

"으이쿠, 나리, 용서하십시오. 금이 많은 걸 보고 욕심에 눈이 뒤집혀 그만 죽이고 말았습니다. 그놈이 제 몫을 달라 하면 내 몫이 줄어들 테니까요. 시체는 강물에 던져 버렸습죠."

그러자 장순이 더욱 목소리를 높였다.

"이 흉악한 도둑놈아, 들어 보아라. 이 어르신네는 심양강가에서 났고 소고산(小孤山) 아래서 자란 몸이다. 거기서 물고기를 팔고 살아 천하에 나를 모르는 사람이 드물 정도지. 강주에서 말썽이 생겨 양산박에 든 뒤 지금은 송공명 형님을 모시고 천하를 휘젓고 다니는 몸이시란 말이다. 그런데 네놈이 나를 속여 배를 태우고 손을 묶은 뒤 강물에 던졌겠다. 만약 내가 물질에 익숙하지 않았더라면 죽을 뻔하지 않았느냐? 오늘 요행히 너를 다시 만나게 되었으니 결코 용서할 수 없다."

그러고는 장왕을 선창 안으로 끌고 가 배에 쓰는 밧줄로 온몸을 꽁꽁 묶더니 그대로 강물 속에다 내던졌다.

"나도 네놈에게 칼질은 않겠다!"

장순은 물속으로 가라앉은 장왕에게 대고 이렇게 한마디 덧붙였다.

장왕을 처치한 뒤 배 안을 뒤지니 전날 장순이 빼앗긴 금은은 거의가 그대로 있었다. 장순은 그 금은을 보따리에 챙기고 배를 저어 강을 건넜다. 배에서 내리면서 장순이 왕정륙을 보고 말했다.

"아우가 베푼 은혜는 죽어도 잊지 않을 것이네. 만약 일이 뜻같지 않거든 아버님을 모시고 자네도 양산박으로 오게. 함께 대의를 펼쳐 보는 것도 좋지 않은가?"

"형님 말씀이 꼭 제 뜻과 같습니다."

왕정륙은 한번 망설임도 없이 선뜻 그렇게 대답했다.

왕정륙과 헤어진 장순과 안도전은 원래대로 옷을 바꿔 입고 북쪽으로 길을 잡았다. 마음이 급한 장순은 뛰듯이 걸었으나 안도전은 그렇지가 못했다. 원래가 글을 익힌 사람이라 삼십 리도 못 가 주저앉고 말았다. 장순은 그런 안도전을 주막으로 데려가 술을 대접했다. 두 사람이 술잔을 나누고 있는데 주막 밖에서 한 손님이 뛰어 들어오며 소리쳤다.

"이보게 아우, 어찌 이리 늦었는가?"

장순이 놀라 보니 그 사람은 다름 아닌 신행태보 대종이었다. 장순은 얼른 안도전을 대종에게 소개하고 송강의 병세를 물었다.

"이제 송강 형님은 정신마저 흐리다네. 밥 한 톨, 물 한 모금 넘기지 못하고 죽기만을 기다리는 판일세."

대종이 그렇게 대답했다. 그 말을 들은 장순은 비 오듯 눈물을 흘렸다. 곁에 있던 안도전이 대종에게 물었다.

"살갗의 색깔은 어떠합니까?"

"살갗은 메마르고 꺼칠하며 밤새 앓는 소리를 냅니다. 아픔이 그치지 않는 걸 보니 아무래도 살기 어려울 것 같소!"

대종이 어두운 얼굴로 그렇게 대답했다. 그러나 안도전은 대종만큼 걱정하는 눈치는 아니었다.

"아직도 몸이 아픔을 느낄 수 있다면 치료할 수는 있지요. 다만 너무 늦을까 봐 걱정이외다."

"그거야 어려울 것이 없지. 빨리 그곳으로 갈 수 있는 길이 있소."

대종은 그 말과 함께 갑마 두 개를 꺼내 안도전의 다리에 묶었다. 그리고 약 보따리는 자신이 둘러메며 장순에게 일렀다.

"자네는 천천히 오게. 나는 의원님과 먼저 가겠네."

이어 대종은 안도전을 재촉해 주막을 나섰다. 대종이 신행법을 일으키니 두 사람은 곧 나는 듯 눈앞에서 사라졌다.

장순은 그 주막에서 사흘을 더 묵었다. 사흘째 되던 날 왕정륙이 보따리를 진 채 그 아버지와 함께 달려왔다. 장순이 반갑게 왕정륙을 맞으며 말했다.

"바로 자네를 기다리고 있었다네."

그러자 왕정륙이 깜짝 놀라 물었다.

"형님, 어느새 갔다가 돌아오셨습니까? 안 태의는 어디 계십니까?"

왕정륙은 장순이 벌써 양산박을 다녀온 줄로 안 것이었다. 장순이 빙긋이 웃으며 사실대로 말해 주었다.

"신행태보 대종 형이 와서 모셔 갔다네."

그제야 왕정륙도 알겠다는 듯 고개를 끄덕였다. 이튿날 장순은 왕정륙과 그 아버지를 데리고 양산박을 향해 길을 떠났다.

한편 대종과 안도전은 신행법에 힘입어 그날 밤으로 양산박에 이르렀다. 산채 안의 크고 작은 두령들이 모두 나와 두 사람을 맞고 송강이 누워 있는 병상으로 데려갔다. 그때 송강의 목숨은 실낱같이 붙어 있었다. 송강의 맥을 짚어 본 안도전은 조용히 말했다.

"여러 두령께서는 너무 걱정하지 마십시오. 맥을 짚어 보니 큰일은 없을 듯합니다. 몸은 비록 위태로워 보이나 아예 글러 버린 것은 아닙니다. 이 안 아무개가 큰소리치는 건 아니지만 열흘 정도면 나을 수 있겠습니다."

그 말을 들은 여러 두령들은 고마운 나머지 모두 엎드려 안도전에게 절을 올렸다.

안도전은 먼저 쑥뜸으로 독기를 뺀 뒤 약을 먹이고 곪은 곳에 약을 썼다. 겉으로는 곪은 곳에 고약을 붙이고 안으로는 몸을 돕는 탕제를 쓰니 닷새도 안 되어 송강의 피부는 원래의 색깔을 되찾기 시작했다. 그러다가 열흘이 되자 비록 곪아터진 곳은 아직 아물지 않았지만 예전처럼 음식은 먹을 수 있게 되었다.

장순이 왕정륙 부자를 데리고 양산박으로 돌아온 것은 그 무렵이었다. 장순은 송강과 여러 두령들을 만나 보고 그동안에 있었던 여러 가지 일을 털어놓았다. 물 위에서 낭패를 당한 것이며 다시 원수를 갚은 일 따위를 모두 들려주자 두령들은 한결같이 가슴을 쓸어내리며 말했다.

"까딱 잘못했으면 형님의 병은 영영 고치지 못할 뻔했네그려!"

한편 송강은 몸이 낫기가 바쁘게 여러 두령들을 불러 모으고 눈물을 글썽이며 다시 북경성을 치고 노준의와 석수를 구해 낼 의논을 했다. 안도전이 그런 송강을 말렸다.

"장군은 아직 등창이 터진 곳도 다 아물지 않았습니다. 가볍게 움직여서는 아니 됩니다. 그러시다간 몸이 다 낫기 어려울 겁니다."

오용도 그런 안도전을 거들었다.

"형님께서는 너무 걱정하지 마시고 쉬시면서 원기나 되찾도록 하십시오. 제가 비록 재주 없으나 이번 봄만 되면 북경성을 쳐 보겠습니다. 가서 노 원외와 석수 두 사람의 목숨을 구해 내고 그 음탕한 계집년과 샛서방도 사로잡아 와서 형님의 원수를 갚아 드리지요."

오용의 그 같은 말에 송강이 목이 메어 말했다.

"만약에 군사께서 그렇게 원수를 갚아 주시기만 한다면 이 송강은 죽어도 편히 눈을 감을 수가 있겠소!"

그러자 오용은 그런 송강을 한층 더 안심시키려는 듯 덧붙였다.

"이제 다행히 형님께서 일없이 자리를 털고 일어나시는 데다 안 태의까지 산채에 머물면서 형님의 병을 돌보고 있으니 이는 우리 양산박을 위해 이만저만한 다행이 아니올시다. 저는 형님께서 앓고 계실 때에도 여러 차례 사람을 대명부로 보내 그곳 소식을 탐지케 했습니다. 양중서는 밤낮으로 놀라움과 걱정에 휩싸여 있는데, 그것은 무엇보다도 우리의 군마가 다시 성을 치러 올까 두려운 탓입니다. 저는 또 사람을 시켜 대명부의 성 안팎 이곳저곳에 방문을 써 붙이게 했습니다. 성안 백성들에게 이르기를 너무 두려워하거나 걱정하지 말라는 뜻이지요. 원한이 있어도 풀 데가 따로 있으며 빚이 있어도 받을 사람이 따로 있으니 우리의 대군이 이르러도 그들을 찾게 될 뿐이라고 말입니다. 그렇게 되니 양중서는 한층 더 겁을 먹고 있습니다. 또 들으니 채 태사는 관승이 우리에게 항복했다는 말을 듣고는 두 번 다시 천자 앞에 나아가 싸우자고는 못하고 우리를 달래자고만 주장한답니다. 그리고 더 큰일이 벌어지는 걸 막기 위해 여러 차례 양중서에게 글을 보내 노준의와 석수 두 사람의 목숨을 붙여 두라고 당부했다는 것입니다. 그러니 형님께서 서두르실 일은 그리 없을 듯싶습니다."

송강은 그 말을 들어도 영 마음이 놓이지 않는 듯했다. 그래도 어서 군마를 이끌고 산채를 내려가 대명성을 치기만을 재촉했다. 오용이 그런 송강에게 한 꾀를 들려주었다.

"지금은 겨울이 다 가고 봄이 가까우니 오래잖아 원소절(元宵

304

節)이 옵니다. 대명부는 해마다 원소절만 되면 크게 등불을 내걸고 경축놀이를 하지요. 우리는 그때를 틈타 먼저 성안에 사람들을 몰래 들여보낸 뒤에 다시 성 밖에서 대군을 이끌고 들이친다면 안팎의 호응으로 성을 깨뜨릴 수도 있을 것입니다."

"그 계책이 참으로 묘하오. 바라건대 군사께서는 어서 그대로 시행하시오."

그제야 송강도 재촉을 그치고 오용의 뜻에 따랐다. 오용이 여러 두령들을 돌아보며 물었다.

"이번 싸움에서 가장 긴요한 것은 성안에서 불을 질러 신호를 보내는 일이외다. 여러분 형제님 중에서 어느 분이 나를 위해 먼저 성안으로 들어가 불 지르는 일을 맡아 주시겠소?"

그러자 두령들 가운데서 한 사람이 달려 나오면서 말했다.

"제가 한번 가 보겠습니다."

두령들이 살펴보니 그는 다름 아닌 고상조 시천이었다. 시천은 자신이 나선 까닭을 밝혔다.

"저는 어렸을 적부터 대명부에 살아 그곳을 좀 압니다. 성안에는 취운루(翠雲樓)라는 누각이 하나 있는데 누각 아래위로 백여 개의 크고 작은 방이 있습니다. 원소절 어름에는 반드시 성안이 붐빌 터이니 저는 몰래 성안으로 숨어 들어가 원소절 밤에 취운루에 가 있도록 하지요. 그리고 거기다 불을 질러 신호를 드릴 터이니 군사께서는 군마를 이끌고 성을 치도록 하십시오."

"나도 마음속으로는 이같이 되기를 기다렸다네. 자네는 내일 새벽 일찍 먼저 산채를 내려가게. 그리고 원소절 밤 초경쯤 해서 그 누각에 불을 지르면 그걸로 자네는 큰 공을 세운 게 되네."

오용이 반가운 듯 그렇게 받았다.

대명부, 마침내 떨어지다

　다음 날이 되자 오용은 곧 대명부를 칠 계책을 펼쳐 나갔다. 먼저 해진과 해보 형제를 부른 오용이 말했다.

　"자네들은 사냥꾼 행색을 하고 성안으로 들어가도록 하게. 그곳 벼슬아치들에게 사냥으로 잡은 들짐승을 바치러 왔다고 하면 크게 의심받지는 않을 것이네. 그래서 성안으로 들어가거든 가만히 숨어 기다리다가 정월 대보름날 밤이 되어 불이 일거든 얼른 유수사(留守司) 앞으로 가서 연락을 맡은 관병들을 제자리에 묶어 두게."

　해진과 해보는 그대로 하리라 응답하고 오용 앞을 물러났다. 오용은 다시 두천과 송만을 불렀다.

　"자네들은 쌀장수가 되어 수레를 끌고 성안으로 들어가도록 하게. 그래서 성안에 있다가 원소절 밤이 되어 불이 일거든 먼저 동문을 쳐서 빼앗도록 하게."

송만과 두천도 명을 받고 물러났다. 이어 오용은 공명과 공량 형제를 불러 하인처럼 꾸미게 하고 성안으로 들여보냈다. 성안에서 숨어 지내다가 원소절 밤 불이 일면 이곳저곳을 오가며 때에 따라 양산박 군사를 도우라는 명과 함께였다.

그들 형제가 나가자 오용은 또 이응과 사진을 불렀다. 그들 두 사람은 나그네로 꾸미고 대명부 동문 밖에서 묵다가 성안에서 불이 이는 게 보이면 먼저 성문지기 군사들을 베고 동문을 빼앗으라는 명을 받았다. 오용은 다시 노지심과 무송을 불러내고 말했다.

"두 분은 떠돌이 중으로 가장하고 먼저 대명성 밖의 암자에 들어 있다가 성안에서 불길이 오르는 게 보이거든 얼른 남문 밖으로 가시오. 거기서 우리의 대군을 기다리다가 앞장서서 길을 열어 주시면 고맙겠소."

두 사람이 나가자 오용은 또 추연과 추윤 숙질을 불러 말했다.

"두 분은 등을 파는 사람으로 꾸미고 성안으로 들어가 주막에 들었다가 취운루에 불이 나거든 먼저 사옥사(司獄司) 앞으로 가서 일을 벌이시오."

유당과 양웅에게도 할 일이 주어졌다.

"두 분은 공인 차림으로 대명부의 주아 앞에 묵으시다가 불이 일거든 얼른 뛰쳐나와 그곳의 연락꾼들을 모두 잡도리하시오. 그리 되면 저것들은 머리와 꼬리가 서로를 돌볼 수가 없게 될 거요."

그 밖에도 오용은 여러 사람을 미리 풀었다. 공손승은 떠돌이 도인으로 꾸미게 하고 능진은 도동 차림으로 그 뒤를 따르며 수백 개의 화통을 지고 가게 했다. 그들 역시 성안 조용한 곳에서 기다리고 있다가 불길이 오르면 그 화통들을 터뜨려 성안을 놀라게 하려는 것이었다. 장순과 연청은 수문을 통해 성안으로 들어가 곧장 노원외의 집을 덮치도록 했다. 음탕한 계집과 못된 샛서방 놈을 잡는 게 그들의 일이었다.

왕왜호와 일장청, 손신과 고대수, 장청과 손이랑의 세 부부도 등불 구경을 온 시골 사람으로 꾸미고 성안으로 들어가게 되었다. 그러나 그들이 맡은 일은 노준의의 집을 찾아 불을 지르는 것이었다. 시진과 악화는 군관 차림으로 떠났는데 그들은 채 절급의 집으로 가 노 원외와 석수의 목숨을 구하기로 되어 있었다.

명을 받은 여러 두령들은 각기 짐을 꾸려 산채를 내려갔다. 때는 정월 초순이었다. 명을 받은 호걸들이 차례대로 산을 내려가자 나머지 사람들도 대명부로 밀고 들 채비에 들어갔다.

한편 대명부의 양중서는 그 소동 중에도 원소절 등불놀이는 잊지 않았다. 이성과 문달, 왕 태수를 비롯한 천여 명 관원들을 불러 모아 놓고 의논을 시작했다.

"우리 성안에서는 해마다 크게 등을 걸고 원소절을 경하하며 백성들과 함께 즐겨 왔소. 마치 동경에서 그러듯이 말이오. 그런데 지금은 양산박의 도둑 떼가 두 번이나 쳐들어온 터라 등불놀이 때문에 엉뚱한 화를 입게 될까 봐 걱정이구려. 나는 이번에는 등을 달지 않았으면 하오만 여러분의 뜻은 어떠시오?"

양중서의 그 같은 걱정스러운 물음에 문달이 일어나 씩씩하게 받았다.

"그 도둑놈들은 물러나 숨고, 흩뿌린 방문(榜文)만 어지럽게 돌아다니는 것으로 보아서 제 놈들도 별수가 없는 듯합니다. 무슨 대단한 계책이 있어서 그런 것 같지도 않은데 상공께서 무엇 때문에 그리 걱정하십니까? 만약 올해 원소절에 등을 내달지 않는다면 그것들의 염탐꾼들이 알고 돌아가 우리는 크게 비웃음을 당할 것입니다. 오히려 상공께서는 널리 성안 백성들에게 알려 지난해보다 더 많은 꽃등을 내달고 저자 한가운데는 두 개의 등으로 이루어진 산을 세우게 하십시오. 또 동경에서 하는 대로 밤이 깊어도 사람의 통행을 막지 말고 열사흘에서 열이레까지 닷새 동안 등을 밝히게 하는 게 좋겠습니다. 그런 다음 부윤에게 대명부 안의 백성들이 줄어드는 것을 막게 하고 상공께서는 몸소 백성들의 마을에 납시어 농사를 묻고 함께 즐기도록 하십시오. 저는 한 떼의 인마를 이끌고 성을 나가 비호욕에 진을 쳐 적의 간사한 계책을 막아 내겠습니다. 그리고 이 도감은 철기마군(鐵騎馬軍)을 이끌고 성 밖을 돌며 순찰을 해 성안 백성들이 놀라고 겁내지 않게 하면 별일 없을 것입니다."

그 말이 믿음직스러운지 양중서는 기꺼이 문달의 뜻을 따랐다. 곧 의논을 그렇게 마치고 성안 곳곳에 방을 붙여 백성들에게 자기들의 뜻을 알렸다.

북경의 대명부는 하북에서 제일 큰 도시요, 싸움에서도 매우 긴요한 길목이었다. 그 바람에 크게 원소절 등불놀이를 벌인다는 소문이 돌자 각처의 장사치들이 구름처럼 몰려들었다. 거기다가 그해는 관원들이 나서서 여염집에는 작은 등을 달고 큰 집에는 꽃등을 매달도록 권하고 도니 멀리는 이삼백 리요, 가까이는 백여 리 밖에서까지 장사치들이 등을 팔러 성안으로 몰려들었다.

성안 백성들은 집집마다 문 앞 대문 앞에 등을 매달 기둥을 세우고 거기다 모양 좋은 꽃등을 달았으며 집 안에는 집 안대로 시렁을 세운 뒤 다섯 가지 색의 등불을 병풍처럼 매달고 그 사방에는 이름난 사람들의 글씨와 그림이며 여러 가지 값지고 귀한 골동품 따위를 벌여 놓았다. 크고 작고를 가릴 것 없이 집집마다 모두 등을 밝혔을 무렵 대명부의 유수사 앞 주교 가에도 한 개의 등으로 된 큰 산이 만들어졌다. 그 꼭대기에는 붉고 푸른 큰 용 두 마리가 자리 잡고 있는데 그 비늘 하나하나마다 등불이 달렸으며 입에서는 밝은 불이 뿜어져 나왔다. 그런 주교 주위에도 헤아릴 수 없이 많은 등불이 밝혀졌다. 따로이 동불사(銅佛寺) 앞에도 하나의 등불로 이루어진 산이 세워졌다. 그 산 위에는 청룡 한 마리가 얹혀 있고 그 둘레엔 수천 개의 꽃등이 내걸렸다.

취운루 앞에도 한 개의 등불로 이루어진 산이 섰다. 그 위에는 흰 용 한 마리가 얹혀지고 사방에는 헤아릴 수 없이 많은 등이 매달렸다. 원래 취운루는 하북에서는 모르는 사람이 없을 만큼 널리 알려진 술집이었다. 처마가 세 겹으로 되고 기둥과 들보에는 조각과 채색을 하여 몹시 호화스러웠는데 누각 아래위에는 방만 해도 백 개가 넘었다. 매일 북소리, 피리 소리에 노랫소리가 끊이지 않는 그곳인지라 성안의 관청과 절 안팎에 등불을 매달자 거기서도 호화롭게 등불을 내걸어 풍년을 빌기로 한 것이었다.

양산박이 내려보낸 염탐꾼들은 그와 같은 소식을 전해 듣고는 산채로 돌아가 알렸다. 오용이 그 소식에 몹시 기뻐하며 송강에게 달려가 전했다. 송강은 이번에도 스스로 군사를 이끌고 산을 내려가 대명부를 치겠다고 우겼다.

안도전이 또 말렸다.

"장군은 아직도 상처가 아물지 않았으니 절대로 가볍게 움직여서는 아니 됩니다. 만약 잘못되어 노기가 상처를 건드리기라도 하는 날이면 그때는 다시 일어나기 어려우실 것입니다."

오용도 안도전을 거들어 말렸다.

"형님, 이번에는 제가 형님을 대신해 갔다 온다고 하지 않았습니까? 여기서 그냥 기다리십시오."

그렇게 송강을 주저앉히고는 철면공목 배선과 함께 여덟 갈래 인마를 일으켰다.

제1대는 대도 관승이 선찬, 학사문과 함께 앞장을 서고 진삼산 황신이 뒤를 받치는 인마였다. 제2대는 표자두 임충과 마린, 등비가 전부가 되고 소이광 화영이 뒤를 맡은 인마였으며, 제3대는 쌍편 호연작이 한도, 팽기와 함께 전부가 되고 병울지 손립이 뒤를 맡은 인마였는데 모두가 마군으로만 이루어졌다. 제4대는 벽력화 진명이 구붕, 연순과 함께 전부가 되고 도간호 진달이 뒤를 맡았는데 역시 마군으로만 이루어졌다. 제5대는 보군으로 목차란 목홍이 두홍, 정천수와 함께 이끌었으며, 제6대 또한 보군으로 흑선풍 이규가 이립, 조정과 함께 이끌었다. 제7대는 삽시호 뇌횡이 시은, 목춘과 함께 이끌었으며, 제8대는 혼세마왕 번서가 항충, 이곤과 함께 이끌었는데 역시 모두가 보군이었다.

그 여덟 갈래의 인마는 각기 길을 따로이 해 곧 길을 떠났다. 정월 대보름날 이경을 기한으로 모두 대명부의 성 아래 모이라는 영이 주어졌다. 그 나머지 두령들은 송강과 함께 남아 산채를 지키기로 되어 있었다.

한편 시천은 정월 대보름이 되기 전에 먼저 담을 넘어 대명부 성안으로 숨어들었다. 그러나 성안 객점들이 홀몸인 손님을 받아들여 주지 않으니 객점에 묵을 수가 없었다. 낮에는 거리에서 어정거리다가 밤이 되면 동악묘(東嶽廟)의 사당 안에서 추위를 피했다.

정월 열사흘이 되자 성안에서는 여기저기 불이 밝혀졌다. 때가 가까워진 것을 알고 시천은 열심히 저잣거리의 사람들을 살펴보았다. 곧 들짐승을 둘러메고 나타난 해진, 해보 형제가 눈에 띄었고, 또 두천과 송만도 장사치로 꾸며 이리저리 돌아다니는 게 보였다.

시천은 그날 먼저 취운루로 가 그곳의 사정을 자세히 살폈다. 그때 양피로 지은 옷을 입고 머리카락을 늘어뜨린 공명이 오른손에는 지팡이를 들고 왼손에는 바가지를 든 채 나타났다. 영락없이 구걸하러 나온 거지꼴이었다. 공명을 알아본 시천이 다가가 등 뒤에서 슬쩍 일러 주었다.

"형님, 그렇게 하고 혈색 좋은 얼굴로는 거지같이 보이지가 않습니다. 성안에는 포졸들이 쫙 깔렸으니 자칫하면 들켜 큰일을 망칠지도 모릅니다. 차라리 어디 몸을 감추고 숨어 있는 게 낫겠소."

그때 다시 거지 하나가 담을 따라 걸어오고 있었다. 시천이 보니 공량이었다.

"형도 마찬가지요. 그렇게 눈같이 흰 피부를 드러내고서야 어찌 굶주린 사람같이 보이겠소? 그 모양을 하고 다니다가는 반드시 들통나고 말 것이오."

시천은 공량에게도 그렇게 타박을 주었다. 그때 시천의 등 뒤에서 두 사람이 나타나 멱살을 잡으며 소리쳤다.

"이놈들, 잘들 노는구나!"

그 소리에 시천이 놀라 돌아보니 양웅과 유당이 서 있었다.

"아이고 깜짝이야. 사람을 놀라게 해 죽이기라도 할 작정이우?"

시천이 그렇게 발끈하자 양웅이 가만히 받았다.

"잔소리 말고 우리를 따라오게."

그리고 시천과 공명, 공량을 한적한 곳으로 데리고 가더니 나무라듯 말했다.

"자네들 세 사람이 어찌 그리 분별이 없나? 그런 곳에서 그따위 소리를 하고 있다가 무슨 수를 당하려고 그래? 다행히 우리 두 사람이 보아서 그렇지, 만약에 눈 밝고 솜씨 있는 포졸에게라도 걸려 들었다면 일을 그르칠 뻔했단 말일세. 우리 두 사람이 보기로는 자네들은 두 번 다시 거리로 나오지 않는 게 좋겠네."

그러자 공명이 머쓱해 묻지도 않은 말을 일러 주었다.

"추연과 추윤이 어제 거리에서 등을 팔고 있더군요. 노지심과 무송은 이미 성 밖의 암자에 몸을 숨겼습니다. 이러니저러니 여러 말 할 것 없이 때가 오면 각기 맡은 바 일이 어그러지지 않도록 해야겠지요."

이야기를 끝낸 다섯 사람은 모두 그곳을 떠나 어떤 절 앞에 이르렀다. 그때 한 도사가 절 안에서 나왔다. 여러 사람이 그를 보니 다름 아닌 입운룡 공손승이었다. 그 뒤에 도동으로 꾸민 능진이 따르고 있었다.

합쳐 일곱이 된 호걸들은 한 군데 조용한 곳으로 가 머리를 맞대고 의논을 맞춘 뒤 헤어졌다.

그러는 사이 점점 대보름이 가까워졌다. 양중서는 먼저 대도문달에게 군사를 주고 성을 나가 비호욕에 진을 치게 했다. 또 열나흗날에는 천왕 이성에게 철기 오백을 주어 성을 끼고 돌며 방비케 하였다.

드디어 다음 날 정월 대보름이 되었다. 날이 맑고 따뜻해 양중서는 속으로 흐뭇했다. 날이 저물자 둥그런 보름달이 떠올라 성 안의 거리거리를 두루 비추었다. 마치 천지에 금은을 칠한 듯 보였다. 불이 밝혀진 등불이며 터지는 화포(花砲)가 전보다 훨씬 화려하게 느껴졌다. 밤이 깊자 절급 채복은 감옥을 지키고 있는 아우 채경에게 말했다.

"잠깐 집에 가 보고 올 테니 잘 지켜라."

그리고 집으로 돌아간 채복이 막 대문 안으로 들 때였다. 두 사람이 갑자기 나타나 길을 막았다. 앞의 사람은 군관 차림이었고 뒤의 사람은 하인처럼 꾸미고 있었다. 등불 아래에서 자세히 살펴보니 군관 차림을 한 것은 소선풍 시진이요, 뒤따르는 사람은 철규자 악화였다.

채복은 두 사람을 안으로 맞아들인 뒤 술상을 내어 대접했다. 시진이 손을 저으며 말했다.

"술은 필요 없소. 우리가 여기 온 것은 상의드릴 요긴한 일이 있기 때문이외다. 노 원외와 석수를 절급께서 잘 돌봐 주시고 있다니 무어라 감사의 말씀을 드려야 할지 모르겠구려. 오늘 밤 우리는 감옥을 부수고 그 둘을 구해 내려 합니다. 대보름의 명절 열기가 한창 무르익었으니 번거롭지만 절급께서 우리를 그곳으로 좀 이끌어 주십시오."

채복은 원래가 공인이라 그 뜻을 대강 짐작은 해도 쉽게 따를 수는 없었다. 그러나 성이 깨지고 난 뒤에는 좋을 게 없을 뿐 아니라 가족들의 목숨조차 위태로울 것 같아서 하는 수 없이 시진의 말을 따르기로 했다. 얼른 자신의 헌 옷을 가져다가 두 사람에게 갈아입히고 공인으로 꾸며 감옥으로 데려갔다.

초경 무렵이었다. 왕왜호와 일장청, 손신과 고대수, 장청과 손이랑 세 부부는 시골에서 온 무지렁이 부부처럼 꾸미고 사람 속에 섞여 동문으로 들어갔다. 공손승도 능진을 데리고 성황묘 안의 낭하에 자리 잡았다. 그 성황묘는 주아 근처에 있는 것이었다. 추연과 추윤도 등을 잔뜩 지고 성안을 어슬렁거렸으며 두천과 송만은 각기 수레 한 대씩을 끌고 양중서가 있는 관아 앞에서 사람들 사이에 섞여 있었다. 유당, 양웅은 각기 포졸처럼 꾸미고 몽둥이를 지닌 채 주교 양쪽에 자리 잡았다. 그들 몸에는 포졸들이 쓰는 몽둥이 외에도 많은 암기(暗器)들이 감추어져 있었다. 연청과 장순도 수문을 통해 성안으로 들어가 으슥한 곳에 몸을 숨긴 채 때를 기다렸다.

오래지 않아 이경을 알리는 북소리가 들려왔다. 시천이 광주리 하나를 메고 나타났다. 광주리 안에는 유황과 염초 등 불붙기 쉬운 것들이 담겨 있었으나 겉에는 여자들의 머리 장식과 노리개가 덮여 있었다.

시천은 취운루 뒤로 들어가 누각 위로 올라갔다. 방마다 피리 소리, 북소리가 시끄럽고 사람들은 술을 마시느라 정신들이 없었다. 누각 위에 오른 시천은 바구니 겉에 얹힌 머리 장식을 파는 것처럼 이 방 저 방을 다니며 살펴보았다.

얼마 안 있어 해진과 해보가 사냥꾼이 쓰는 창끝에 산토끼를 매달고 어정거리는 것이 보였다. 시천이 그 둘을 보고 걱정스러운 듯 말했다.

"시간이 다 되었는데 어째서 밖에서는 아무런 움직임이 없소?"

"우리 두 사람이 방금 누각 앞에서 보니 파발마가 급하게 달려갑디다. 많은 인마가 성 밖에 이른 듯하니 어서 맡은 일이나 하시우."

해진이 그렇게 받았다.

해진의 말이 미처 끝나기도 전에 누각 앞에서 함성이 일며 누군가가 외치는 소리가 들렸다.

"양산박의 군사들이 성문 밖에 이르렀다아!"

그 소리를 들은 해진이 시천을 재촉했다.

"어서 가서 불을 지르시오. 우리들은 유수사 앞으로 가 호응하 겠소."

그러고는 유수사 앞으로 달려갔다. 해진과 해보가 유수사 앞에 이르러 보니 싸움에 져 쫓겨 온 관군들이 성안으로 밀려들고 있 었다.

"문달 장군이 진채를 빼앗겼다. 양산박의 도둑 떼가 군사를 이 끌고 성 밖에 이르렀다!"

관군들이 허둥대며 그렇게 외쳤다. 성 위에서 순찰을 돌던 이 성이 그 말을 듣고 말을 달려 유수사로 갔다. 이성은 남은 군사 를 점고한 뒤 성문을 닫고 성을 지킬 것을 명했다.

그때 왕 태수는 백여 명의 군사를 딸리고 저잣거리를 돌며 민 심을 진정시키는 중이었다. 벌써 문달 장군이 진채를 빼앗기고 양산박 군사가 성 아래 이르렀단 말을 듣자 황망히 유수사로 달 려갔다.

일이 그 지경에 이르렀는데도 양중서는 관아에 앉아 술에 취 한 채 달 구경만 하고 있었다. 그러다가 양산박 군사가 왔다는 첫 번째 소식을 듣자 벌써 놀라 제정신이 아니었다. 뒤이어 반 시진도 안 되어 또 다른 파발마가 달려와 위급을 고했을 때는 앞 뒤 없이 소리쳤다.

"말을 준비하여라. 어서 말을 준비하라니까!"

그런데 그 같은 양중서의 외침이 끝나기도 전에 취운루에서 불길이 치솟았다. 그 불길이 어찌나 크고 세찬지 달빛마저 무색 하게 만들 지경이었다. 얼른 말에 오른 양중서는 취운루 쪽으로 가 보려 했다. 그때 수레를 끄는 두 명의 몸집 큰 사내가 양중서 앞을 막았다. 사내들이 등이 가득 실린 수레에다 불을 붙이자 금세 벌겋게 불길이 치솟았다.

놀란 양중서는 말 머리를 돌려 동문으로 나가려 했다. 그러자 또다른 사내 둘이 우렁찬 고함 소리로 길을 막았다.

"이응과 사진이 여기 있다. 어디로 가려느냐?"

그러고는 칼을 휘두르며 무서운 기세로 뛰쳐나왔다. 문을 지키던 군관들이 겁을 먹고 달아나다가 여남은 명이나 목숨을 잃었다. 그때 두천과 송만이 안에서 달려 나와 네 사람은 곧 한 덩이가 되어 동문을 차지하고 말았다.

양중서는 형세가 불리함을 보고 데리고 있던 졸개들과 함께 남문으로 달아났다. 그때 남문 쪽에서 누군가 쫓겨 오며 소리쳤다.

"몸이 뚱뚱한 중놈 하나가 수레바퀴 돌리듯 선장을 휘두르며 치고 드는데 그 뒤를 또 호랑이같이 생긴 행자 하나가 쌍칼로 춤추듯 따르고 있습니다. 함성을 지르며 덮쳐 오는 기세가 어찌나 사나운지 막기 어렵습니다!"

양중서는 남문으로 가기도 틀렸다 싶어 얼른 말 머리를 돌렸다.

그러나 유수사 앞으로 되돌아가 보니 거기서는 해진과 해보가 사냥꾼들이 쓰는 갈래창을 들고 이리 치고 저리 치며 범처럼 날뛰고 있었다. 그 바람에 양중서는 감히 그리로 나아가지 못하고 주아 쪽으로 다시 말 머리를 돌렸다.

성안의 벼슬아치 중에서 가장 먼저 험한 꼴을 본 것은 왕 태수였다. 왕 태수는 급하게 유수사로 돌아가다가 유당과 양웅을 만났다. 유당과 양웅이 손에 든 방망이로 왕 태수를 후리니 왕 태수는 미처 그들이 누군지도 알지 못하고 목숨을 잃었다. 머리가 터져 뇌수가 흐르고 눈알이 튀어나온 처참한 모습으로 죽어 길거리에 자빠졌다. 그를 뒤따르던 우후와 군관들은 그저 사방으로 달아나 제 목숨을 구하기에만 바빴다.

그때 양중서는 쫓겨 서문 근처에 이르렀다. 갑자기 성황묘 앞에서 화포가 터지며 천지를 뒤흔드는 소리를 냈다.

추연과 추윤은 대나무 장대에 횃불을 매달아 처마마다 불을 지르며 돌아다녔고 왕왜호와 일장청 부부도 무기를 꺼내 들었으며 손신과 고대수 또한 감추고 있던 무기를 휘둘러 댔다. 동불사 앞에서는 장청과 손이랑이 등으로 꾸민 산에 기어올라 불을 질렀다.

삽시간에 대명부 성안은 아수라장이 되었다. 성안의 백성들은 뿔뿔이 흩어져 달아나며 제 한목숨 구하는 데 정신이 없었고, 성안의 사방 십여 리는 온통 불길에 휩싸여 어디로 가야 할지 알 수가 없었다.

양중서는 서문에 이르러서야 이성의 군마를 만나 겨우 정신을 차렸다. 얼른 남문 성루 쪽으로 돌아와 말고삐를 당기고 밖을 내다보았다. 성 아래에 군마가 벌 떼처럼 몰려 있는데 앞세운 깃발에는 '대도 관승'이라는 넉 자가 적혀 있었다. 불빛 아래 살펴보니 관승의 왼편에 있는 것은 선찬이요, 오른편에 있는 것은 학사문이었고, 그들 뒤에서는 황신이 인마를 휘몰아 달려오는 중이었다.

남문으로는 성 밖으로 나가기가 글렀다고 본 양중서는 이성과 함께 북문 쪽으로 달려갔다. 그쪽에도 이미 양산박의 인마가 몰려와 있었다. 대낮같이 밝은 불길 아래 헤아릴 수 없는 인마가 성문으로 밀려드는데 창을 비껴들고 말을 박차 앞장서 달려온 것은 표자두 임충이었다. 임충 왼편으로는 마린이 뒤따르고 오른편에는 등비가 뒤따르며 뒤는 화영이 맡고 있는 게 보였다.

양중서는 다시 동문으로 달려갔다. 그곳도 막혀 있기는 마찬가지였다. 몰차란 목홍이 두홍과 정천수를 좌우로 거느리고 칼을 빼든 채 천여 명의 군사를 몰아오고 있었다.

다람쥐 쳇바퀴 돌듯 양중서는 또다시 남문 쪽으로 달려갔다. 이제는 달리 길이 없다 싶자 목숨을 걸고 길을 앗았다. 워낙 죽기 살기로 덤비니 한 가닥 길이 열려 양중서는 겨우 남문을 빠져나올 수 있었다.

양중서가 적교를 지나는데 갑자기 횃불이 밝아오며 흑선풍 이규가 이립과 조정을 데리고 길을 막았다. 이규는 웃통을 벗어부친 채 쌍도끼를 들고 성을 두른 물가를 따라 달려 나오고 이립과 조정도 뒤질세라 뒤를 따랐다. 이성이 앞장서 길을 여는 바람에 그럭저럭 양중서는 성을 빠져나와 달아날 수 있었다. 그러나 그리 멀리는 갈 수 없었다. 갑자기 왼편에서 크게 함성과 불길이 오르며 헤아릴 수 없이 많은 군마가 덤벼들었다. 앞선 장수는 쌍편 호연작이었다. 호연작은 채찍을 휘두르며 말 배를 걷어차고 곧바로 양중서를 덮쳐 갔다. 이성이 쌍칼을 들어 그런 호연작을 맞았다. 그러나 이성은 애써 싸우고 싶은 마음이 없었다. 몇 번

칼을 휘두르다 얼른 말 머리를 돌려 달아나기 시작했다.

그때 다시 왼편에서는 한도가 뛰쳐나오고 오른편에서는 팽기가 뛰쳐나와 양편에서 이성에게 덤벼들었다. 뿐만이 아니었다. 그들 등 뒤에서는 다시 손립이 인마를 몰아 밀고 나왔다.

마침내 몸을 빠져나오지 못한 이성이 정신없이 싸우고 있을 때 등 뒤에서 소이광 화영이 나타났다. 화영은 활을 꺼내 시위에 화살을 먹이고 이성의 부장 하나를 겨누어 쏘았다. 화살은 어김없이 화영이 겨냥한 곳에 꽂혀 그 부장은 괴로운 외마디 소리와 함께 말에서 떨어졌다. 그걸 본 이성은 더욱 싸울 마음이 없어졌다. 거듭 말 배를 차 달아나기에만 바빴다. 그러나 미처 화영의 화살 거리를 빠져나가기도 전에 오른편에서 요란하게 징 소리가 울리며 불길이 솟았다. 바로 벽력화 진명이 이끄는 인마였다. 진명은 가시 돋친 쇠 방망이를 들고 말에 올라 앞장을 섰는데 연순과 구붕이 그 곁을 따르고 그들 뒤에는 진달이 인마를 이끌고 있었다.

이성은 온몸에 피를 뒤집어쓴 채 한편으로는 싸우고 한편으로는 달아났다. 그 덕에 양중서는 겨우겨우 몸을 피해 달아날 길을 얻을 수 있었다.

한편 성안은 성안대로 아수라장이 벌어지고 있었다. 두천과 송만은 양중서의 집을 들이쳐 천하고 귀하고를 가릴 것 없이 집 안의 남녀노소를 모조리 죽여 버렸고, 유당과 양웅은 왕 태수의 집을 똑같이 결딴냈다. 공명과 공량은 사옥사 뒷담을 넘어 들어가고 추연과 추윤이 사옥사 앞문을 지키는 사이, 감옥 안에서는 시진과 악화가 불을 켜 들고 채복 형제를 찾아갔다.

"당신네 형제들은 눈이 있소, 없소? 지금 손을 쓰지 않고 어느 때를 기다린단 말이오?"

채복과 채경을 찾은 시진이 그렇게 재촉했다. 채복 형제가 그들을 막지 못하고 슬그머니 물러섰다. 그때 추연과 추윤이 뛰어들어와 사옥사 앞문을 활짝 열어젖히며 크게 외쳤다.

"양산박 호걸들이 모두 여기 와 있다. 좋은 말을 할 때 노 원외와 석수 형님을 내놓아라!"

뒤이어 공명과 공량도 뒤편 담을 넘어 뛰어들었다.

채복 형제가 못 이긴 척 노준의와 석수를 이끌어 내었다. 시진이 미리 몸속에 감추고 있던 연장을 꺼내 두 사람이 쓴 칼을 벗겼다.

"당신들도 어서 가족을 수습해 우리를 뒤따르시오."

노준의와 석수를 구한 시진이 채복을 보고 그렇게 권했다.

시진과 악화가 노 원외와 석수를 구해 감옥 밖으로 나오니 추연과 추윤이 그들을 맞아 한 덩이를 이루었다. 채복과 채경은 시진을 따라 나가 집으로 돌아갔다. 집안사람들을 데리고 양산박으로 가기 위함이었다.

노준의는 석수, 공명, 공량, 추연, 추윤 다섯 두령을 데리고 집으로 달려갔다. 이고와 가씨를 사로잡기 위함이었다.

이고라고 해서 가만히 앉아 잡히기만을 기다리고 있을 리는 없었다. 양산박 호걸들이 군마를 이끌고 성안으로 들어왔다는 소리가 들리고 사방에 불길이 오르는 걸 보자 가씨와 함께 의논한 끝에 값나가는 금은보화 한 보따리를 짊어지고 달아나기로 했다. 그러나 문을 열고 나서기도 전에 수많은 사람들이 그리로 몰려오는 소리를 들었다. 놀란 이고와 가씨는 황망히 몸을 돌려 뒷문을 열고 빠져나갔다. 담장을 기어 넘어 물가로 뛰어든 것까지는 좋았으나 그들이 숨을 곳은 없었다. 물가 언덕에 있던 장순이 그들을 보고 소리쳤다.

"이 음탕한 계집년아, 어디로 달아나려느냐?"

그 소리를 듣고 더욱 놀란 이고는 얼떨결에 가까이에 있는 배 위로 뛰어들었다. 이고가 막 선창 안으로 들어가려는데 한 사람이 앞을 막고 그의 수염을 거머쥐며 꾸짖었다.

"이고 이놈, 나를 알아보겠느냐?"

이고가 보니 그는 다름 아닌 연청이었다.

이고가 앞뒤 살필 것도 없이 빌었다.

"소을 형, 내가 일찍이 당신에게 그리 몹쓸 짓 한 것도 없지 않소? 부디 나를 물가로 끌어내는 일만은 말아 주시오."

그때 이미 물가에 남아 있던 가씨는 장순에게 사로잡힌 뒤였다. 장순이 가씨를 끼고 배 곁으로 다가왔을 때는 연청도 이미 이고를 묶어 놓고 기다리고 있었다. 장순과 연청은 두 연놈을 사로잡은 뒤 동문 쪽으로 달려갔다.

한편 노준의는 집으로 달려가 보았으나 이고와 가씨가 보이지 않자 분해서 발을 굴렀다. 하는 수 없이 집 안의 금은보화만 챙겨 수레에 싣고 양산박 두령들이 있는 곳으로 찾아갔다. 그 무렵 채복도 가족들을 수습해 시진과 함께 양산박으로 드는 길을 잡았다. 떠나기에 앞서 채복이 시진에게 말했다.

"나리, 부디 성안의 백성들을 구해 주십시오. 죄 없는 그들을 해치지 않도록 해 주셨으면 좋겠습니다."

시진도 채복의 말을 옳게 여겼다. 얼른 군사 오용을 찾아 그 뜻을 전했다. 오용이 급히 영을 내려 양산박의 장졸들을 단속했다. 그러나 이미 성안은 태반이 부서지고 불탄 뒤였다.

날이 훤히 밝아오자 오용과 시진은 징을 울려 성안에 흩어져 있는 인마를 거두었다. 여러 두령들은 유수사에서 석수와 노 원외를 맞아들였다. 노 원외와 석수는 감옥에 있을 때 채복과 채경 형제가 돌보아 준 일을 여러 두령에게 들려주며 감사해 마지않았다. 그때 연청과 장순이 이고와 가씨를 끌고 왔다. 노준의는 연청을 시켜 그들을 가두게 했다. 나중에 자기 손으로 연놈을 요절낼 심사인 듯했다.

한편 간신히 양중서를 구해 성 밖으로 빠져나간 이성은 거기서 역시 싸움에 진 인마를 이끌고 오는 문달을 만났다. 이성과 문달은 군사를 하나로 어우른 뒤에 남쪽을 향해 달아났다. 그러나 얼마 달아나기도 전에 앞쪽에서 크게 함성이 일더니 혼세마왕 번서가 항충과 이곤을 좌우로 거느리고 한 떼의 보군과 함께 길을 막았다. 항충과 이곤이 비도(飛刀)와 비창(飛鎗)을 들고 덤벼들자 이성과 문달은 그들을 물리치는 것만도 힘에 부쳤다.

그때 다시 등 뒤에서 삽시호 뇌횡이 시은과 목춘을 데리고 일천 보군과 함께 덮쳐 왔다.

이성과 문달은 양중서를 보호한 채 죽기로 싸워 겨우 에움을 뚫었다. 그들이 이번에는 서쪽으로 길을 잡고 달아나자 번서와 항충, 이곤은 굳이 뒤쫓지 않았다. 뇌횡, 시은, 목춘과 한 덩이가 되어 대명부에 있는 본대로 돌아갔다.

그때 오용은 영을 내려 한편으로는 성안의 백성들을 안심시키고 다른 한편으로는 불을 껐다. 양중서와 이성, 문달, 왕 태수의 가족들에 대해서도 이미 죽은 자는 어쩔 수 없지만 달아난 자는 그대로 달아나게 내버려 두고 뒤쫓지 못하게 했다.

대명부의 창고에 가득한 금은보화는 모두 수레에 실어 산채로 나르게 했다. 곡식도 성안 백성들에게 나누어 준 나머지는 모두 수레에 실어 양산박 호걸들의 차지였다.

이런저런 뒤처리가 끝나자 양산박의 두령들은 대명부를 떠났다. 이고와 가씨를 죄인을 싣는 수레에 가두어 돌아가는데 대종은 먼저 양산박으로 달려가 송공명에게 소식을 전했다.

그 기쁜 소식을 들은 송강은 산채에 남아 있던 여러 두령들과 함께 산에서 내려와 이기고 돌아오는 군사를 맞았다. 모든 사람이 충의당에 오르자 송강은 노준의 앞으로 나아가 공손히 절을 올렸다. 노준의가 황망히 답례하는 걸 보고 송강이 죄지은 사람처럼 말했다.

"이 송강이 못나 원외께 큰 화를 끼쳤습니다. 산으로 모시어 함께 대의를 도모한다는 게 뜻밖에도 어려운 구덩이에 빠뜨린 꼴이 되었으니 실로 괴롭기 그지없습니다. 그러나 하늘이 굽어보고 도우시어 오늘 이렇게 다시 뵙게 되니 얼마나 다행인지 모르겠습니다."

"위로는 형님의 범 같은 위엄에 의지하고 아래로는 여러 두령들의 의로움에 도움을 받아 겨우 이 한목숨을 건졌습니다. 간과 뇌를 땅바닥에 쏟고 쓰러진다 한들 어찌 그 은혜에 다 보답할 수 있겠습니까!"

노준의가 절을 올려 감사하며 그렇게 말하고 채복과 채경 두 사람을 송강 앞으로 불러냈다.

"만약 이 두 사람이 아니었더라면 저는 이곳까지 살아서 올 수 없었을 것입니다."

노 원외의 그 같은 말에 송강과 여러 두령들은 채복과 채경을 칭찬해 마지않았다. 송강은 당장에 첫째 두령의 자리를 노준의에게 내어 놓으려 했다.

노준의가 깜짝 놀라 손을 저으며 말했다.

(7권에서 계속)

수호지 6
다 모인 백여덟 영웅

개정 신판 1쇄 인쇄 2021년 6월 1일
개정 신판 1쇄 발행 2021년 6월 15일

지은이 이문열

발행인 양원석 **편집장** 최두은 **책임편집** 정효진
디자인 김유진, 김미선 **표지 일러스트** 김미정
영업마케팅 양정길, 강효경, 정다은

펴낸 곳 ㈜알에이치코리아
주소 서울시 금천구 가산디지털2로 53, 20층 (가산동, 한라시그마밸리)
편집문의 02-6443-8847 **도서문의** 02-6443-8800
홈페이지 http://rhk.co.kr
등록 2004년 1월 15일 제2-3726호

copyright ⓒ 이문열

ISBN 978-89-255-8850-6 (04820)
      978-89-255-8856-8 (세트)